U0638672

中华传世藏书

【图文珍藏版】

谚语歇后语大全

赵然 主编

第一册

线装书局

图书在版编目（CIP）数据

谚语歇后语大全：全6册 / 赵然主编. －－ 北京：
线装书局, 2016.3 （2022.3）
ISBN 978-7-5120-2148-8

Ⅰ. ①谚… Ⅱ. ①赵… Ⅲ. ①汉语－谚语－汇编②汉
语－歇后语－汇编 Ⅳ. ①H136.3

中国版本图书馆CIP数据核字(2016)第019433号

谚语歇后语大全

主　　编：赵　然
责任编辑：高晓彬
出版发行：线装書局
　　地　址：北京市丰台区方庄日月天地大厦B座17层（100078）
　　电　话：010-58077126（发行部）010-58076938（总编室）
　　网　址：www.zgxzsj.com
经　　销：新华书店
印　　制：北京彩虹伟业印刷有限公司
开　　本：787mm×1092mm　1/16
印　　张：150
字　　数：1826千字
版　　次：2022年3月第1版第2次印刷
印　　数：3001－9000套

线装书局官方微信

定　　价：1580.00元（全六册）

酒逢知己千杯少，话不投机半句多。

路遥知马力，日久见人心。

猛将军骑马 —— 一跃而上

满园落地花 —— 多谢

前 言

五千年历史沧桑的沉淀、淬炼、凝聚成绝妙的汉语言艺术。其中谚语和歇后语以其独特的表现力,给人以深思和启迪,千古流传,反映了华夏民族特有的风俗传统和民族文化。

谚语是广泛流传于民间的言简意赅的短语,多数反映了劳动人民的生活实践经验,而且一般都是经过口头传下来的。它多是口语形式的通俗易懂的短句或韵语。

谚语类似成语,但口语性强,通俗易懂,而且一般都表达一个完整的意思,形式上差不多都是一两个短句。谚语内容涉及生活的各个方面,如生产谚语:"清明前后,栽瓜种豆""六月六,看谷秀""春雨贵如油""马无夜草不肥"等,都是劳动人们在生产过程中总结出来的生产智慧。再如:"早起的鸟儿有虫吃""海水不可斗量""三天打鱼,两天晒网""不听老人言,吃亏在眼前"等都是广大民众生活智慧的结晶。还有"有钱能使鬼推磨""挂羊头,卖狗肉"等反映世间百态。又如"饭后百步走,活到九十九""人是铁,饭是钢"等是人们健康生活的总结。除此之外,还有气象、卫生等各个方面的谚语,类别繁多,不胜枚举。

谚语跟成语一样都是语言整体中的一部分,可以增加语言的鲜明性和生动性。但谚语和名言是不同的,谚语是劳动人民的生活实践经验,而名言是名人说的话。

歇后语是中国劳动人民自古以来在生活实践中创造的一种特殊语言形式,是一种短小、风趣、形象的语句。歇后语由两部分组成:前半部分是形象的比喻,为假托语;后半部分是目的,为说明语。歇后语分为寓意歇后语和谐音歇后语两种,一般表现生活中的某种情景和人们的某种心理状态。歇后语比喻形象、讽刺尖锐、风格幽默、蕴意深刻,而且涉及面很广,包括政治、军事、天文、地理、文化、历史、风俗、民情、农业等社会生活的各个领域。因此,歇后语一产生就很快流传,作为熟语融入人们的日常生活当中。如"猪鼻子插葱——装象""千里送鹅毛——礼轻情意重""芝麻掉进针眼里——巧透了""老虎戴数珠——假慈悲"等,这些诙谐幽默的语言,总是让人会心一笑,连连称妙。

小小句子,藏大道理,这就是谚语、歇后语的特点。本书由"谚语""歇后语"两部分组成。为了方便广大读者检索使用,我们分别又对这两部分进行了细分。谚语部分分为以下板块:十二生肖谚语、礼仪修养谚语、文化教育谚语、家庭社交谚语、精神世界谚语、贫富得失谚语、生理保健谚语、生活起居谚语、社会军政谚语、劳动生产谚语、时令节气谚语、股市谚语,以及常用谚语释例。

歇后语部分分为以下板块:十二生肖歇后语、传统节日歇后语、人及人体歇后语、社会风尚歇后语、人物类歇后语、动物类歇后语、植物类歇后语、天文类歇后语、地理类歇后语、衣食住行歇后语，以及按拼音分类的歇后语、常用歇后语释例、歇后语故事。

本套丛书立目严谨，语汇丰富，读者学习、使用这些深深扎根于民族文化土壤中的谚语、歇后语，既可以增强自己的语言表达能力，又可以启迪智慧、提高自身的综合素质。真诚希望本套丛书成为广大读者的良师益友，给你以启迪，使你产生共鸣，让你深受教益！

目　录

谚语

歇后语

谚　语

第一章　十二生肖谚语

一、生肖鼠谚语

捕鼠的花猫装得老实,离间的坏人装得温和(蒙古族)

不管白猫黑猫,逮住耗子就是好猫

不怕出山狼,就怕藏家鼠

跟猫学会咬鼠,跟狼学会咬羊(彝族)

不要把狸猫说成老鼠,不要把蚂蚁说成大象

不要恨老鼠吃谷就放火烧仓

苍蝇找粪坑,老鼠找米仓

吃饱的猫不拿[捉]耗子

独门独户,养不活老鼠;三家一凑,养活头大黄牛

对猫来说是玩要,对老鼠来说是灾难(蒙古族)

饿猫见鼠,不讲客气

鬼鬼祟祟是老鼠,勤勤恳恳是老牛(达斡尔族)

耗子吃了有堆壳,大火烧了有堆灰

耗子拱不翻磨盘,跳蚤顶不起被单

耗子养的猫不疼

会捉老鼠的猫不叫

借来的猫不逮老鼠

金刚钻虽小,能钻瓷器;麦秸垛虽大,压不死老鼠

跟猫学会咬鼠

靠猫被鼠咬,靠狗被贼盗(彝族)
懒猫逮不住死耗子
狼无隔夜肉,鼠无隔夜粮
老鼠爱打洞,坏人爱钻空
老鼠爱闹,麻雀爱叫
老鼠盗不穷,贼人偷不富
老鼠急了也会咬猫
老鼠眼睛一寸光
老鼠再大也怕猫
老鼠再自夸还是老鼠,大象再贬低还是大象(藏族)
猫不在,鼠称王
猫儿没胡子,老鼠翻了天
猫和鼠结不成亲家,狼和羊交不成朋友
猫哭耗子,不怀好意
猫哭耗子假慈悲,虎戴佛珠假行善
猫哭老鼠是假,狗馋骨头是真(壮族)
鼠盼猫死,猫盼鼠活(哈尼族)
猫咬猫,老鼠笑
猫在老鼠面前称王称霸,在老虎面前诚惶诚恐(白族)
猫在睡梦里,心在逮耗子(藏族)
猫走鼠伸腰,棒丢狗咬人
莫学老鼠爬阴沟,要学葵花永向阳
谋官如鼠,得官如虎
哪个耗子不偷油,哪个猫儿不吃腥
哪怕敌人弱如鼠,临阵也要猛如虎
哪怕敌人像老鼠,也要当作狮子防
咆哮像猛狮,逃跑如老鼠(蒙古族)
秋来老鼠欺死猫(蒙古族)
雀儿肚,耗子眼,吃不多,看不远
人急办不了好事,猫急逮不到耗子
三只老鼠四只眼,瘸腿蛤蟆跳得远
山中说话,鸟儿听见;家中说话,老鼠听见
谁家仓里没老鼠,谁家锅底没黑灰
生在磨坊的老鼠,不怕隆隆的雷声(维吾尔族)
鼠腹蜗肠之辈,非是栋梁之材
鼠无大小都称老,龟有雌雄都姓乌

鼠小杀象，蜈蚣杀龙；蚁穴破堤，蝼孔崩城
死知府不如一个活老鼠
偷懒的猫捉不住老鼠，偷懒的人学不到知识（苗族）
象怕鼠钻鼻，狗怕棍子敲
小鬼跌金刚，小鼠断大绳
寻死的老鼠，与猫儿厮混（维吾尔族）
养猫捕鼠，蓄犬护家
要债人好似狮子，负债人好似老鼠（维吾尔族）
一粒老鼠屎，搅坏一锅汤
一窝老鼠洞连洞，一只兔子三个窝
鹰飞千里靠翅膀，猫捉老鼠靠眼力
有刁猫就有刁鼠
有猫不知猫功劳，无猫才知老鼠多
鱼怕水浅，鼠怕猫眼
再胆大的耗子，也不会依偎在猫的身边（回族）
再好的猫，老鼠也不爱
真理像山谷般深远，虚伪像鼠尾般短小
捉鼠的猫不分大小，看门的狗不分肥瘦

二、生肖牛谚语

不会犁田的人只会打牛（哈尼族）
不满桶的水爱晃动，知识少的人爱吹牛（景颇族）
不怕慢，只怕站，老牛慢走能爬山
不要看母牛长得又黑又脏，挤出的奶却是洁白的（彝族）
不要与醉汉看酒，不要让瞎牛认井（蒙古族）
别为吃肉，杀死耕牛（蒙古族）
别因为落了一根牛毛，就把一锅奶油扔掉
草多产牛羊，人多出智慧（蒙古族）
草入牛口，其命不久
草原是否好，要看牛羊有多少；湖水是否好，要由天鹅来陪衬（维吾尔族）
超载的牛车容易坏（蒙古族）
吃饭要知牛马苦，着丝应记养蚕人
对牛弹琴，枉费精神
对牛生气没有用，向马动脚无益处（瑶族）

别为吃肉,杀死耕牛

初生犊儿不畏虎,长出犄角反怕狼
初生牛犊不怕虎
大牛好牵,小鼠难抓
春耕到,牛是宝
春牛如战马
富儿养成娇子,穷儿当成牛使
耕牛为主遭鞭打

对牛弹琴

官房漏,官牛瘦
过河卒子,力大如牛
好牛在力气,好汉在志气
家有肥牛骏马的富翁,不如头脑聪明的乞丐(蒙古族)
家中养得千头牛,抵作万户侯
捡牛粪的手不闲,讲怪话的嘴不闲(蒙古族)
见惯了骆驼,看不出牛大

九头牛扳不过一个理字
君子不同牛生气,好汉不与牛斗力
懒汉回头,力大如牛
懒牛屎尿多,懒人明天多
懒人一张好嘴,懒牛四条好腿
犁头使牛疲劳,私心使人变孬
没有犄角的牛爱斗架,没有知识的人好吵架
蔫牛踢死人
宁失肥牛,勿食己言
宁做穷家的牛,不做富家的狗
牛不滚塘哪来的泥,人无祸心哪来的罪(哈尼族)
牛不知角弯,驴不知脸长
牛不干活,拴在桩上同样会老
牛不吃草定有病,人不说话定有因
牛不吃草莫按头,人不愿做莫强求(蒙古族)
牛不知力大,人不知己过
牛吃草,要倒沫;人读书,要思索
牛吃亏在角上,人吃亏在嘴上(哈萨克族)
牛吃青草鸡吃米,各人自有各人喜
牛大能值几百元,自大不值一分钱(蒙古族)
牛大压不死虱子,山大压不住泉水
牛的花纹不同,人的才智不同(苗族)
牛的犄角易躲,人的舌头难避
牛的尾巴甩不掉,人的错误捂不住(彝族)
牛粪堆大,蠢人话大(纳西族)
牛急了乱挤,人急了乱说
牛急了有千倍的勇力,人急了有百倍的勇气(白族)
牛角长了总要弯,人心贪了总要坏(侗族)
牛角越长越弯,赃官越坏越贪
牛老角硬,人老艺精(侗族)
牛老无力,人老无威
牛累一把草,人累一宿觉
牛马肥壮的好,做人诚实的好(鄂温克族)
牛前马后少跟走,是非之地莫停留
牛是宝中宝,出力只吃草
牛是种田人的哑巴儿子

牛套马，累死俩
牛头不对马嘴
牛头藏不下怀里，错误瞒不了别人
牛无力拉横耙，人无理说横话
牛要耕，马要骑，孩子不管要顽皮
牛蝇使健牛疲惫，忧患使贤人憔悴
牛有喘气之力，人有换骨之时
牛越肥壮越好，人越真诚越好
凭力气扳倒牯牛的人不算好汉，凭毅力战胜困难的人才是英雄（彝族）
欺人莫欺头，做贼莫偷牛
人无信，牛皮写字也不灵
三年不喝酒，买条大黄牛
三年不抽烟，省头老牛钱
瘦牛的角大，蠢人的事多
小时偷油，长大偷牛
学如牛毛，成如麟角
学水牛那样粗的气，学黄牛那样大的力（苗族）
要学牛走路，一步一个脚印；莫学鸡刨地，乱抓乱啄（白族）
一天节约一根线，百天成绳把牛牵（达斡尔族）
一智抵三牛，一巧胜千钧
有牦牛一样大的身躯，不如有纽扣一样大的智慧（柯尔克孜族）
最笨的黄牛，回家的路途也熟悉；最聪明的人，生活的旅途也有疏忽（彝族）
最纯洁的是牛奶，最肮脏的是病菌
与其养鹿放高山，不如喂牛犁菜园（彝族）
与其牛羊多，不如朋友多（蒙古族）
与其拜佛求福，不如驯服牛犊

三、生肖虎谚语

被人藐视的人，往往是打虎英雄；狂妄骄傲的人，每每一事无成（蒙古族）
不进深山，难遇老虎；不做事情，不犯错误
不怕虎狼当面坐，只怕人前两面刀
不怕虎生三只眼，只怕人有麻痹心
不入虎穴，焉得虎子
不识老虎看猫相，不识母亲看女样

得胜的猫儿欢似虎

二虎相斗，必有一伤［也作“两虎相争，必有一伤”］

两虎相争，必有一伤

独虎难骑，众怒难犯

锻炼不刻苦，纸上画老虎

对待别人的东西，像贪吃的老虎；对待自己的东西，像吝啬的老鼠

对老虎的宽仁，就是对绵羊的凶狠

虎吃人易躲，人害人难防

虎毒不食子

蜂背虽花不称虎，蜗虽有角不是牛（藏族）

跟老虎讨交情，早晚要喂虎

关门养虎，虎大伤人

好汉不欺受伤的老虎

黑虎白虎，惹不起地老虎

虎吃肉性凶，羊吃草性良（蒙古族）

虎登千重山，龙走万江水

虎动生风，云动生雨

虎多成群，人多成王

虎父无犬子

虎口大，吃不着天；人嘴巧，说不倒理

虎狼有父子，蜂蚁有君臣

虎老牙不黄，人老志不衰（拉祜族）

虎离山无威，鱼离水难活

虎怕成群，人怕齐心（纳西族）

虎怕高山，人怕孤单（布依族）

虎生一子能拦路，耗子一窝喂了猫
虎瘦雄心在，人穷志不穷
虎虽死花纹不散，牛虽老两角美观（藏族）
虎为百兽之王，人为万物之灵
虎在软地上易失足，人在甜言里会摔跤
黄忠七十五，赛过下山虎
活猫胜过死虎（哈萨克族）
老虎不吃死肉，好汉不说空话（藏族）
老虎不发威，切莫当猫训
老虎不嫌黄羊瘦
老虎吃人也怕人（哈尼族）
老虎大小看蹄印，人品好坏看言行
老虎的样子也像猫，恶人的笑脸藏钢刀
老虎好逮，人心难揣
老虎屈膝而卧，绝不意味着向人们敬本
马路如虎口，中间不可走
猫儿得势雄胜虎，凤凰落魄不如鸡
猫是老虎的师傅，只是不教虎上树
猛虎架不住群狼
猛虎靠名声，老牛凭实干（蒙古族）
猛虎也有打盹时，骏马也会失前蹄
鸟惜羽毛虎惜皮，为人处世惜脸皮
怒是猛虎，欲是深渊
怕狼怕虎，莫在山上住
骑在虎背上不怕虎
千年难遇虎瞌睡，百年难逢岁暮春
人不辞乡，虎不辞山
人到难处，犹如虎落深坑
人到四十五，正是出山虎
人急奔神，虎急奔林
人没伤虎心，虎有伤人意
人凭志气虎凭威，鸟凭翅膀展翅飞
人死如灯灭，虎死如绵羊
人有三分怕虎，虎有七分怕人
肉在虎口，势在人手
入山擒虎易，开口求人难

入山不避虎狼,是樵夫之勇;入水不避蛟龙,是渔夫之勇
软索套猛虎,香饵钓金龟
山助虎威,虎助山威
深山藏虎豹,乱世出英豪
深山里老虎自由,黑夜里豺狼自由(维吾尔族)
胜者为虎,败者为鼠
士用则为虎,不用则为鼠
头发丝绑得住凶老虎,善良妻劝得转恶丈夫
威风要如虎,胆量莫如鼠
吸毒一口,跌入虎口
笑面老虎杀人心
雄狮要雪山来保,猛虎要森林来护(藏族)
养子传世事,养虎自遗患
要学武松打虎,不学东郭怜狼
一虎势单,众鸟遮日
一山不藏二虎,一渊难纳双蛟[也作"一山难容二虎"]
一支箭难射两只虎,一个人难走两条路
鹰老不掉毛,虎老不倒威
鹰立如睡,虎行似病
只要心细逮狮子也不难,只要有志抓老虎不费力(鄂伦春族)
制服猛虎非英雄,抑制脾气真好汉(维吾尔族)
自满是求知的拦路虎,自谦是智慧的引路人(壮族)

四、生肖兔谚语

挨过棍棒的兔子活不长,误入歧途的人难醒悟
不见兔子不撒鹰
打兔的不嫌兔多,打鱼的不嫌鱼腥
大丈夫不走小路,花豹子不踏兔径
好汉不赶乏兔儿
狡兔常施三窟计,乖人惯踏两只船
见兔顾犬未为晚,亡羊补牢未为迟
狼精狐狸怪,兔子跑得快
烈酒使人说出心里话,猎人叫兔跑出草丛中(蒙古族)
鹿角再长,顶不到星星;兔腿再短,照样翻山(藏族)

犬兔赛跑

没牙的豹子,连兔子都怕
没有野狼的地方,兔子也摆架子
鸟尽弓藏,兔死狗烹
鸟靠翅膀兔靠腿,人靠智慧鱼靠尾
宁可守株待兔,不可缘木求鱼
如果空喊能顶用,兔子都会成精
同时想追两只兔,一只也捉不到(俄罗斯族)
家养一只长毛兔,一年一条呢子裤
兔急咬人,狗急跳墙(回族)
兔死狐悲,物伤其类
兔死留皮,人死留言
兔子不吃窝边草,勤人不吃现成饭(阿昌族)
兔子成精比老虎还厉害
兔子出世满山跑,小鸡出世跟娘转
兔子生得快,一年生六代[也作"兔儿快,兔儿快,兔儿一年生六代"]
兔子出窝鹰高兴,羊羔离群狼舒心
兔子毫,无优劣,弄管[喻用毛笔写字]有巧拙
兔子驾不了辕[也作"兔子啥时候也驾不了辕"]
兔子靠腿狼靠牙,各有各的谋生法
兔子能拉车,谁还买驴?
兔子皮只能穿三天,木头锅只能烧一回(维吾尔族)
兔子是狗撵出来的,话语是酒激出来的
兔子是吓死的,人是羞死的(维吾尔族)
兔子睡觉,乌龟得胜
兔子要学狮子跳山溪,一定会坠落深涧而死(藏族)

兔子满山跑,仍旧归老巢
虚伪像兔子尾巴短小,真理像山谷般深远
外头捉了一只兔,家里跑了一只鹿
养兔养羊,本小利长
养兔要得好,不喂露水草
养兔在养毛,毛好价钱高
要想日子富,养蜂又养兔
野兔四脚虽短,却能翻过山岗;公鸡虽有翅膀,不能展翅飞翔(藏族)
一兔在野,百人逐之;一金在野,百人竞之
鹰饱不捉兔,兔饱不出窝
有口才的能把野兔说成龙(达斡尔族)
与其像兔子活百年,不如像老虎活一天(维吾尔族)
与其像兔子一样偷安,不如像雄鹰一样飞翔(维吾尔族)
月明兔昂首,月暗兔低头
再快的乌龟,也赛不过兔子
走路不停歇,慢车赛兔子(哈萨克族)

五、生肖龙谚语

扁担是条龙,一生吃不穷
大海水,深又深,鱼龙混杂任升沉
胆大骑龙骑虎,胆小骑猫屁股
道高龙虎伏[指被降伏],德重鬼神钦
得志莫像龙,失志莫像虫
得志一条龙,失志一条虫
独子成龙,独女成凤
二龙相斗,鱼鳖虾蟹受伤
二月二,龙抬头
给龙王爷磕响头,不如一年四季使锄头(白族)
夫妻恩爱喝清水也觉甜,夫妻无情吃龙肉也不香(瑶族)
狐狸不乐龙王,鱼鳖不乐凤凰
画出龙来才现爪
画龙画虎难画骨,知人知面不知心
画龙难在点睛,作文难在开头
困龙也有上天时

龙不离滩，虎不离山
龙不怕，虎不怕，只怕苍蝇飞上又飞下
龙池无龙，泥鳅翻天
龙到有水，虎到有食
龙多旱，人多乱，媳妇多了婆婆做饭
龙多扛过雨，崽多饿死爹
龙多主旱，言多主贱
龙归晚洞云犹湿，麝过青山草木香
龙门要跳，狗洞要钻
龙怕揭鳞，人怕揭短
龙配龙，凤配凤
龙凭大海虎凭山，人凭志气排万难
龙生九子不像龙
龙生龙，凤生凤，老鼠的儿子打地洞
龙生一子定乾坤，猪生一窝拱墙根
龙是龙，鳖是鳖，喇叭是铜锅是铁
龙头怎么摆，龙尾怎么甩
龙威不如爪威
龙无鳞不精神，虎无筋不壮实
龙无头不走，鸟无头不飞
龙无云不行，鱼无水不生
龙眼识珠，凤眼识宝，牛眼识青草
龙游浅水遭虾戏，虎落平阳被犬欺
莫用河水祭龙王，莫将石头献大山（蒙古族）
泥沙俱下，鱼龙混杂
宁养一条龙，不养十头熊
人活一条龙，人死一条虫
山不在高，有仙则灵；水不在深，有龙则灵
神龙不贪香饵，彩凤不入雕笼
是龙不跟蛇斗，是人不跟狗斗
是龙到处行雨，是狼到处伤人
是龙就上天，是蛇草里钻
笋因落壳方成竹，鱼好奔波始化龙
天上龙肉，地下驴肉
细心栽花满园红，有志闯海擒蛟龙
闲成懒虫，忙成蛟龙

要吃龙肉下海滩，要吃虎肉进深山
要龙要虎，不如要土［指田地］
一个人是龙也顶不起天
一举首登龙虎榜，十年身到凤凰池
一颗红心两只手，牵着龙王到处走
一龙九种，种种各别
一龙难治千江水，一虎难登万重山
一锹挖不成井，一笔画不成龙
鱼不偶龙，犬难偕虎
云从龙，风从虎
装龙似龙，装虎似虎
最稀奇不过龙肉，最亲密不过娘舅

六、生肖蛇谚语

把敌人引进厅堂，等于把毒蛇放在胸膛（蒙古族）
百足的虫，死而不僵；隆冬的蛇，僵而不死
别看菩萨面，要防蛇蝎心
不是朵朵花都好看，不是条条蛇都有毒
曾被毒蛇咬一口，见了草绳都发抖
打草惊蛇，杀鸡吓猴
打蛇不打死，伤好又咬人
打蛇打在七寸上，说话说在点子上［也作“打蛇打七寸”］
大路上横躺的长虫活不长，深夜里溜达的汉子好不了（维吾尔族）
毒不过青蛇，凶不过贪官（苗族）
毒蛇口里无好牙
毒蛇在手，壮士断腕
毒蛇总是曲走，螃蟹总是横行
毒蛇总在暗中咬人，坏人总在暗中伤人（苗族）
对冬眠的毒蛇不要怜惜，对饥饿的老虎不要麻痹（苗族）
放跑了毒蛇，别怨草长得密（哈萨克族）
佛口说善言，毒蛇在心田
蝮蛇口中毒，蝎子尾后针
隔夜茶，毒过蛇
鬼怕恶人蛇怕棍

好人的心肠像莲花,坏人的心肠像毒蛇(藏族)
虹搭的桥不能走,蛇扮的绳不能拿
呼蛇容易遣蛇难
画蛇添足,弄巧成拙
话经三张嘴,长虫也长腿
见火不灭火烧身,见蛇不打蛇咬人
狼怕打,灯怕吹,毒蛇怕石灰(彝族)
狼死不闭眼,蛇死还挡路
良言能引蛇出洞,恶语能引剑出鞘(维吾尔族)
两座山之间,有毒的蛇少不了;一对情人中间,挑拨的人少不了(蒙古族)
蚂蚁出洞,小雨不停;长虫出洞,暴雨淋淋(彝族)
蟒蛇只能当自己洞穴的首领,小人只能对家里人要威风(蒙古族)
猫急上树,蛇急钻洞(蒙古族)
猫小不忘悄悄走,蛇细不忘盘着躺(蒙古族)
宁为蛇头,不做龙尾
怕蛇的人,连草绳都怕(维吾尔族)
蚯蚓想变蛇,再等一千年
人怕理,蛇怕烟,牛马怕的是皮鞭
人心不足蛇吞象,贪心不足吃月亮
蛇并不怜悯熟睡的人
蛇不会因为自己有毒而死亡,敌人不会因为自己腐朽而灭亡
蛇不知自己行迹,人不知自己身心
蛇出洞好打,草出土好锄
蛇的外表光滑,嘴里却有毒牙
蛇毒在牙齿,人毒在舌头(哈萨克族)
蛇过道,青蛙叫,瓢泼大雨快来到
蛇会蜕皮,本性不移
蛇见雄黄骨头酥
蛇口最毒,贼手最脏
蛇爬有声,奸计无影
蛇怕扁担,人怕揭短
蛇怕打七寸,鼠怕捏耳门
蛇跑兔子窜,各有各打算
蛇死三天尾还动,虎死三天不倒威
蛇兔难偕老,鸡猴不到头
蛇往山下跑,晒死河边草

蛇无头不行,兵无将自乱
蛇无头不行,草无根不生
蛇无头不行,鸟无翅不飞
蛇咬人可医,人咬人难治(布依族)
蛇钻竹筒,曲性难改
是蛇一身冷,是鱼一身腥
玩蛇者被蛇咬,玩火者被火烧
一亩田地,三蛇九鼠
一世不走草,走草挨蛇咬
一朝被蛇咬,十年怕井绳
与君子交友,犹如身披月光;与小人交友,犹如身近毒蛇(蒙古族)

七、生肖马谚语

鞍具结实,不怕烈马;意志坚强,不畏劲敌(蒙古族)

鞍具结实,不怕烈马;意志坚强,不畏劲敌

鞍子不好马受罪,老婆不好夫遭殃(蒙古族)
把距离缩短的是骏马,使亲人疏远的是闲话(哈萨克族)
办公事肚量要大,牵烈马缰绳要长(藏族)
饱时莫忘饿时饥,骑马莫忘带行李
闭门画花不如走马观花,走马观花不如下马栽花
别先找骏马,要先找道路(哈萨克族)
兵马不离阵,虎狼不离山
兵马未动,粮草先行

兵随将领草随风,千军万马看首领
病来如马奔,病去如步行
不合群的马套杆多,不团结的人困难多(蒙古族)
不和气的人面前仇人多,不驯服的马身上鞭痕多
不买远处马,不娶近亲女(乌孜别克族)
不骑马,路难走尽;不辩论,事难厘清(藏族)
不识马性勿近马,不懂水性莫下河(维吾尔族)
不训练的好马成劣马,不教育的好人成坏人(景颇族)
不要和有钱人打赌,不要跟骑马人走路
不要让没摸清性子的马驮东西(藏族)
伯乐相马,慧眼识人
伯乐一顾,马价十倍
草原是骏马的朋友,困难是胜利的朋友
常拴的马不肥(哈萨克族)
沉着的象比慌张的马先到达目的地
趁父亲在时选好朋友,趁骏马在时选好道路(维吾尔族)
穿破衣的有圣人,破鞍底下有骏马(蒙古族)
大树也会枯枝,骏马也会失蹄
淡盐水喝三瓢,人添力气马长膘
当你学会骑马时,要防止摔下马(藏族)
对懒惰的马来说,马车永远是沉重的(蒙古族)
多下及时雨,少放马后炮
多走高山伤骏马,多存歹意伤自身(蒙古族)
恶妻难斗,恶马难骑
逢桥须下马,有路莫争船
高人不用多言,好马不需加鞭
共船漏,共马瘦
好马不吃回头草,好蜂不采落地花
好马不吃回头草,好汉不夸旧功劳
好马不求好照应,好友不求好伺候(哈萨克族)
好马出自马驹,英雄出自少年
好马打三鞭,变成摇头摆尾;好话说三遍,变成无益废话(蒙古族)
好马登程跑到头,好汉做事做到头(蒙古族)
好马飞跑,灰尘不大(维吾尔族)
好马千里奔驰,好人一片忠诚(蒙古族)
好马是骑出来的,才干是练出来的

伯乐相马,慧眼识人

好马闲三年,连袋粗糠也驮不动

好马在力气,好汉在志气

好马走路平稳,好人说话坚定

驰骋,马能走尽草原;努力,人能实现志愿

驰骋识骏马,患难交挚友

驰骋识骏马,患难交挚友

画人难画手,画树难画柳,画马难画走,画兽难画狗

话说三遍没人听,马叫三声槽头空

会赶马的不用鞭子用饲料(蒙古族)

就是好马也要受驯,就是聪明的孩子也要管教

君子一言,快马一鞭

骏马怀念草原,勇士怀念故乡(柯尔克孜族)

骏马能驰骋草原,爱情能战胜死神(维吾尔族)

骏马是英雄的翅膀,群众是领袖的眼睛(维吾尔族)
骏马无料难越高山,英雄无援难胜敌人(维吾尔族)
骏马无腿难远行,人无理想难进步
骏马扬蹄嫌路短,雄鹰展翅恨天低
骏马要看它的眼睛,勇士要看他的脚印(哈萨克族)
骏马要有美鬃相配,勇士要有谦虚品格(哈萨克族)
骏马在饥饿中试骑,好汉在斗争中考验
开弓没有回头箭,好马崖前不低头
看耳知马性,观尾知狗性(锡伯族)
炕头上练不出千里马,花盆里长不出万年松
快马忌鞭,快驴忌喊
快马是在长途中练出来的,大路是靠脚板踩出来的(蒙古族)
快马也要响鞭催,响鼓也要重槌擂
老马识路数,老人通世故
老马识途,老犬记家
老马走错了路,知道回头;明白人做错了事,知道改正(景颇族)
良骥由于奔跑得快才出名;好汉由于劳动得好才扬名(蒙古族)
良马难乘,但可以负重致远;良才难用,但可以肩挑重任
劣马身上鞭痕多,懒人家里破衣多
烈马可以套住,言语难以收回(蒙古族)
烈马跑路有尽头,人们撒谎无尽头(藏族)
烈马无缰要乱跑,人无纪律要乱套
烈马用套杆驯服,怒者用语言说服
吝啬的人朋友远,懒惰的马路途远(蒙古族)
路遥知马力,日久见人心
驴套马,累死俩
论是非,度量要宽;拉烈马,缰绳要长(藏族)
马比马强在力气和步伐上,人比人强在勇气和事业上(哈萨克族)
马不欺母,虎不伤子
马不抬头铃不响,花不招蜂蜂不来
马不知脸长,牛不知角弯骆驼奋蹄,快马难比

八、生肖羊谚语

别在绵羊群里逞好汉,别在恶汉面前成绵羊(蒙古族)

不劳而获的珍宝，不如劳动得来的羊羔（哈萨克族）
豺狼欺绵羊，赃官欺百姓
扯断一根羊毛毫不费力，拉断一根绳索谈何容易？（维吾尔族）
丢失奶羊使人难过十天，忘记爹娘叫人痛苦一生（彝族）
冬天常喝羊肉汤，不找医生开药方
放过三年羊，识得狗和狼
赶羊要看头羊，经商要看市场
羔羊在狼面前忏悔，是最愚蠢的举动（哈萨克族）
懒羊总是觉得自己身上的毛太重
狼老了，也有一只羊的气力
狼老了，有吃羊的心思；虎老了，有捕鹿的欲望（柯尔克孜族）
狼披羊皮更阴险
狼在剩下一口气的时候，还是想吃羊
狼最喜欢离群的绵羊，鹰最喜欢离人的鸡仔
没吃过羊的狼，仍然是羊的敌人（哈萨克族）
没有好嘴不跑堂儿，没有好腿不放羊
没有牧羊人，羊就不成群
绵羊蹚过的河水，饿狼也要舔一舔（鄂伦春族）
宁挨好汉的拳头，不吃孬人的羊头
宁救千只羊，不救一只狼
千羊在望，不如一兔在手
千羊之皮，不如一狐之腋
头羊领错路，群羊入歧途
未曾磨过的刀，刃不快；未进草场的羊，肉不肥（蒙古族）
羊吃草不怕山高，交朋友不怕路远（哈尼族）
羊靠草原，人靠知识（塔吉克族）
羊毛出在羊身上，好人要有好心肠
羊毛是卷的美，人心是直的好
羊毛要慢慢理，道理要慢慢讲（白族）
羊毛越撕越松散，语言越学越精练（藏族）
羊群里藏不住骆驼，纸团里包不住烈火
羊入虎口，必死无疑
羊入虎穴，不必求饶；人遇对头，不用相求（纳西族）
羊瘦虱子多，人穷灾难多
羊随大群不挨打，人随大流不挨罚（回族）
勿让羊管菜园，莫叫狼管羊圈

亡羊补牢,犹未为晚

亡羊补牢,犹未为晚

养羊养绵羊,交友交心肠

与其有万只绵羊,不如有一点智慧(塔吉克族)

与其在异国喝羊肉汤,不如在故乡啃苞谷瓤(维吾尔族)

挚友像诚实的绵羊,仇敌像凶狠的恶狼(维吾尔族)

种姜养羊,本小利长

走尽羊肠小径的人,必定会遇上阳关大道(景颇族)

九、生肖猴谚语

爱上的,猴子也好看;不爱的,菱花也难瞧(鄂温克族)

爱上了,猴子也标致;看中了,狗熊也美丽

不要向猴求枣,不要与虎谋皮

大象忙,草原不忙;猴子忙,树枝不忙(景颇族)

刁猴最爱戴红帽子(壮族)

跟着好人能学好,跟着猴子能学跳(蒙古族)

跟着雄鹰飞蓝天,跟着猴子学钻圈

猴不上树紧打锣猴不知脸瘦,马不知脸长

猴儿不上竿,多敲几遍锣

猴精猴瘦,猪蠢猪肥(苗族)

猴子穿上人的衣裳,更显得它是兽类

猴子打跟头,只给老板挣钱

猴子手里掉不下干枣

猴子手里跑不掉虱子

猴子学会跳,不知摔过多少跤

猴子再精灵,还不知道解绳索
要把戏凭猴,种庄稼凭牛
耍猴的瞒不了敲锣的蝴蝶为花弄断翅,猴子跌死为仙桃
话传三遍,猴子变人
骄傲是一害,树上的猴子也会跌下来
就是猴子,也会被树杈绊倒
没有不上竿的猴子
没有不上钩的鱼儿,没有不爬树的猴子
宁愿让山雀啄吃,莫叫猴子守苞谷(彝族)
穷猴光腚,欺软怕硬
三代连续结亲,子孙尖嘴猴腮(彝族)
树倒猢狲散,墙倒众人推
水果落入猴手中,再也拿不回来(傣族)
桃子是猴子的心中果,鸡肉是野猫的心头肉(侗族)
乌鸦争食,猴子得利
一百个猴儿一百条心
只看猴脸的人就别吃猴肉,只看外表的人就别娶妻子(景颇族)
只要心灵智谋巧,能从猴嘴掏出枣(蒙古族)
嘴里有枣的猴子分外得意,翎上插珠的孔雀分外美丽(蒙古族)

十、生肖鸡谚语

爱花连枝惜,怨鸡连窝怨
爱叫的鸟懒筑巢,好斗的鸡不长毛
拔了毛的凤凰不如鸡
白天黑夜鸡叫分,好人坏人看言行(彝族)
百鸟嘈嘈,鸡啼为定
百日鸡,正好吃;百日鸭,正好杀
半夜鸡叫,必有凶兆
报晓的是雄鸡,相帮的是知己(回族)
不能因怕老鹰不养鸡,不能因怕豺狼不养羊(彝族)
苍蝇不叮无缝的蛋[也作“苍蝇不抱无粪的蛋”]
差鸡差狗,不如自己动手
独鸡肥,独鸭瘦
凤凰不入乌鸦阵,金鸡不入狐狸群

跟着师傅学手艺,跟着狐狸学偷鸡
公鸡虽小,能分清昼夜;狗儿虽小,能辨出主客(彝族)
公鸡想啼拍翅膀,人要讲话细思量(壮族)
姑爷进门,小鸡没魂
好话讲三遍,鸡狗也听厌
黑鸡生的都是白蛋
狐狸见鸡眼就红,馋猫见鱼口水流
狐狸看鸡,越看越稀
狐狸说教,意在偷鸡
狐狸做梦也数鸡
花盆里长不出栋梁,鸡窝里练不出翅膀
鸡不跟狗斗,男不跟女斗
鸡蛋碰不过石头,胳膊扭不过大腿
鸡的骨头,羊羔的髓,傍晚的瞌睡,新媳妇的嘴
鸡急上房,狗急跳墙
鸡叫三遍,一遍比一遍亮;路走三遍,一遍比一遍熟(回族)
鸡头肉最香甜,枝头花最鲜艳
鸡寻食,人求知(维吾尔族)
鸡要刨着吃,人要做着吃
鸡啄的不全是粮食,人说的不全是真理(纳西族)
鸡做梦一把食,羊做梦一把草
家有余粮鸡犬饱,房多书籍子孙贤
嫁鸡随鸡,嫁狗随狗,嫁给扁担,担起就走
老鸡老鸭值钱,老腔老调讨嫌
没鸡下不出蛋,没米做不成饭
没有实践的学者,犹如不下蛋的母鸡(维吾尔族)
莫想青山鸟,喂好笼中鸡
你好我好,煮个鸡蛋吃不了;你争我争,杀牛宰羊不够分(苗族)
宁做鸡头,不做凤尾
若要富,鸡叫三遍离床铺;若要穷,东游西逛提鸟笼
三更灯火五更鸡,正是男儿读书时
杀鸡儆猴,惩一儆百
杀鸡焉用牛刀
天亮不是雄鸡啼出来的
偷个鸡蛋吃不饱,一身臭名背到老
偷鸡摸狗,自己出丑

无利不起早，有利盼鸡啼
勿拿酒杯接檐水，勿使大斧杀小鸡
闲言碎语，鸡声鹅腔
养个鸡，落个蛋；烧点柴，图点炭
养花不如栽柳，养鸟不如养鸡
一家人三件宝：鸡啼、狗叫、娃娃闹
一人得道，鸡犬升天
鹰有时可能飞得比鸡低，但鸡永远也飞不到鹰那么高
有鸡待远客，有事求近邻
与其做无志气的人，不如做有志气的鸡（塔吉克族）
捉鸡就要先撒米，拖牛就得先牵鼻

十一、生肖狗谚语

爱屋及乌，打狗欺主
不怕狂犬汪汪叫，只怕闷狗把腿咬
财主不怕官，乞丐不怕狗（蒙古族）
朝中有人好做官，家中有狗好看门
痴狗多叫，痴人多笑
宠狗上灶，宠儿不孝
打狗没法，就地一抓
打狗要用擒虎力
冬至补补身，狗肉抵人参
对客不要嗔狗
蹲在地上的狗，心想桌上的肉（蒙古族）
恶狗不露齿，坏人不露相
儿女父母爱，猫狗主人亲
公鹿会被机敏的猎狗捉住，勇士会被妖艳的女人迷住
狗爱咬老实人，坏人爱欺忠厚人（蒙古族）
狗被骨头所骗，人被钱财所蒙（锡伯族）
狗改不了吃屎，狼改不了吃肉
狗跟在主人后面才厉害
狗急跳墙，人急悬梁
狗冷在嘴上，人冷在腿上
狗恋旧主人

狗拿棍子管,人拿道理管
狗能惊跑草里兔,酒能激出肚里话(蒙古族)
狗怒看牙,人怒看眼
狗是百步王,只在门前狂
狗是忠臣,猫是奸臣
狗为主人尽力,人为信仰献身
狗眼看人低,人穷狗也欺
狗咬穿烂的,人舔穿好的
狗咬挎篮的,贼抢有钱的
狗咬一口,烂见骨头
狗有病就瘦,人不勤就穷
狗有义,人不知
狗仗人势,人仗财势
狗住书房三年,也会吟风弄月
狗走千里吃屎,狼行千里吃肉(蒙古族)
狗嘴吐不出象牙,狐狸藏不住尾巴
好狗不咬鸡,好夫不打妻
狐朋狗友,没钱分手
话多人不喜,棍长狗不爱(藏族)
叫狗不咬,咬狗不叫
金窝银窝,不如自家的狗窝
进门看三相:狗大、猪肥、孩子胖
狼心犬肺,狐朋狗友,自作还要自受
两狗互咬,必有一伤;官官相斗,国家必亡(蒙古族)
邻居的狗不能打,对门的猫不能爱
埋头汉,耷耳狗,嘴里不说心里有
猫恋食,狗恋家,小孩子恋妈妈
没要过饭,不知狗狠
没有强盗,狗不会叫(藏族)
没有牙的狗,喜欢捡骨头(蒙古族)
宁看狗打架,不听坏人话
宁为太平犬,莫做乱离人
怕狗被狗欺,怕鬼着鬼迷
七岁八岁狗也嫌
人要有雄狮般的力量,也要有猎狗般的机敏(维吾尔族)
犬马尚分毛色,为人岂无姓名

人爱富的，狗咬穷的
人不和狗斗，君子不和小人争
人不食言，狗不食铁（藏族）
人丢了脸如狗，狗没了尾像猴（蒙古族）
人各有各的知己，狗各有各的本领（哈萨克族）
人多为王，狗多为强
人见人穷亲也疏，狗见人穷死也守
人有礼貌好，狗有尾巴好（蒙古族）
狮子和狗相斗，赢了也不光彩
十个黄狗九个雄，十个衙役九个凶
瘦狗莫踢，病马莫骑
死狗埋在树底下，秋后果子用车拉
讨饭的还要学打狗的本事
头发无油如草，孩子无娘如狗
亡国奴不如丧家犬
香肠做的链子锁不住狗
小狗的牙伤人，小孩的话气人
新鞋不踩臭狗屎
哑巴狗，暗下口
养狗尚有情，养人岂无恩
咬人的狗不一定叫，绊人的桩不一定高
一人省一口，能养一条狗
有条好猎犬，猎物随手捡
与其做小人，不如当小狗
贼被狗咬暗叫苦
真话是金子，谎言是狗屎
主人逼狗也遭咬
字是黑狗，越描越丑
做贼的人不如狼，说谎的人不如狗（蒙古族）

十二、生肖猪谚语

馋猪肥，馋狗瘦
吃了猪肝想猪心，得了白银想黄金
饿死不吃猪儿食，冷死不烤佛前灯

火到猪头烂,功到自然成

火急煮不好饭,性急赶不得猪[也作"性急赶不得猪"]

狼行千里吃肉,猪行千里吃糠[也作"猪行千里吃糠"]

聋子不怕惊雷响,死猪不怕开水烫

人怕出名猪怕壮

人生不读书,活着不如猪[也作"养儿不读书,活着不如猪"]

事前不商量,需猪买到羊

死了张屠夫,不吃浑毛猪[也作"没了张屠夫,不吃带毛猪"]

乌鸦落在猪身上,反笑猪身黑又脏(蒙古族)

香不过猪肉,亲不过姑舅

养子不孝如养猪,养女不孝如养驴

要想富,卖酒醋,磨豆腐,喂母猪

猪大了自肥,女大了自巧

猪到千斤总有一刀,人到百岁总有一遭[也作"猪到千斤总有一刀"]

猪困[睡]长肉,人困卖屋[也作"猪睡长膘,人睡卖屋"]

第二章　礼仪修养谚语

A

爱惜五谷,儿孙多福
爱叫的猫捉不到老鼠,好吹的人办不成大事
爱骑马的不骑驴,爱吃萝卜不吃梨
安逸使人志气消,勤奋使人志气高
傲气大了栽跟头,架子大了没人理

B

疤痕是从创伤来的,谨慎是从经验来的
把舵的不慌张,乘船的才稳当
白日莫闲过,青春不再来
白首贪得不了,一身能用多少
白酒红人面,黄金黑世心
百尺竿头,更进一步
百灵鸟不忘树,梅花鹿不忘山
百年三万六千日,光阴只有瞬息间
百金买骏马,千金买美人,万金买高爵,何处买青春
百里之海,不能饮一夫;三尺之泉,足止三军渴
百巧不如一拙
百日不休,万里易到
百岁光阴如过客
百人百姓,各人各性
百样雀儿百样音,百个人儿百个性
败将不提当年勇

败子回头便作家
败子若收心，犹如鬼变人
办事不用脑，本事大不了；办事多用脑，越办越灵巧
半句虚言，折尽平生之福
半熟的西瓜不好吃，虚假的话语不入心
绊人的桩，不一定高；咬人的狗，不一定叫
宝剑折了不改钢，月亮缺了不改光
宝器玩物，不可示于权豪；古剑名琴，常要藏之柜椟
宝贵的季节是秋天，宝贵的时代在青年
宝剑锋从磨砺出，梅花香自苦寒来
饱时莫忘饥荒年，暖时别忘冷和寒
饱时省一口，饿时得一斗
饱谷穗头往下垂，瘪谷穗头朝天锥
饱暖生淫欲，饥寒生盗心
豹死留皮，人死留名
背上背把尺，先量自己后量人
本领小的骄傲大，学问深的意气平
笨鸟先飞早入林，笨人勤学早入门
秕麦穗子翘得高，无知的人爱骄傲
笔勤能使手快，多练能使手巧
笔杆无多重，无志拿不动
闭门家里坐，祸从天上来
蔽天之明者，云雾也；蔽人之明者，私欲也
避色如避难，冷暖随时换
变从懒上起，贪从懒上来
遍地出黄金，就怕不用心
遍地是黄金，单等勤劳人
别被花言巧语哄倒，别被流言蜚语吓倒
别人夸，一枝花；自己夸，烂冬瓜
拨火棍长了不烧手，问题想远点不上当
博学的人大话少，浅薄的人爱吵吵
薄地怕穷汉，肥地怕懒汉
补漏趁天晴，读书趁年轻
补漏趁晴天，未渴先掘井
不经高山，不知平地
不磨不难不成人

不能正己,焉能化人
不吃苦中苦,难得惊人艺
不担三分险,难练一身胆
不割心爱,不显诚意
不好烧的灶好冒烟,不听劝的人好发癫
不怕别人瞧不起,就怕自己不争气
不怕倒运,全怕懒性
不怕路远,只怕志短
不怕难,有难非难;害怕难,不难也难
不怕吃饭拣大碗,就怕干活爱偷懒
不怕稠吃,单怕稀化
不怕难字当道,就怕懒字出窍
不怕穷,就怕懒
不怕穷,就怕志短
不怕人欺负,就怕不丈夫
不怕念起,只怕觉迟
不怕起点低,就怕不到底
不怕山高老虎恶,就怕没吃铁秤砣
不怕学问浅,就怕志气短
不怕一万,只怕万一
不如意事常八九,可与人言无二三
不入虎穴,焉得虎子
不实心,不成事;不虚心,不知事
不是肥土不栽姜,不是好汉不出乡
不熟的肉损坏肠胃,失信的话伤害朋友
不思万丈深潭计,怎得骊龙颔下珠
不贪财,祸不来
不图一时乱拍手,只求他日暗点头
不为物欲所惑,不为利害所移
不显山,不显水
不学蝴蝶花前逛,要学蜜蜂酿蜜忙
不学米筛千只眼,要学蜡烛一条心
不学杨柳随风摆,要学青松立山冈
不以成败论英雄
不义之财不可贪
不蒸馒头争口气

不知者不做罪
不做狠心人,难得自了汉

C

才高易狂,艺高易傲
才脱了阎王,又撞上小鬼
财帛如蒿草,义气重千斤
财从细起,有从俭来
财上分明大丈夫
沧海不能实漏卮
苍天不负有心人
苍蝇不叮没缝儿的蛋
草有灵芝木有椿,禽有鸾凤兽有麟
草有香草毒草,人有好人坏人
草鞋不打脚,脚打草鞋
草有茎,人有骨
馋猫改不了吃腥,田鼠改不了打洞
长存君子道,日久见人心
常将有日思无日,莫待无时思有时
常听老人言,办事不作难
常在山中走,哪怕虎狼凶
成大事者,不拘小节
成功无难事,只怕心不专
成事不足,败事有余
成也萧何,败也萧何
成则为王,败则为寇
成绩不讲跑不了,缺点不讲改不掉
成家子,粪如宝;败家子,钱如草
成人不自在,自在不成人
成人容易做人难
诚可惊神,孝能感天
诚无垢,思无辱
诚心能叫石头落泪,实意能叫枯木发芽
诚招天下客,誉从信中来

诚之所至，金石为开
吃别人嚼过的馍没味
吃不了，兜着走
吃不穷，穿不穷，打算不到就受穷
吃得苦中苦，方为人上人
吃得亏的是好人
吃得轻担得重
吃的是盐和米，讲的是情和理
吃饭不在乎一口，打人不在乎一扭
吃饭吃饱，做事做了
吃惯了嘴，跑惯了腿
吃黑饭，护漆柱
吃鸡蛋不吃鸡母
吃酒图醉，放债图利
吃了不疼糟蹋疼
吃了五谷想六谷，做了皇帝想登仙
吃请对门谢隔壁
吃三年薄粥，买一头黄牛
吃虱留大腿
吃水豆腐都有被噎的时候
吃腥的猫儿修不成老道
吃一节，剥一节
吃一堑，长一智
吃着碗里，看着锅里
痴人自有痴福
虫蛀木断，水滴石穿
丑人多作怪
出的牛马力，吃的猪狗食
出家人不打诳语
出笼鸟儿收不回
出马一条枪
初生牛犊不怕虎
初学三年天下敢去，再学三年寸步难移
除了灵山别有佛
处贫贱易，耐富贵难
川壅则溃，月盈则匡

穿不穷，吃不穷，算盘不到一世穷
穿衣戴帽，各有所好
船的力量在帆上，人的力量在心上
船怕没舵，人怕没志
船通水，人通理
床头千贯，不如日进分文
创业百年，败家一天
创业容易守业难
吹牛容易实干难
从来好事多风险，自古瓜儿苦后甜
从来玩物多丧志，不是人迷是自迷
聪明反被聪明误
聪明容易犯傻难
聪明一世，糊涂一时
寸金难买寸光阴
搓绳不能松劲，前进不能停顿
错误不隐瞒，责任不推诿

D

打柴总得先探路
打狗就不怕狗咬，杀猪就不怕猪叫
打狗要用擒虎力
打虎还防虎伤人
打虎要力，捉猴要智
打架不能劝一边，看人不能看一面
打墙板儿翻上下，扫米却做管仓人
打蛇不死，反受其害
大吃大喝顾眼前，省吃俭用渡灾荒
大处着眼，小处入手
大胆天下去得，小心寸步难行
大风吹不走月亮
大富由命，小富由勤
大官不要钱，不如早归田，小官不索钱，儿女无姻缘
大海不嫌水多，大山不嫌树多

大海有鱼千万担，不撒渔网打不到鱼
大俭以后，必生奢男
大匠无弃材
大街上走着贞节女
大路生在嘴边
大难不死，必有后福
大人不记小人过
大人肚里道道儿多
大事不糊涂，小事不纠缠
大水不到先垒坝，疾病没来早预防
大有大难，小有小难
大丈夫流血不流泪
大丈夫能屈能伸
大丈夫宁折不弯
大丈夫相机而动
大丈夫一人做事一人当
大丈夫站不更名，立不改姓
戴着铃铛去做贼
耽迟不耽错
胆大的漂洋过海，胆小的寸步难行
但行好事，莫问前程
当取不取，过后莫悔
当着矮人，不说短话
刀越磨越利，脑越用越灵
到了山里再砍柴，到了河边再脱鞋
得理不饶人
得理让三分
得利不可再往，得意不可再往
得趣便抽身
得意之事，不可再做；得便宜处，不可再往
得智慧胜过得金子
登高必跌重
定数难逃
东河里没水西河里走
东隅已逝，桑榆非晚
动了太岁头上土，无灾也有祸

冻死不烤灯头火,饿死不吃猫剩食
冻死迎风站,饿死不弯腰

E

恶不可积,过不可长
恶狗怕揍,恶人怕斗
恶子忤逆不如犬
饿得死懒汉,饿不死穷汉
饿死胆小的,撑死胆大的
饿死事小,失节事大
儿女情长,英雄气短
儿要自养,谷要自种
儿做的儿当,爷做的爷当
二十年的媳妇熬成婆,百年的道路熬成河

饿死胆小的,撑死胆大的

F

凡事不可造次,凡人不可轻视
凡事要好,须问三老
凡事有个先来后到
凡事只因忙里错
饭得一口一口地吃,路得一步一步地走
饭来张口,茶来伸手
方木头不滚,圆木头不稳
芳槿无终日,贞松耐岁寒
放松一步,倒退千里
飞得不高,跌得不重
非理之财莫取,非理之事莫为
愤兵难敌,死将难当
丰年要当歉年过,有粮常想无粮时
风吹云动星不动,水流船行岸不移
风来要顶着走,雨来要快步行

风流自古多魔障
风无常顾,兵无常胜
逢恶不怕,逢善不欺
逢桥须下马,过渡莫争先
凤凰不入乌鸦巢
佛在心头坐,酒肉腑肠过
佛争一炉香,人争一口气
福无双至,祸不单行
福与祸为邻
福至心灵,祸至心晦
覆盆不照太阳晖

G

干屎抹不到人身上
赶路怕脚懒,学习怕自满
敢作敢当,才是英雄好汉
高明不发怒,勇士不鲁莽
个人事小,国家事大
各人害病各人吃药
各人做事各人当
根要深,人要真
根子不正秧必歪
弓硬弦长断,人强祸必随
公道自在人心
公而忘私,舍己为人
公鸡总是在自己的粪堆上称雄
公人见票,牲口见料
公修公德,婆修婆德,不修不得
功不成,名不就
功到自然成
功夫不负有心人
功名是身外之物
恭可平人怒,让能息人争
狗不咬上门客

狗怕弯腰狼怕站
狗是忠臣,猫是奸臣
狗无廉耻,一棍打死;人无廉耻,无法可治
关住门要拳
官不修衙,客不修店
官土打官墙
惯骑马的惯跌跤,河里淹死会水的
惯偷惯偷,贼性难丢
惯贼行窍,无所不偷
光阴似箭催人老,日月如梭赶少年
国家多难之秋,壮士用命之时
国家兴亡,匹夫有责
过后才知事前错,老来方觉少时非

H

蛤蟆、蝎子、屎壳郎,各人觉着各人强
孩子是自己的好,老婆是人家的好
害人之心不可有,防人之心不可无
憨人有憨福
寒天不冻勤织女,饥荒不饿苦耕人
好吃屎的闻见屁也香
好狗不和鸡斗,好男不和女斗
好汉不打告饶人
好汉不记仇
好汉不怕死,怕死非好汉
好汉不贪色,英雄不贪财
好汉识好汉,英雄识英雄
好汉争气,赖汉争食
好汉子不咽脱口的唾沫
好汉做事做到头,好马登程跑到头
好马不备双鞍,烈女不更二夫
好马不吃回头草,好汉不买后悔药
好马不停蹄,好牛不停犁
好马看的是腿劲,好小伙子看的是心劲

好猫儿，不吃鸡；好男儿，不欺妻
好男不吃婚时饭，好女不穿嫁时衣
好男儿志在四方
好人不常恼，恼了不得了
好人说不坏，好酒搅不酸
好死不如赖活着
好鞋不踩臭狗屎
好雁总是领头飞，好马总是先出列
喝水要喝长流水
和气不蚀本
和气致祥，乖气致戾
和颜悦色买人心
黑馍多包菜，丑人多作怪
黑墨落在白纸上，钉子砸在木头里
黑泥染不了白藕心
狐狸发了言，公鸡打算盘
虎瘦雄心在
花落花开自有时
花有重开日，人无再少年
花枝叶下犹藏刺，人心怎保不怀毒
话不可说尽，事不可做绝
话到嘴边留三分，事要三思而后行
话想三道，稳；绳捆三道，紧
欢愉嫌夜短，寂寞恨更长
黄河尚有澄清日，岂可人无得意时
黄金未为贵，安乐值钱多
黄金要纯靠烈火，钢刀锋利要勤磨
黄金有价，信誉无价
黄金有价人无价
黄连树根盘根，穷苦人心连心
黄梅不落青梅落，老天偏害没儿人
黄鼠狼偏挑病鸭儿咬
悔前容易悔后难
火烧芭蕉心不死
火要空心，人要实心
祸不入慎家之门

惑者知返，迷道不远

J

饥不饥拿干粮，冷不冷带衣裳
机不密，祸先招
积善逢善，积恶逢恶
积善人家，必有余福
吉人自有天相
急风暴雨，不入寡妇之门
疾风知劲草，板荡识忠臣
既敢挠熊毛，当然不怕咬
家丑不可外扬
家贫显孝子，国难识忠臣
见鞍思马，睹物思人
见人不是，百恶之根；见己不是，百善之门
见人之过，得己之过
江湖越老越寒心
江山易改，禀性难移
将心比心，强如佛心
骄傲，蹲在门槛；谦虚，走遍天下
骄傲来自浅薄，狂妄来自无知
骄兵必败
骄者愚，愚者骄
脚上的泡，自己走的；身上的疮，自己惹的
教奢易，教俭难
节约好比燕衔泥，浪费好比河决堤
金银难买勤手脚
尽得忠来难尽孝
惊弓之鸟，夜不投林
静坐常思己过，闲谈莫论人非
久病床前无孝子
久赌无胜家
酒多人醉，书多人贤
酒要少喝，事要多知

救寒莫如重裘,止谤莫如修身
救火须救灭,救人须救彻
救人救到家,送佛送上天
居移气,养移体
拘小节者,不能立大事
聚少成多,滴水成河
君子爱财,取之有道
君子不吃无名之食
君子不欺暗室
君子防患于未然
君子记恩不记仇
君子问灾不问福
君子一言,驷马难追

K

砍了头不过碗大的疤
看得破,逃得过
炕上养虎,家中养盗
靠山吃山,靠水吃水
靠张靠李,不如靠自己
靠着米囤饿死
苦时难熬,欢时易过
裤子长了要绊腿,心眼多了要受累
困难九十九,难不倒两只手

L

拉不出屎来怨茅厕
拉弓不可拉满,赶人不可赶上
来得清,去得明
来者不惧,惧者不来
懒惰一时,损失一生
烂麻拧成绳,力量大千斤

烂眼睛招苍蝇
狼行千里吃肉,猪行万里装糠
老不拘礼,病不拘礼
老不与少争
老虎不吃回头食
老虎不嫌黄羊瘦
老虎吃天,没法下嘴
老猫不死旧性在
老人不见小人怪
老人好述远事
老实常在,说空常败
老鼠爱打洞,坏人爱钻空
老鼠急了会咬猫
老鼠眼睛寸寸光
冷手难抓热馒头
礼多必有诈
礼多人不怪
礼莫大于敬,敬莫大于严
礼无不答
礼义生于富足,盗贼起于贫穷
礼有经权,事有缓急
理还理,情还情,黑白要分明
理怕众人评
理屈者必败
理正人人服
理直千人必往,心亏寸步难移
力敌不如智取
力贱得人敬,口贱得人憎
立志容易成功难
利刀藏在鞘里
良骥不陷其主
量大福也大,机深祸亦深
量小福亦小
料智者不能料愚
烈女不更二夫,忠臣不事二君
灵鸟择木而栖,智士见机而作

流多少汗水,收多少粮食
柳树上着刀,桑树上出血
龙无云雨,不能参天
聋子爱打岔,傻子爱说话
聋子不怕雷,瞎子不怕刀
鲁班门前耍大斧
路不平有人铲,事不公有人管
路不行不到,事不做不成
路没有平的,河没有直的
路是人走出来的
萝卜青菜,各有所爱

M

麻面姑娘爱擦粉,瘌痢姑娘好戴花
麻绳熬断铁锁链
麻线系骆驼,立木顶千斤
麻油拌韭菜,各人心里爱
马有失蹄,人有失言
蚂蟥最怕烟屎,坏人最怕揭底
买尽天下物,难买子孙贤
馒头落地狗造化
瞒得了人瞒不了心
没有过不去的火焰山
满壶全不响,半壶响叮当
慢走跌不倒,跑跳闪断腰
忙和尚办不了好道场
忙人无智
忙人惜日短
忙中多有错
猫认屋,犬认人
猫子屙屎自己盖
毛毛细雨湿衣裳,小事不防上大当
没有艰苦劳动,就没有科学创造
没有懒地,只有懒人

没云不阴天,无事不上山
美景不长,良辰难再
猛虎捕食冲三冲
猛犬不吠,吠犬不猛
迷而知返,得道不远
明白人不说糊涂话,明白人不做糊涂事
明白一世,糊涂一时
明人不说暗话,好汉不使暗拳
明者睹未然
明者见于无形,智者虑于未萌
明知山有虎,偏向虎山行
命薄一张纸,勤俭饿不死
命定应该八合米,走遍天下不满升
命好心也好,富贵直到老
命里有三升,不去求一斗
命里有时终须有,命里无时莫强求
莫道君行早,更有早行人
莫看强盗吃肉,要看强盗受罪
莫生懒惰意,休起怠荒心
莫问收获,但问耕耘
莫向人前夸大口,强中自有强中手
谋事在人,成事在天
木从绳则直,人从谏则圣

N

哪里黄土不埋人
哪里的黄土不发芽,哪里的水土不养人
内有斗秤,外有眼睛
男儿膝下有黄金
男儿有泪不轻弹
男人无刚,不如粗糠
男子汉头上三把火
男儿非无泪,不因别离流
男儿没性,寸铁无钢;女人无性,烂如麻糖

难字压顶，寸步难行；闯字当头，随意纵横
脑子怕不用，身子怕不动
能大能小是条龙，能上能下是英雄
能硬能软，才是好汉
泥人还有个土性子
年年防歉，夜夜防贼
年少别笑白头人
年少力强，急需努力；错过少年，老来着急
鸟靠翅膀，人靠脚力
鸟为食落网，鱼为食上钩
鸟各有群，人各有志
鸟贵有翼，人贵有智
鸟惜羽毛虎惜皮
鸟向明处飞，人往高处走
宁为玉碎，不为瓦全
宁吃开心粥，不吃愁眉饭
宁逢虎摘三生路，休遇人前两面刀
宁喝朋友水，不吃敌人蜜
宁可人前全不会，不可人前会不全
宁吃鲜桃一口，不吃烂杏一筐
宁当鸡头，不做凤尾
宁可身骨苦，不叫面皮羞
宁舍千斤献真佛，不拔一毛插猪身
宁舍千亩地，不吃哑巴亏
宁要宽一寸，不要长一尺
宁愿肚子饿，不让脸上热
宁撞金钟一下，不打铙钹三千
宁做蚂蚁腿，不做麻雀嘴
宁可无钱，不可无耻
宁可一不是，不可两无情
宁可自食其力，不可坐吃山空
宁可做小事，不可不做事
宁肯在囤尖上留，不敢在囤底上愁
宁人负我，毋我负人
宁舍命，不舍钱
牛吃青草鸡吃谷，各人自有各人的福

牛角越长越弯,买卖越大越贪
农民观天气,商人观市场
浓霜偏打无根草,祸来只奔福轻人

O

殴君马者路旁儿

P

怕得老虎,喂不得猪
怕狼怕虎别在山上住
怕摔跤先躺倒
螃蟹不忘横着爬
披麻救火,惹焰烧身
匹夫舍命,勇将难敌
骗子见不得真相,蝙蝠见不得太阳
拼得一条命,水火也能胜
拼着一身剐,敢把皇帝拉下马
平时省分文,用时有千金
泼水难收,人逝不返
破车之马,可致千里
破船经不起顶头浪

Q

欺人是祸,饶人是福
骑马一世,驴背上失了一脚
骑牛不怕牛身大,骑马不怕马头高
骑上虎背难下地
气可鼓而不可泄
千防万防,家贼难防
千金难买回头看

千金难买亡人笔
千金难买信得过
千金难买一口气
千里投名,万里投主
千人千面,百人百性
千日行善,善犹不足;一日行恶,恶自有余
千日斫柴一日烧
千虚不如一实
牵牛要牵牛鼻子
前进路上无尽头,水流东海不回头
前人洒土,眯了后人的眼
前人蹶,后人戒
钱财如粪土,仁义值千金
钱是白的,眼是红的
浅河要当深河渡
浅浅水,长长流
强人腿下还给人留条路
巧妇难为无米之炊
巧伪不如拙诚
茄子也让三分老
亲不择骨肉,恨不记旧仇
勤俭宝中宝,时刻离不了
勤俭免求人
勤快勤快,有饭有菜;懒惰懒惰,挨冻受饿
勤能补拙,俭可养廉
勤生财,俭治家
青春易过,白发难饶
清酒红人面,白财动人心
晴带雨伞,饱带干粮
穷不倒志,富不癫狂
穷不过讨吃,怕不过杀头
穷不瞒人,丑不背人
穷人骨头金不换
穷人无灾即是福
穷媳妇知米贵
穷有穷气,富有富气

秋茄晚结，菊花晚发
求忠臣必于孝子之门

R

让礼一寸，得礼一尺
让人一步自己宽
让一得百，争十失九
饶人三分不是痴
人必自侮，然后人侮之
人不错成仙，马不错成龙
人不得全，瓜不得圆
人不学习不长进，人不劳动没出息
人不要脸，百事可为
人不知己罪，牛不知力大
人不知自丑，马不知脸长
人到难处不能挤，马到难处不加鞭
人到难处方知难
人到三十花正旺
人到事中迷，就怕不听劝
人到知羞处，方知艺不高
人到中年万事休
人的名儿，树的影儿
人恶礼不恶
人而无恒，不可以做巫医
人非圣贤，孰能无过
人各有心，心各有志
人各有志，不必强求
人贵有自知之明
人过留名，雁过留声
人过一生，不过两世
人活脸，树活皮
人间五福，唯寿为先
人见利而不见害，鱼见食而不见钩
人将礼义为先，树将枝叶为圆

人皆有过，改之为贵
人敬我一尺，我敬人一丈
人年五十不为夭
人怕出名猪怕壮
人怕丢脸，树怕剥皮
人怕输理，狗怕夹尾
人平不语，水平不流
人凭一口气，事凭一条理
人凭志气虎凭威
人前一句话，神前一炉香
人怯鬼蝎虎，人勇鬼缩头
人勤三分巧
人穷志不穷
人人心里都有一杆秤
人上一百，形形色色
人生但讲前三十
人生几见月当头
人生能有几回搏
人生如白驹过隙
人生一盘棋
人生一世，草木一秋
人生自古谁无死
人望幸福树望春
人无刚骨，安身不牢
人无千日好，花无百日红
人无千日计，老至一场空
人无十全，瓜无滚圆
人无完人，金无足赤
人无志气铁无钢
人无主心骨，要吃眼前苦
人心不同，各如其面
人心不足蛇吞象
人心难满，溪壑易填
人心是杆秤
人眼是秤
人要闯，刀要砺

人要志气,马要精神
人要自爱,才能自尊
人有旦夕祸福,天有不测风云
人有当日之灾,马有转缰之病
人有恒心,山石要崩
人有急处,船有浅处
人有千算,天只一算
人有前后眼,富贵一千年
人有失手,马有漏蹄
人在春风喜气多
人在难处,才见真心
人争气,火争焰
人争一口气,佛争一股香
人直有人敬,路直有人行
人走时气马走膘
仁不统兵,义不行贾
忍气饶人祸自消
忍辱至三公
忍事敌灾星
任凭风浪起,稳坐钓鱼船
日日行,不怕万里路;时时做,不怕事不成
日食三餐,夜眠七尺
容得虎挡道,不是好猎手
肉不烂,再加炭
入山不畏虎,当路却防人
入山问樵,入水问渔
入深水者得蛟龙,入浅水者得鱼虾
若要不喝酒,醒眼看醉人
若要不怕人,莫做怕人事

S

三分天才,七分勤奋
三个五更抵一工
三更灯火五更鸡,正是男儿读书时

三年清知府，十万雪花银
三人误大事，六耳不通谋
三十年风水轮流转
三十年弄马骑，今日被驴扑
三天不唱口生，三天不演腰硬
三心二意，永不成器
杀头生意有人做，赔本买卖无人做
山高有个顶，海深有个底
山高有攀头，路远有奔头
山可移，水可断，困难吓不倒英雄汉
山有百草，人有百性
山中方七日，世上已千年
山中无甲子，寒尽不知年
伤弓之鸟高飞，漏网之鱼远逝
伤心忧愁，不如握紧拳头
上回当，学回乖
上山容易下山难
少要闯，老才享
少壮不努力，老大徒伤悲
蛇钻窟窿蛇知道
蛇钻竹筒，曲心还在
舍得三季种，必有一季收
舍得一身剐，敢把皇帝拉下马
伸头一刀，缩头也是一刀
身大力不亏，智大事有为
身上有屎狗尾随
身在福中不知福
身正不怕影子斜
神仙眼睛看得宽，看不到自家鼻子尖
生成的眉毛，长成的骨骼
生存华屋，零落山丘
生当作人杰，死亦为鬼雄
生有地，死有处
生于忧患，死于安乐
省吃餐餐有，省穿日日新
圣人怒发不上脸

失败是成功之母
失晨之鸡,思补更鸣
失去的金子可以找回,荒误的时间找不来
失贼遭官
失之毫厘,谬以千里
虱多不痒,债多不愁
十个光棍九个倔
十个男人九粗心
十个瞎子九个精
十个哑巴九个急
十年难逢金满斗
时来福凑
时衰鬼弄人
时运未来君且守,困龙也有上天时
食在口头,钱在手头
使口如鼻,至老不失
士可杀,不可辱
世间无难事,只怕有心人
事到九九,何必十足
事急无君子
事是死的,人是活的
事无三不成
是福不是祸,是祸躲不过
守口如瓶,防意如城
守身如执玉
守着多大的碗儿,吃多大的饭
守着骆驼不吹牛
受人之托,忠人之事
书三写,鱼成鲁,帝成虎
书要精读,田要细管
输棋不输品,赢棋不赢人
熟油拌苦菜,由人心头爱
树长根,人长心
树德莫如滋,去疾莫如尽
树高千丈,叶落归根
树靠人修,人靠自修

树靠一张皮,人争一口气
树老根多,人老话多
树密多收果,梢头结大瓜
树怕烂根,人怕无志
树要直,人要实
树叶掉下来怕打破头
摔跤也要向前倒
双木桥好走,独木桥难行
水不流要臭,刀不磨要锈
水不平要流,人不平要说
水滴石头穿,功夫到了平座山
水深碍不着游龙,山高挡不住飞鸟
水往低处流,人往高处走
说话想着说,吃饭尝着吃
死了张屠夫,不吃混毛猪
死马当作活马医
死生有命,富贵在天
岁月不饶人

T

抬头不见三针面
贪吃的鱼儿易上钩
贪根不拔,苦树常在
贪官富,清官贫
堂堂正正做人,实实在在干事
塘怕渗漏,人怕引诱
桃李不言,下自成蹊
天变一时,人变一刻
天不生无路之人
天长似小年
天地君亲师,师徒如父子
天地为大,亲师为尊
天落馒头也要起早去拾
天能盖地,大能容小

天凭日月，人凭良心
天时人事两相扶
天塌了有地接着
天塌压大家
天摊下来，自有长的撑住
天外有天，人上有人
天无二日，人无二理
天下没有养爷的孙子
天下乌鸦一般黑
天有不测风云，人有旦夕祸福
天与不取，反受其咎
天燥有雨，人躁有祸
天作孽，犹可违；自作孽，不可活
挑起担子走远路，没有工夫去看兔子跑
铁怕落炉，人怕落套
铁生锈则坏，人生妒则败
听人劝，吃饱饭
同人不同命，同伞不同柄
头醋不酽彻底薄
头儿顶得天，脚儿踏得地
头回上当，二回心亮
头三脚难踢
投之以桃，报之以李
兔死因毛贵，龟亡为壳灵
退后半步天地宽
退一步风平浪静，让一分天高地阔

W

弯扁担，压不断
弯尺画不出直线
弯着腰干活，直着腰走路
玩懒骨头吃馋嘴
玩人丧德，玩物丧志
晚开的花照样香

万般都是命，半点不由人
万般事伏少年为
万恶淫为首，百善孝为先
万事和为贵
万事皆从急中错
万事起头难
万事想后果，一失废前程
万丈深渊有底，五寸心窝难填
王婆卖瓜，自卖自夸
危难见人心
危难之中，见智见情
为臣要忠，为子要孝
为人不怕有错，就怕死不改过
为人没到自个儿身上
为人莫贪财，贪财不自在
为人莫做亏心事，半夜敲门心不惊
为人容易做人难
为人无主见，吃亏在眼前
为人重晚节
为人坐得正，不怕影子斜
为者常成，行者常至
为政不在多言
未出笼先别现爪
未量他人，先量自己
温柔天下去得，刚强寸步难移
文齐福不齐
文无第一，武无第二
蚊子见不得血，猫儿闻不得腥
问百人，通百事
问路不施礼，多走二十里
乌龟化龙，不得脱壳儿
屋倒压不杀人，舌头倒压杀人
屋宽不如心宽
屋漏更遭连夜雨，船迟又遇打头风
屋漏迁居，路纡改途
屋怕不稳，人怕忘本

无才有志,成全半事;有才无志,白头了事;有才有志,做得大事
无胆之人事事难,有志之人定成功
无名不知,有名便晓
无欺心自安
无私才能无畏
无所求者无所惧
无心为善,乃是真善
无与祸邻,祸乃不存
无欲志则刚
无知者无咎
无志之人常立志,有志之人立常志

X

惜衣有衣,惜食有食
溪壑易填,人心难满
喜鹊老鸹登旺枝
戏法人人会变,各有巧妙不同
细嚼出滋味
细水长流,吃穿不愁
细水汇成河,粒米积成箩
下坡容易上坡难
下浅水只能抓鱼虾,入深潭方能擒蛟龙
下下人有上上智
下雨就有露水
夏练三伏,冬练三九
仙机人不识,妙算鬼难测
先虑败,后虑胜
先天下之忧而忧,后天下之乐而乐
闲时学得忙时用
羡人吃饭,不如赶紧淘米
相金先惠,格外留神
香饵之下,必有死鱼
想自己,度他人
小辈不知老辈苦

小车不倒只管推
小孩儿嘴里讨实话
小来穿线,大来穿绢
小心没大差
小心驶得万年船
笑脸聚得天边客
心比天高,命比纸薄
心诚则灵,意诚则实
心底无私天地宽
心坚石也穿
心里有灯肚里亮
心平过得海
心要热,头要冷
心欲专,凿石穿
心真出语直,直心无背后
信步行将去,随天分付[即“吩咐”]来
信誉值千金
星多夜空亮,人多智慧广
行车有车道,唱歌有曲调
行船不使回头风,开弓没有回头箭
性清者荣,性浊者辱
凶事不厌迟,吉事不厌近
雄辩是银,沉默是金
秀才不怕衣衫破,就怕肚里没有货
虚心人万事可成,自满人十有九空
许他不仁,不许我不义
靴里无袜自得知
雪怕太阳草怕霜,人过日子怕铺张

Y

鸭子过河嘴在前
严寒飞雪盼日暖,转眼桃花满树开
严霜故打枯根草
言多失语,食多伤身

言可省时休便说,步宜留处莫胡行
炎炎者灭,隆隆者绝
眼睛背后有眼睛
眼睛里不容沙子
眼孔浅时无大量
雁飞不到处,人被名利牵
燕子含泥垒大窝
羊羔跪乳,乌鸦反哺
羊在山坡晒不黑,猪在圈里捂不白
杨梅暗开花
养儿不在屙金溺银,只要见景生情
养儿跟种,种地跟垄
痒要自己抓,好要别人夸
要得好,大做小
要得好看,累死好汉
要饭三年懒支锅
要防福中变,得在苦中练
要过河,先搭桥
要擒蛟龙下大海,要捕猛虎入深山
要想吃蜜,别怕蜂叮;要想远行,莫怕狗咬
要想斗争巧,全凭智谋高
要想日子富,鸡叫三遍离床铺
要想正人,得先正己
要学流水自己走,莫学朽物水上漂
要摘刺梅花,不怕把手扎
要做好人,须寻好友
野鸡长不了凤凰毛
野狼养不成家狗
夜猫子不黑天不进宅,黄鼠狼不深夜不叼鸡
一遍生,二遍熟,三遍四遍当师傅
一波未平,一波又起
一不过二,二不过三
一不做,二不休,推倒葫芦撒了油
一步走错,步步走错
一场官司一场火,任你好汉没处躲
一朝被蛇咬,十年怕井绳

一寸光阴一寸金，寸金难买寸光阴
一道河也是过，两道河也是过
一顿省一把，十年买匹马
一分醉酒，十分醉德
一福能消百祸
一根筷子撅得断，一把筷子撅不断
一句虚言，折尽平生之福
一口吃不出个大胖子
一两丝能得几时络
一女不吃两家茶
一瓶子不满，半瓶子晃荡
一气三迷糊
一巧破千斤
一勤生百巧，一懒生百病
一勤天下无难事
一人拼命，万夫难当
一人有福，带挈一屋
一人做事一人当
一日三，三日九
一身做不得两件事，一时丢不得两条心
一生都是命，半点不由人
一失足成千古恨，再回头是百年身
一是误，二是故
一天不练，自己知道；两天不练，同行知道；三天不练，观众知道
一天一根线，一年积成缎
一饮一啄，事皆前定
一语为重百金轻
一争两丑，一让两有
一之为甚，岂可再乎
一种米养出百样人
一着不慎，满盘皆输
一字进衙门，九牛拔不出
疑心生暗鬼
以己之心，度人之心
义重如山，恩深似海
阴沟里翻船

银钱到手非容易,用尽方知来处难
饮水要思源,为人难忘本
应人事小,误人事大
应知读书难,在于点滴勤
英雄敬英雄,好汉爱好汉
英雄有泪不轻弹,只是未到伤心处
英雄志短,儿女情长
鹰饱不拿兔,兔饱不出窝
勇将不怯死以苟免,壮士不毁节而求生
有奶便是娘
有错改错不算错
有福不用忙,没福跑断肠
有福同享,有难同当
有福之人,不落无福之地
有福之人人服侍,无福之人服侍人
有理不打上门客
有理没理,先敲自己
有理说不弯
有了五谷想六谷,有了儿子想媳妇

有奶便是娘

有其父必有其子
有钱难买幼时贫
有钱难买子孙贤
有勤无俭,好比有针无线
有肉的包子不在褶上
有上不去的天,没过不去的关
有麝自然香,不必迎风扬
有心不怕迟
有一分热,发一分光
有勇无谋,一事无成
有志不在年高,无志空活百岁
有志者自有千方百计,无志者只感千难万难
有智不在年高,有理不在声高
有智赢,无智输
又吃鱼儿又嫌腥

鱼怕水浅,人怕护短
愚者千虑,必有一得
与其修饰面容,不如修正心胸
玉可碎而不可改其白,竹可焚而不可毁其节
欲要做佛事,须有敬佛心
远打周折,指山说磨
远水不救近火
月过十五光明少
运至时来,铁树花开

Z

宰相肚里能撑船
崽卖爷田心不痛
在生一日,胜死千年
凿山通海泉,心坚石也穿
早起三光,迟起三慌
占小便宜吃大亏
战马拴在槽头上要掉膘,刀枪放在仓库里会生锈
站得高,看得远
张口是祸,闭嘴是福
赵钱孙李虽强,还要拜周吴郑王
针尖大的窟窿,斗大的风
真人不露相,露相不真人
真人面前不说假话
真心对真心,石头变黄金
真心要吃人参果,哪怕山高路难行
争气不争财
争气发家,斗气受穷
正气能驱魅,无私可服神
知错改错不算错
知人难,知己更难
知识在于积累,天才在于勤奋
知足不辱
知足的人心常乐,贪婪的人苦恼多

知足身常乐,能忍心自安
只可远望千里,不可近看眼前
只怕不做,不怕不会
只说獐过鹿过,可不说鹿过
只要功夫深,铁杵磨成针
只要肯劳动,一世不受穷
只要苦干,事成一半
只要先上船,自然先到岸
只要种子落地,早晚会有收成
只有今日苦,方有明日甜
只有千日做贼,哪有千日防贼
只增产,不节约,等于安了个没底锅
指亲不富,看嘴不饱
志士不饮盗泉之水,廉士不受嗟来之食
智慧的头脑,闪光的金子
中间没人事难成
忠臣不怕死,怕死不忠臣
终天不做生活计,住家吃尽斗量金
种禾得稻,敬老得宝
重孙有理告太公
主意出在百人口,田地一步收三斗
自己的梦自己圆
自己跌倒自己爬
自作孽,不可活
纵有大厦千间,不过身眠七尺
走不走留路,吃不吃留肚
昨夜灯花爆,今朝喜鹊噪
坐不更名,站不改姓
坐吃山空,立吃地陷
坐得船头稳,不怕浪来颠
做活不由主,白落二百五
做事留根线,日后好相见

第三章　文化教育谚语

A

矮子队里选将军
爱而不教，禽犊之爱
爱徒如子，尊师如父
爱在心里，狠在面皮
爱之愈深，责之愈严
暗中设罗网，雏鸟怎生识
鳌鱼脱了金钩去，摆尾摇头更不回

B

八仙过海，各显神通
把式要常踢打，算盘要常拨拉
百炼才成钢
百星之明，不如一月之光
百羊之皮，不如一狐之腋
拜德不拜寿
拜师如投胎
板凳上学不会骑术，澡盆里学不会游泳
棒教不如言教，言教不如身教
棒头出孝子，娇惯养逆儿
棒头出孝子，箸头出忤逆
宝刀不磨不锋利，没有谚语话无力
宝剑不磨要生锈，人不学习要落后
宝石不磨不放光，孩子不教不成长

蓓蕾在枝叶上孕成,知识在学习中积累
本领是学出来的,功夫是练出来的
笨鸟先飞
比赛必有一胜,苦学必有一成
笔是智能之犁,书是攀登之梯
臂力大,胜一人;知识多,胜千人
扁担从竹笋长大,博学从无知起步
别君三日,当刮目相看
伯乐一顾,马价十倍
不挨骂,长不大
不吃馒头也要争口气
不打不成才
不到黄河心不死
不到西天,不知佛大小
不读哪家书,不识哪家字
不读书,不识字;不识字,不明理
不耕种,耽误一年;不学习,耽误百年
不患老而无成,只怕幼而不学
不会撑船赖河弯
不会做官看前样
不经霜的柿子不甜,不过九的皮毛不暖
不经一师,不长一艺
不怕不懂,就怕不问
不怕千招会,只怕一招熟
不怕千招巧,就怕一招错
不怕学不会,只怕不肯钻
不怕衣衫破,就怕肚里没有货
不是一番寒彻骨,怎得梅花扑鼻香
不受苦中苦,难为人上人
不受磨炼不成佛
不为良相,当为良医
不严不成器,过严防不虞
不因渔父引,怎得见波涛
不遇盘根错节,不足以成大器
不琢磨,不成大器
布衣可佐王侯,秀才可任天下

C

才高必狂，艺高必傲
才高遭忌，器利人贪
苍天不负有心人
草莽存英雄，江湖多义士
草有茎，人有骨
草字出了格，神仙认不得
朝忘其事，夕失其功
常读口里顺，常写手不笨
唱戏的不忘词儿
长他人志气，灭自己威风
车到山前必有路，船到桥头自然直
成大事者，不惜小费
成功无难事，只怕心不专
成人不自在，自在不成人
吃得苦中苦，方为人上人
虫蛀木断，水滴石穿
臭棋肚里有仙着
初生犊儿不怕虎
初生牛犊跑大，学步伢子摔大
除了灵山别有佛
除了死法还有活法
雏鸟不练飞，是永远振不起翅膀的
处处留心皆学问
处处有路通长安
慈父教孝子，严师出高徒
慈母多败子，严家无格虏
从师如从父
村无大树，蓬蒿为林
措大谒儒流
错走一步棋，满盘皆是输

D

打出来的铁,炼出来的钢
打是亲,骂是爱
打着灯笼儿也没处找
大不正则小不敬
大材不可小用,小材不能大用
大虫不吃伏肉
大海不嫌水多,大山不嫌树多
大匠无弃材
大能掩小,海纳百川
大器多晚成
大人办大事,大笔写大字
大丈夫报仇,十年不迟
担水向河里卖
耽误了庄稼是一季,耽误了孩子是一代
胆大如斗,心细如发
胆量是斗出来的,志气是逼出来的
胆是吓大的,力是压大的
但存方寸地,留与子孙耕
当家方知柴米贵
刀钝,石上磨;人钝,世上磨
刀快不怕脖子粗
到处留心皆学问
道高龙虎伏,德重鬼神钦
道化贤良释化愚
道在圣传修在己
得十良马,不若得一伯乐;得十利剑,不若得一欧冶
灯不亮要人剔,人不明要人提
低棋也有神仙着
冻死不烤灯头火,饿死不吃猫剩食
冻死迎风站,饿死不弯腰
读哪家书,解哪家字
读书不离案头,种地不离田头

读书不知意,等于啃树皮
读书人怕赶考,庄户人怕薅草
读书人识不尽字,种田人识不尽草
读书三到:心到、口到、眼到
读万卷书,行万里路

E

儿女情长,英雄气短
儿女做坏事,父母终有错
耳闻不如眼见

F

焚香挂画,未宜俗家
夫子门前读孝经
扶不起的刘阿斗
父强子不弱,将门出虎子
父兄失教,子弟不堪
富不教学,穷不读书

G

甘吃苦中苦,果为人上人
赶鸭子上架
高门出高足
高山出俊鸟
高山再高也有顶,长河再长也有源
高者不说,说者不高
各师父各传授,各把戏各变手
给学生一杯水,教师先要有一桶水
根子不正秧子歪
工多出巧艺

公修公得，婆修婆得，不修不得
功不成，名不就
功到自然成
功夫不负有心人
狗肉上不得台盘
苟有恒，何必三更眠五更起；最无益，莫过一日暴十日寒
姑娘十八变，越变越好看
孤犊触乳，骄子骂母
乖子看一眼，傻子看一晚
关公面前要大刀
观棋不语真君子，把酒多言是小人
观千剑而后识器
惯子如杀子
棍头出孝子，娇养无义儿
蝈蝈多了显不出你叫，八哥多了显不出你俏

H

孩子长成人，转眼一瞬间
孩子提娘，说来话长
海阔凭鱼跃，天高任鸟飞
海鸥老在窝里不飞，翅膀是不会硬的
汗水换来丰收，勤学取得知识
好刀要在石上磨，好钢要在火中炼
好舵手会使八面风
好汉不怕出身低
好汉不提当年勇
好汉做事好汉当
好记性弗如烂笔头
好马不吃回头草
好马不停蹄，好牛不停犁
好男不吃分家饭，好女不穿嫁时衣
好书不厌千遍读
好树结好桃，好葫芦开好瓢
好铁不打不成钢

好铁靠千锤,好钢靠火炼
行家看门道,外行看热闹
行家莫说力巴话
行家一出手,便知有没有
行行出状元
河界三分阔,计谋万丈深
河深海深,最深莫过父母恩
黑发不知勤学早,白首方悔读书迟
恨铁不成钢
虎父无犬子
虎瘦雄心在
花开在春天,读书在少年
花盆里长不出栋梁,鸡窝里练不出翅膀
花有重开日,人无再少年
画鬼容易画人难
画匠不信神
槐花黄,举子忙
皇天不负读书人
皇天不负苦心人
黄金要纯靠烈火,钢刀锋利要勤磨
黄狸黑狸,得鼠者雄
黄筌画鹤,薛稷减价
会捉老鼠的猫儿不叫,会偷情的人儿不躁
浑身是铁打得多少钉儿
活到老,学到老

J

鸡窝里飞不出金凤凰
积财千万,不如薄技在身
积丝成寸,积寸成尺,寸尺不已,遂成丈匹
既成童,经义通;秀才半,纲鉴乱
家富小儿骄
家里有了梧桐树,不愁招不来金凤凰
家无读书子,官从何处来

家有三斗粮,不当孩子王
家有一老,黄金活宝
肩不能挑担,手不能提篮
见不尽者天下事,读不尽者天下书,参不尽者天下理
箭头虽利,不射不发;人虽聪明,不学不知
江湖一点诀,莫对妻儿说
江山风月,本无常主
将门出虎子,名师出高徒
将帅无能,累死三军
将相本无种,男儿当自强
娇养不如历艰
浇花要浇根,教人要教心
蛟龙得云雨,终非池中物
教不严,师之惰
教会徒弟,饿死师傅
教人先要知心
教奢易,教俭难
教学相长
教子不严父之过,养女不周娘之错
教子之法,莫叫离父;教女之法,莫叫离母
界河三寸阔,智谋万丈深
金玉其外,败絮其中
经纪的口,判官的笔
经师不名,学艺不高
经一番挫折,长一番见识
经一事,长一智
井水越打越来,力气越使越有
井淘三遍吃甜水,人从三师武艺高
井要淘,儿要教
镜越磨越亮,泉越汲越清
君子不吃无名之食
君子不夺人之所爱

K

开卷有益
看好样,学好样
看景不如听景
看了《诗经》会说话,看了《易经》会算卦
看棋不语真君子
看戏问名角,吃饭问名厨
炕头上练不出千里马,花盆里长不出万年松
考试的童生,出阵的兵
空心萝卜大肝花
孔子家儿不识骂,曾子家儿不识斗
口服千句,不如心应一声
口上仁义礼智,心里男盗女娼
苦海无边,回头是岸
快刀不磨是块铁
快刀斩乱麻
快马不用鞭催,响鼓不用重锤
快马跑断腿
快棋慢马吊,纵高也不妙
筷头上出忤逆,棒头上出孝子
困境识朋友,烈火辨真金

L

来者不拒,去者不追
烂肉煮不出香汤
郎不郎,秀不秀
稂不稂,莠不莠
老将出马,一个顶俩
老人不讲古,后生会失谱
老人发一言,后生记十年
老天不负苦心人

老子偷瓜盗果，儿子杀人放火
老子英雄儿好汉，强将手下无弱兵
历经苦中苦，才为人上人
良贾深藏若虚
良马不窥鞭，侧耳知人意
良马见鞭影而行
两耳不闻窗外事，一心只读古人书
烈火识真金，百炼才成钢
临渊羡鱼，不如退而结网
龙归沧海，虎入深山
路遥知马力，日久见人心

路遥知马力，日久见人心

M

麻布袋做不出漂亮的衣服
马上不知马下苦，饱汉不知饿汉饥
马行千里，无人不能自往
马要骑，人要闯，生铁不炼不成钢
马异视力，人异视识
蚂蚁爬树不怕高，有心学习不怕老
慢工出巧匠
忙家不会，会家不忙
毛羽未成，不可以高飞

没吃过猪肉,也见过猪跑
没风难下雨,无巧不成书
没有打虎将,过不得景阳冈
没有金刚钻,别揽瓷器活
没有修成佛,受不了一炷香
没有严师,难出高徒
眉头一皱,计上心来
门里出身,自会三分
民生于三,事之如一
名师出高徒
明人点头即知,痴人拳打不晓
磨墨如病夫,握管如壮士
莫嫌知事少,只欠读书多

N

哪个鱼儿不识水
男儿不得便,刺头泥里陷
男儿膝下有黄金
男要勤,女要勤,三时茶饭不求人
男子汉不激不发
男子汉志在四方
难者不会,会者不难
能人之外有能人
能书不择笔
能者为师
泥鳅掀不起大波浪
泥人儿还有个土性
泥胎变不成活佛
逆水行舟,不进则退
年年防歉,夜夜防贼
宁扶旗杆,不扶井绳
宁可身骨苦,不叫面皮羞
宁输一子,不失一先
宁为玉碎,不为瓦全

宁养顽子,莫养呆子
宁养一条龙,不养十个熊
宁愿站着死,决不跪着生
牛要耕田马要骑,孩子不管要赖皮
驽马恋栈豆

P

捧上不成龙
平时不肯学,用时悔不迭
平时车走直,事急马行田
破罐子破摔
破蒸笼不盛气

Q

七分人事,三分天资
七讨饭,八教书
棋不看三步不捏子儿
棋差一着便为输
棋错一着满盘输
棋低一着,碍手碍脚
棋逢敌手难藏行
棋逢敌手难相胜,将遇良才不敢骄
棋高一着满盘赢
棋局既开,终有了时
棋输棋子在,摆开再重来
棋无一着错
棋争一着先
棋中无哑人
千般易学,千窍难通
千部一腔,千人一面
千锤成利器,百炼成纯钢
千个师傅万个法

千斤念白四两唱
千金难买心中愿
千军易得，一将难求
千日琵琶百日琴，告化胡琴一黄昏
千羊之皮，不如一狐之腋
千招要会，一招要好
钱财如粪土，仁义值千金
青柴难烧，娇子难教
青成蓝，蓝谢青；师何常，在明经
青出于蓝而胜于蓝
清明不拆絮，到老不成器
穷不读书，富不教学
穷不离猪，富不离书
穷秀才人情纸半张
求人不如求己
拳不打少林，脚不踢武当
拳不离手，曲不离口
群众过百，能人五十

R

人必自侮，而后人侮
人不论大小，马不论高低
人不怕低，货不怕贱
人不劝不善，钟不敲不叫唤
人才对了口，必能显身手
人到知羞处，方知艺不高
人多一技有益，物裕一备有用
人各有志，不可相强
人过三十不学艺
人生在勤，勤则不匮
人受一口气，佛受一炉香
人往高处走，水往低处流
人无刚骨，安身不牢
人心都是朝上长

人心无刚一世穷
人要闻，刀要砺
人有薄技不受欺
人有古怪相，必有古怪能
人有人门，狗有狗窦
人有一技之长，不愁家里无粮
人在世上炼，刀在石上磨
如鱼饮水，冷暖自知
儒变医，菜变齑
若无破浪扬波手，怎取骊龙颔下珠

S

洒多少汗水，有多少收获
三朝媳妇，月里孩儿
三代不读书会变牛
三翻六坐九拿爬，十个月的伢儿喊爸爸
三分画儿七分裱
三分教，七分学
三分诗，七分读
三军可夺帅，匹夫不可夺志
三日不弹，手生荆棘
三日打鱼，两日晒网
三岁学，不如三岁择师
三天不唱口生，三天不演腰硬
三天不打，上房揭瓦
三天打鱼，两天晒网
啥师带啥徒
山山出老虎，处处有强人
山再高也高不过两只脚
杉木尾子做不了正梁
上有天堂，下有苏杭
少所见，多所怪
身教重于言教
神仙下凡，先问土地

生有涯，学无边
绳锯木断，水滴石穿
圣人府里没文盲，老师手下没白丁
圣人门前卖字画，佛爷手心打能能
师访徒，徒访师，各三年
师父是镜子，徒弟是影子
师傅不明弟子浊
师傅教不了自家儿
师傅领进门，修行在个人
师高弟子强
师徒如父子
十步之内，必有芳草
十个读书九个呆
十磨九难出好人
十年窗下无人问，一举成名天下知
十年树木，百年树人
十室之邑，必有忠信
石头是刀剑的朋友，障碍是意志的朋友
士别三日，当刮目相待
士各有志，不可相强
士可杀而不可辱
事非经过不知难
手大遮不过天来
手下一着子，心想三步棋
受得苦中苦，方为人上人
书到用时方恨少，事非经过不知难
书读百遍，其义自见
书囊无底
书三写，鱼成鲁，虚成虎
书山有路勤为径，学海无涯苦作舟
书生不离学房
书生不知兵
书生治兵，十城九空
书无百日工
书真戏假
书中车马多如簇

书中自有千钟粟，书中自有黄金屋，书中自有颜如玉
输棋不输品，赢棋不赢人
熟读唐诗三百首，不会吟诗也会吟
熟读王叔和，不如临症多
蜀中无大将，廖化作先锋
树不打杈要歪，人不教育要栽
树不修不成材，儿不育不成人
树大分杈，人大分家
树苗好栽成材难
霜打过的柿子才好吃
谁走的路长远，谁能到西天佛地
水大漫不过鸭子去
水浅养不住大鱼
水深不响，水响不深
水深见长人
睡着的人好喊，装睡的人难叫
说书的嘴，唱戏的腿
死狗扶不上墙
死棋腹中有仙着
四两拨千斤
四书熟，秀才足
苏李居前，沈宋比肩
苏文熟，吃羊肉；苏文生，吃菜羹

T

台上一分钟，台下十年功
泰山高还有天，沧海深还有底
泰山压顶不弯腰
塘里无鱼虾也贵
讨饭怕狗咬，秀才怕岁考
天不生无禄之人
天地君亲师
天地为大，亲师为尊
天上下雨地下滑，各自跌倒各自爬

天外有天,人外有人
天下名山僧占多
调皮的骡子能拉套
铁不炼不成钢
铁打房梁磨绣针
听君一席话,胜读十年书
听蝼蛄叫还不耩芝麻喽
偷来拳打不倒师傅
投师不如访友,访友不如交手
兔子多咱也驾不了辕

W

弯木要过墨,横人要过理
万般皆下品,唯有读书高
万般事仗少年为
万宝全书缺只角
为老不正,带坏子孙
唯大英雄能本色
文不能像秀才,武不能当兵
文场之上无父子
文如其人
文章不妨千次磨
文章自古无凭据
文字看三遍,疵累便百出
屋里驯不出千里马,炕上养不成万年松
无君子不养艺人
无巧不成话
无志之人常立志
五谷不熟,不如稊稗

X

嬉笑怒骂,皆成文章

习善则善,习恶则恶
习武不在老少,拜师不怕年高
戏包人,人包戏
戏不够,神仙凑
戏场小天地,天地大戏场
戏唱得好不好,不在开锣早
戏台三尺有神灵
戏有戏德,台有台规
下棋看三步
下棋千着,全看最后一着
夏虫不可语冰
夏练三伏,冬练三九
先进山门是师傅
闲时不烧香,急来抱佛脚
响鼓不用重锤敲
小错护短,大错不远
小鬼不曾见过大馒头
小孩要管,小树要砍
小河沟里练不出好艄公,驴背上练不出好骑手
小脚不中看,小孩不中惯
小马乍行嫌路窄,雏鹰初舞恨天低
小曲好唱口难开
小时不防,大了跳墙
小时不禁压,到老没结煞
小时偷针,大了偷金
小小卒子吃大将
小卒过河赛如车
孝顺还生孝顺人,忤逆还生忤逆人
写字像画狗,越描就越丑
新妇初来,教儿婴孩
心坚石也穿
心宽不在屋宽
心欲专,凿石穿
新瓶装旧酒
新书不厌百回看
星随明月,草伴灵芝

秀才不出门,能知天下事
秀才不怕书多,种田不怕粪多
秀才靠笔杆,当兵靠枪杆
秀才说话三道弯
秀才谈书,屠夫说猪
秀才造反,三年不成
秀才作医,如菜作齑(调味用的姜、蒜或韭菜碎末儿)
学成文武艺,货与帝王家
学到老,不会到老
学到老,学不了
学好,千日不足;学歹,一日有余
学坏容易学好难
学书者纸费,学医者人费
学徒三年,三年吃苦
学问勤乃有,不勤腹空虚
学问学问,勤学好问
学艺不亏人
学者如牛毛,成者如麟角

Y

压大的力,吓大的胆
鸦窝里出凤凰,粪堆上产灵芝
严将出强兵,严婆出巧媳
严师出高徒,厉将出雄兵
严是爱,松是害
言之无文,行之不远
眼观六路,耳听八方
眼经不如手经,手经不如常舞弄
眼亮不怕夜黑
眼嫩的人怕见血,耳嫩的人怕听雷
演戏的是疯子,看戏的是傻子
雁头先受箭,佳材早挨刀
燕雀安知鸿鹄志
羊群里跑出骆驼来

养不教,父之过;教不严,师之惰

养儿不读书,只当喂个猪

养女不教如养猪,养子不教如养驴

养身百计,不如随身一艺

养子不教父之过,训道不严师之惰

养子不易,教子更难

生养子女不容易,教育子女成人更难

要得惊人艺,须下苦功夫

要饭三年懒支锅

要练武,莫怕苦,怕苦难成虎

要人知重勤学,怕人知事莫做

要想武功好,从小练到老

要想学得会,就得跟师傅睡

要想正人,得先正己

要学流水自已走,莫学朽物水上漂

要知山下事,请问过来人

要知天下事,须读古人书

要知心上事,但听口中言

夜不号,捕鼠猫

一辈子不出马,总是个小驹

一笔画不成两道眉

一步棋错,满盘皆输

一锄挖个金娃娃

一法通,百法通

一个师傅一个传授

一号藤子结一号瓜

一口气吃成个胖子

一力降十会

一路荣华到白头

一命二运三风水,四积阴功五读书

一年二年,与佛齐肩;三年四年,佛在一边

一年之计在于春,一生之计在于勤

一人立志,万夫莫夺

一人做事一人当

一日不书,百事荒芜

一日读书一日功,十日不读一场空

一日功好做,百日功难磨
一日师徒百日恩
一日为师,终身为父
一身之戏在脸,一脸之戏在眼
一身做不得两件事,一时丢不得两条心
一生不出门,终究是小人
一事不知,君子之耻
一手穿针,一手捻线
一岁学步,两岁会走,三岁离手
一心不能二用
一着不到处,满盘都是空
一字值千金
艺不压身
艺高人胆大

艺高人胆大

遗子黄金满籯(箱笼一类的器具),不如教子一经
蚁可测水,马能识途
英雄不怕出身低
英雄出少年
英雄生于四野,好汉长在八方
鹰立如睡,虎行似病
有其母必有其女
有其师必有其徒
有钱无钱,买画过年

有享不起的福,可没有吃不起的苦
有意栽花花不活,无心插柳柳成荫
有志不在年高,无志空活百岁
有志者事竟成
有状元徒弟,没有状元师傅
幼而学,壮而行
与其喊破嗓子,不如做出样子
玉不琢,不成器
欲高门第须为善,要好儿孙在读书
远来的和尚好看经
越经过风雨的草越兴旺,越经过苦难的人越坚强
云从龙,风从虎
云里千条路,云外路千条
运动不出汗,成绩不见面

Z

宰相肚里好撑船
早起三朝当一工
赠人千金,莫若教人一技
站得高,看得远
丈夫非无泪,不洒别离间
照着葫芦能画出瓢
真金不能终陷
真金不怕火炼
真人不露相,露相不真人
争气不争财
整瓶不摇半瓶摇
郑板桥的竹子能碰死家雀
郑玄家牛,触墙成八字
知恩不报非君子,万古千秋作骂名
知过必改,便是圣贤
知者不言,言者不知
只愁不养,不愁不长
只怕不做,不怕不会

只要功夫深,铁杵磨成针
只有不快的斧,没有劈不开的柴
只有穷秀才,没有穷举人
只知我外面形状,哪知我肚内文章
指儿不养老,指地不打粮
指头当不了拳,兔子驾不了辕
致富先治愚,治愚办教育
智慧的头脑胜似闪光的金子

第四章　家庭社交谚语

A

挨金似金,挨玉似玉
挨着勤的没懒的
矮人看戏何曾见,都是随人说长短
矮檐之下出头难
爱他的,着他的
碍了面皮,饿了肚皮
按牛头吃不得草
熬粥要有米,说话要讲理

B

八两换半斤,人心换人心
巴掌再大遮不住太阳,手指再尖戳不破青天
拔出眼中钉,除却心头病
拔了萝卜地皮宽
拔了毛的凤凰不如鸡
白刀子进去,红刀子出来
白发故人稀
白了尾巴梢的老狼不好打
白马好骑要有鞍,大路好走要有伴
白面拌汤黏也好,女婿风流穷也好
白日便见簸箕星
白天无谈人,谈人则害生;昏夜无说鬼,说鬼则怪至
白头如新,倾盖如故

百把宝剑砍不掉志气,一句恶语能毁掉铁汉
百不为多,一不为少
百年聚合,终有一别
百年修得同船渡,千年修得共枕眠
百人百条心
百心不能得一人,一心可以得百人
百足之虫,死而不僵
败家子不怕财多
败子回头便作家
败子回头金不换
败子若收心,犹如鬼变人
拜德不拜寿
稗子里剥不出白米,狗嘴里吐不出象牙
搬起石头砸自己的脚
办酒容易请客难,请客容易款客难
办事不由东,累死也无功
办事怕失礼,说话怕输理
半斤鸭子四两嘴
半路夫妻赛冰霜
半路上出家
绊人的桩,不一定高;咬人的狗,不一定叫
傍生不如傍熟
帮别人要忘掉,别人帮要记牢
帮衬男人为光景,恩养儿女为防老
帮好学好,帮坏学坏
帮人帮到底,救人救个活
帮人要帮心,帮心要知心;知心要交心,交心才知根
帮人一次忙,胜烧十炷香
帮人一口得一升,救人一命积善功
帮艺不帮钱
宝剑赠予烈士,红粉送与佳人
宝珠玉不如宝善,友富贵不如友仁
饱谙世事慵开眼,会尽人情只点头
饱饭好吃,满话难说
饱给一斗,不如饥给一口
饱汉不知饿汉饥,好人老说病人虚

饱食伤身,忠言逆耳
饱食终日,无所用心
报喜不报忧
抱着葫芦不开瓢
杯水之恩,江河还报
备席容易请客难
背地不谈人,谈人没好事
背地商量无好话,私房计较有奸情
背后莫道人短,人前莫夸己长
背后忍饥易,人前张口难
背后之言,岂能全信
背后之言听不得,哈巴狗儿骑不得
被头里做事终晓得
本家本家,海角天涯
笔直的木材用处大,爽快的人儿朋友多
闭口深藏舌,安身处处牢
蝙蝠不自见,笑他梁上燕
蝙蝠怕见天,贼人怕见官
变戏法的瞒不了打锣的
表里如一人品好,口是心非不可交
表壮不如里壮
别看笑面说好话,留心背后使暗攻
别人家的肉,哪里煨得热
别人求我三春雨,我去求人六月霜
冰炭不同炉,贤愚不并居
病从口入,祸从口出
剥葱剥蒜不剥人
簸箕大的手,掩不住众人的口
不吃哪家饭,不操哪家心
不痴不聋,不做阿家翁
不打不相识
不当家不知柴米贵,不养儿不知父母恩
不对仇人哭,泪向亲人流
不干己事不张口,一问摇头三不知
不患人不知,单怕不知人
不会烧香得罪神,不会说话得罪人

不结籽花休要种，无义之人不可交
不看家中宝，单看门前草
不看金刚，也看佛面
不来不去真亲戚
不骂天，就怨地
不怕不懂理，就怕不讲理
不怕倒运，全怕懒性
不怕该债的精穷，只怕讨债的英雄
不怕红脸关公，就怕抿嘴菩萨
不怕虎生三只口，只怕人怀两样心
不怕老虎狠，单怕老虎成群
不怕明处枪和棍，只怕阴阳两面刀
不怕明说，就怕暗点
不怕闹得欢，就怕拉清单
不怕你铜墙铁壁，只怕你紧狗健人
不怕念起，只怕觉迟
不怕千日罪，只要当日悔
不怕人不敬，就怕己不公
不怕外来盗，就怕地面贼
不怕屋漏，就怕锅漏
不怕硬的就怕横的，不怕横的就怕不要命的
不敲背后鼓，要打当面锣
不求同日生，只愿同日死
不求有功，但求无过
不是仇人不见面，不是冤家不聚头
不是东风压倒西风，就是西风压倒东风
不是一家人，不进一家门
不是姻缘莫强求
不是知音话不投
不图打鱼，只图混水
不图锅巴吃，不在锅边转
不信直中直，须防仁不仁
不行万里路，难见痴人心
不要文章中天下，只要文章中试官
不以言取人，不以言废人
不在被中眠，安知被无边

不知者不做罪
不钻不透,不说不知
不做亏心事,不怕鬼叫门

C

才高人忌,器利人贪
财帛如蒿草,义气重千斤
菜没盐无味,话没理无力
苍蝇集秽,蝼蚁集膻
槽里无食猪咬猪
草多不烧灶,虱多不压秤
草间说话,须防路上有人
草怕严霜霜怕日,恶人自有恶人磨
茶水越泡越浓,人情越交越厚
差人见钱,猫鼠同眠
拆东墙,补西墙
柴经不起百斧,人经不起百语
柴米夫妻,酒肉朋友,盒儿亲戚
豺狼改不了本性,狈狸除不尽臊气
豺狼虽狠,不伤同类
豺狼性恶,有钱人心狠
搀要搀个瞎子,帮要帮个豁子
谗言败坏真君子,冷箭射死大丈夫
谗言误国,妒妇乱家
长衫有人穿,长话无人听
长舌乱家,大斧破车
常赌无赢客
常在染房走,白丝变黑绸
唱戏的不瞒打锣的
抄手无言难打孩儿
朝里无人莫做官
朝里有人好做官
朝廷不差饿兵
撑船撑到岸,帮忙帮到底

拆东墙,补西墙

乘凉大树众人栽
乘马越换越好,妻子越换越糟
吃得亏,做一堆
吃多无滋味,话多不值钱
吃饭不忘种谷人,饮水不忘掘井人
吃饭不在乎一口,打人不在乎一扭
吃饭不知饥饱,睡觉不知颠倒,说话不知深浅
吃饭的不打烧火的
吃饭的栈,睡觉的店
吃饭品滋味,听话听下音
吃酒不言公务事
吃苦菜,莫吃根;交朋友,莫忘恩
吃了砒霜药老虎
吃了人家的嘴软,拿了人家的手短
吃明不吃暗
吃拳须记打拳时
吃人不吐骨头
吃人饭,拉狗屎
吃人家的饭,看人家的脸;端人家的碗,受人家的管
吃人家碗半,被人家使唤
吃软不吃硬
吃谁向谁,恨谁打谁
吃水不忘掘井人
吃稀饭要搅,走滑路要跑
吃药不瞒郎中
吃一个枣儿,许一个心
吃着谁,向着谁
痴男惧妇,贤女敬夫
痴人面前,不必说梦
尺牍书疏,千里面目
赤金难买赤子心
宠你捧你是害你,打你骂你是爱你
仇恨宜解不宜结
仇可解不可结
仇人相见,分外眼红
丑话说在前边

丑陋夫人家中宝，美貌佳人惹祸端
丑人多作怪
丑媳妇总要见公婆
臭猪头自有烂鼻子闻
出马一条枪
出门观天色，进门看脸色
出门靠朋友
出头的椽子先烂
处家人情，非钱不行
处君子易，处小人难
穿青衣，抱黑柱
传闻是虚，眼见为实
传言过话，自讨挨骂
船底不漏针，漏针没外人
船头不遇，转舵相逢
船载的金银，填不满烟花寨
窗破了当糊，人恶了当除
床头打架，床尾讲和
吹喇叭，抬轿子
吹牛不要钱，只要吹得圆
春宵一刻值千金
慈悲胜念千声佛，作恶空烧万炷香
慈心生祸患
此去好凭三寸舌，再去不值半文钱
从善如登，从恶如崩
聪明人好惹，糊涂人难缠
曾着卖糖君子哄，到今不信口甜人
重打锣鼓另开张

D

打别人的孩子心不痛
打出来的朋友，杀出来的交情
打当面锣，不敲背后鼓
打倒金刚赖倒佛

打得丫鬟,吓得小姐
打断骨头还连着筋
打狗鸡上墙
打狗欺主
打狗要用擒虎力
打狗也看主人面
打虎还得亲兄弟,上阵须教父子兵
打开天窗说亮话
打老鼠伤了玉瓶儿
打盆儿还盆儿,打碗儿还碗儿
打破盆只论盆
打起来没好拳,骂起来没好言
打墙不如修路
打人三日忧,骂人三日羞
打人休打脸,骂人休揭短
打死不离亲兄弟
打嚏耳朵热,一定有人说
打油的钱不买醋
打肿脸充胖子
大处着眼,小处着手
大恩不言谢
大风吹倒梧桐树,自有旁人说短长
大风刮不了多日,亲人恼不了多时
大姑小姑,气破肚肚
大海浮萍,也有相逢之日
大伙心齐,泰山能移
大家马儿大家骑
大奸似忠,大诈似信
大路朝天,各走一边
大路生在嘴边
大能掩小,海纳百川
大事化小,小事化了
大树之下,必有枯枝
大小一个礼,长短一根棍
大眼望小眼
呆里奸,直里弯

单蜂酿不成蜜，独龙治不了水
单面锣打不响
单丝不成线，独树不成林
单者易折，众则难摧
耽迟不耽错
但得方便地，何处不为人
但得一片橘子吃，莫便忘了洞庭湖
但看三五日，相见不如初
淡酒醉人，淡话伤人
当搏牛虻，不当破虮虱
当差的官面上看气，行船的看风使篷
当家就是戴枷
当家三年，猫狗都嫌
当面留人情，日后好相逢
当面锣，对面鼓
当行厌当行
当着矮人，别说矮话
刀伤好治，舌伤难医
到了庙里随和尚
到什么山上唱什么歌
道路不平众人铲
道路难行钱作马，城池不克酒为兵
得放手时须放手，得饶人处且饶人
得理不让人，无理占三分
得人滴水之恩，须当涌泉之报
得人好处千年记，得人花戴万年香
得人钱财，替人消灾
得胜的猫儿欢似虎
地无三尺土，人无十日恩
第一印象不灭
东扯葫芦西扯瓢
东一榔头，西一棒子
豆芽菜，水蓬蓬；竹竿子，节节空
独虎架不住群狼
独龙行不得雨
独拳难打虎

端起碗来吃肉,放下筷子骂娘
对客不得嗔狗
对马牛而诵经
对啥人,说啥话
对着和尚骂贼秃
多个朋友多条路,多个冤家多道墙
多言众所忌

E

阿谀人人喜,直言人人嫌
恶狗怕揍,恶人怕斗
恶贯不可满,强壮不可恃
恶龙不斗地头蛇
恶人先告状
恶向胆边生
恶语伤人六月寒
恩不放债
恩多怨也多
恩怕先益后损,威怕先松后紧
恩人相见,分外眼明;仇人相见,分外眼睁
恩义广施,人生何处不相逢;冤仇莫结,路逢狭处难回避
儿不嫌母丑,狗不怨主贫
儿大不由爹,女大不由娘
儿女多来冤孽多
儿孙自有儿孙福,莫为儿孙作马牛
二虎相争,必有一伤
二人同心,其利断金
二十五里骂知县

F

发昏当不了死
法不传六耳

翻手是雨,合手是云
翻贴门神不对脸
凡事留人情,后来好相见
饭多伤胃,话多伤心
饭煳了,捂在锅里;胳膊折了,吞在袖里
饭可以乱吃,话可不能乱讲
饭要一口一口吃
饭越捎越少,话越捎越多
方话不入圆耳朵
房倒压不杀人,舌头倒压杀人
放下屠刀,立地成佛
放着鹅毛不知轻,顶着磨子不知重
肥水不流外人田
分辨人的好坏,先看他的言行;分辨马的优劣,先听它的声音
风儿无翅飞千里,消息无脚走万家
风高放火,月黑杀人
风里言风里语
风云多变,人心难测
逢人减岁,遇货加钱
逢人只说三分话,未可全抛一片心
凤凰不入乌鸦巢
凤凰飞在梧桐树,自有旁人话短长
凤凰鸦鹊不同群
凤有凤巢,鸡有鸡窝
佛口蛇心
佛面上刮金
佛要金装,人要衣装
夫愁妻忧心相亲
夫妇是树,儿女是花
夫妻安,合家欢
夫妻本是同林鸟,大难来时各自飞
夫妻吵架好比舌头碰牙
夫妻恩爱苦也甜
夫妻好比一杆秤,秤盘秤砣两头儿平
夫妻没有隔夜的仇
夫妻面前莫说真,朋友面前莫说假

夫妻且说三分话，未可全抛一片心
夫妻是打骂不开的
夫妻同床，心隔千里
夫妻无隔宿之仇
夫妻谐，可以攻齐；小夫怒，可以攻鲁
夫妻一条心，黄土变成金
夫有千斤担，妻挑五百斤
扶贫要扶本
扶起不扶倒
服理不服人
斧子不到处，恶木易成林
父不慈则子不孝
父不记子过
父不忧心因子孝，家无烦恼为妻贤
父道尊，母道亲
父母之仇，不共戴天
父子不和家不旺，邻里不和是非多
父子同心土变金
父子无隔宿之仇
妇女能顶半边天
富贵逼人来
富贵不压乡里
富攀富，穷帮穷
富人报人以财，穷人报人以命
富人妻，墙上皮，掉了一层再和泥；穷人妻，心肝肺，一时一刻不能离
缚虎容易纵虎难
蝮蛇口中牙，蝎子尾后针；两般犹未毒，最毒负心人

G

旮旯里做事不怕人，就是瞒不过夜游神
甘言夺志，糖多坏齿
赶十五不如赶初一
隔辈如隔山
隔层肚子隔堵墙

隔面难知心腹事
隔墙防有耳，窗外岂无人
各人头上一方天
各人自扫门前雪，不管他家瓦上霜
各肉儿各疼
给人方便，自己方便
跟着大树得乘凉，跟着太阳得沾光
跟着什么人学什么人，跟着巫婆会跳神儿
工作好干，伙计难共
公不离婆，秤不离砣
公婆难断床帏事
供一饥，不能供百饱
恭敬不如从命，受训莫如从顺
狗不叫，不被打；人不语，不遭殃
狗不咬人心不安，驴不拉磨背发痒
狗肚子盛不了四两香油
狗眼看人低
狗咬狗，两嘴毛；鳖咬鳖，两嘴血
狗咬人，有药医；人咬人，没药医
姑娘大了不中留，留来留去结怨仇
姑娘讲绣衣，秀才讲文章，农民讲种地，渔民讲海洋
孤树不成林，单丝不成线
牯老实挨打，人老实受欺
鼓不打不响，话不讲不明
瓜好吃不讲老嫩，人对眼不讲丑俊
寡妇门前是非多
怪人须在腹，相见又何妨
怪人者不知情，知情者不怪人
观棋不语真君子，把酒多言是小人
观人必于其微
官大不压乡邻
官大福大势大，财粗腰粗气粗
官大一级压死人
官情如纸薄
官无中人，不如归田
官向官，民向民，关老爷还向蒲州人

官字两个口,没有硬说有
管闲事,落不是
光给人家说庙,没叫人家看神
光脚的不怕穿鞋的
广种福田留余步,善耕心地好收成
鬼怕恶人
鬼人操得鬼心眼
鬼吓人吓不死人,人吓人吓死人
贵人多忘事
贵人稀见面
贵足踏贱地,草舍生辉
棍棒不打上门客
棍棒不打笑面人
过耳之言,不足为凭
过河拆桥
过河丢拐棍,病好打太医
过日子不可不省,请客人不得不费

H

哈达不要太多,有一条洁白的最好
孩子不避父母,病人不避大夫
孩子是大人的耳朵,也是大人的舌头
含着骨头露着肉
好柴烧烂灶,好心没好报
好动扶人手,莫开杀人口
好饭不怕晚,趣话不嫌慢
好狗不挡道
好官易做,好人难做
好汉抵不过一群狼
好汉护三村,好狗护三邻
好汉怕赖汉,赖汉还怕歪死缠
好合不如好散
好花不断香,好囡不离娘
好话不背人,背人没好话

好话不在多说,有理不在声高
好话传仨人,有头少了身;坏话传仨人,有叶又有根
好话当不了饭吃
好话说上千千万,不如实事办一件
好伙计,勤算账
好看千里客,万里去传名
好客主人多
好了的疮疤不必再搔了
好名难出,恶名易出
好墙维持好邻居
好亲眷,莫交财;交了财,断往来
好人还得好衣裳
好人说不坏,好酒搅不酸
好人有好报
好石磨刀也要水
好时是他人,恶时是家人
好事不出门,恶事传千里
好事不瞒人,瞒人没好事
好事不在忙里
好手不敌双拳,双拳不如四手
好鞋不踏臭狗屎
好心不得好报
好心当作驴肝肺
好心总有好报
好兄弟高打墙,亲戚朋友远离乡
好言不听,祸必临身
好言难劝该死鬼
好鹰不叼昧心食,好虎不吃屈死兽
喝酒喝厚了,赌钱赌薄了
合家欢,老人安
合心的喜鹊能捉鹿
和得邻居好,胜过穿皮袄
和尚不亲帽儿亲
和尚见钱经也卖,瞎子见钱眼也开
河里失钱河里捞
河水不犯井水

鹤随鸾凤飞还远,人伴贤良智转高
横的难咽,顺的好吃
横挑鼻子竖挑眼
哄得愚人过,难免识者弹
呼蛇容易遣蛇难
狐狸不乐龙王,鱼鳖不乐凤凰
狐狸再狡猾,也斗不过好猎手
葫芦牵到扁豆藤
虎父无犬子
虎项金铃谁人解,解铃还仗系铃人
虎在软地上易失足,人在甜言里会摔跤
花花轿子人抬人
话不说不知,木不钻不透
话不投机半句多
话不在多,人不在说
话到舌尖留半句
话到嘴边留三分
话激话,没好话
话经三张嘴,长虫也长腿
话是开心的钥匙
话是开心斧
话说三遍淡如水
话须通俗方传远,语必关风始动人
患难见朋友
患难见人心,生死辨忠奸
患难见知交,烈火现真金
皇帝也有草鞋亲
皇天不负好心人
黄鹤楼上看翻船
黄金难买乡邻情
黄泥塘中洗单子
黄牛过水各顾各
谎言腿短,当场摔跤
会嫁嫁对头,不会嫁嫁门楼
会说的不如会听的
会说的说圆了,不会说的说翻了

黄鹤楼

会说话的两头瞒，不会说话的两头盘
晦人还自晦，说人还自说
活不见面，死不送终
火不拨不旺，理不讲不通
火到猪头烂，钱到公事办

J

机事不密则害成
鸡蛋里挑骨头
鸡肚不知鸭肚事
鸡多争窝，羊多争坡，和尚多了争饭锅
积德百年元气厚，子孙万代福无边
积金不如积德，克众不如济人
积善逢善，积恶逢恶
积善人家，必有余福
激人成祸，击石成火
即使住在河边，也不能和鳄鱼交朋友
急人一难，胜造七级浮屠
己所不欲，勿施于人
既来之，则安之
既在佛会下，都是有缘人

既在山场转，就有打猎心
济人须济急时无
祭而丰，不如养而薄
家不和，被人欺
家不和，事不成
家常饭，粗布衣，知寒知暖自己的妻
家丑不可外扬
家丑家丑，家家都有
家和万事兴
家花不如野花香
家火不起，野火不来
家里事，家里了
家里无贼贼不来
家里有一老，炕头坐活宝
家庭合不合，看看儿媳和公婆
家庭家庭，治好了家才能消停
家无主，屋倒竖
家有千口，主事一人
家有贤妻，男儿不遭横祸
家有一条心，黄土变成金
家有一心，有钱买金；家有二心，无钱买针
嫁出去的姑娘，泼出去的水
嫁汉随汉，穿衣吃饭
奸不厮欺，俏不厮瞒
奸出人命赌生盗
见财起意心不正，损人利己天不容
见风使舵，就水弯船
见怪不怪，其怪自坏
见了和尚骂贼秃
见人说人话，见鬼说鬼话
见死不救非君子，见义不为枉为人
见着秃子不讲疮，见着瞎子不讲光
剑伤皮肉，话伤灵魂
箭要直直地射，话要直直地说
将酒劝人，终无恶意
将军狗死人吊孝，将军死后无人埋

将怕阵前失马,人怕老来丧妻
讲不讲在己,听不听在人
交遍天下友,知心有几人
交情大于王法
交人不疑,疑人不交
交人交心,浇树浇根
交友交义不交财,择友择智不择貌
交有道,接有理
娇妻唤作枕边灵,十事商量九事成
骄子不孝
胶多不黏,话多不甜
叫花子也有三个穷朋友
叫亲了的娘,住亲了的房
叫人不蚀本,不过舌头打个滚
叫天天不应,叫地地不灵
教的言语不会说,有钱难买自主张
接神容易送神难
揭底就怕老乡亲
揭人不揭短,打人不打脸
节令不到,不知冷暖;人不相处,不知厚薄
结得人缘好,不怕做事难
结君子千年有义,交小人转眼无情
结怨容易解怨难
解铃还须系铃人
借四两,还半斤
今生不与人方便,念尽弥陀总是空
金儿银男,不如生铁老伴
金刚怒目,不如菩萨低眉
金刚厮打,佛也理不下
金将火试方知色,人用财交始见心
金砖不厚,玉瓦不薄
紧行无好步
近报喜,远报忧
近不过夫妻,亲不过父母
近官如近虎
近火的先焦

近人不说远话
进了赌博场，不认亲爹娘
进门看脸色，出门观天色
进门休问吉凶事，看人容颜自己知
进山打虎易，开口求人难
经纪的口，判官的笔
井里打水往河里倒
井里没水四处讨
井深槐树粗，街阔人义疏
井水不犯河水
敬酒不吃吃罚酒
敬酒好吃，罚酒难喝
敬人自敬，薄人自薄
九子不忘媒
久旱逢甘雨，他乡见故知
久住邻居为一族
酒肠宽似海，色胆大如天
酒逢知己千杯少，话不投机半句多
酒后失言，君子不怪
酒后无德
酒敬高人，话敬知人
酒令大如军令
酒肉朋友短，患难夫妻长
酒肉兄弟千个有，急难之时一个无
酒坛破了大家断饮，饭碗破了一人断食
酒席好摆客难请
酒饮席面，话讲当面
酒中不语真君子，财上分明大丈夫
救急不救穷
救命之恩，如同再造
救人须救急，施人须当厄
救人一命，胜造七级浮屠
舅母门上的老表亲，砸断骨头连着筋
举手不打无娘子，开口不骂赔礼人
君知我则报君，友知我则报友
君子爱财，取之有道

君子不跟牛治气
君子不开口，神仙猜不透
君子不念旧恶
君子不欺暗室
君子不强人所难
君子不羞当面，巧言不如直道
君子成人之美
君子动口，小人动手
君子动口不动手
君子防患于未然
君子矜人之厄，小人利人之危
君子绝交，不出恶声
君子千言有一失，小人千言有一当
君子施恩不望报
君子言先不言后
君子一言，驷马难追
君子一言，重于九鼎
君子之交淡若水
君子重情义，小人重财利

K

开店的不怕大肚汉
开弓不放箭
开口不骂笑脸人
看菜吃饭，量体裁衣
看破世事惊破胆，识透人情冷透心
看人看心，听话听音
看人莫看脸，知人难知心
看人下菜碟
看树看皮，看人看底
糠里榨不出油来
糠能吃，菜能吃，亏不能吃；吃让人，喝让人，理不让人
靠大树草不沾霜
靠人不如靠自己

靠人都是假,跌倒自己爬
靠人磨镰刀背儿光,靠人舀饭尽喝汤
可怜天下父母心
客不送客
客不压主
客气不朋友,朋友不客气
客去主人安
客随主便
客随主人约
空话一场,无谷不长
空口说白话
空口无凭,立字为据
口袋里装不住锥子
口服千句,不如心应一声
口惠而实不至
口开神气散,舌动是非生
口里摆菜碟儿
口如扃,言有恒;口如注,言无据
口是祸之门,舌为斩身刀
口是伤人虎,言是割舌刀
口是心苗
口水淹得人死
苦好受,气难生
快刀斩乱麻
快马一鞭,快人一言
捆绑不成夫妻
困境识朋友,烈火辨真金

L

拉架充好人,大多有偏心
拉口子要见血
来得早不如来得巧
来而不往非礼也
来是是非人,去是是非者

来者不善，善者不来
癞蛤蟆剥皮眼不闭，黑甲鱼剖腹心不死
烂麻拧成绳，力量大千斤
狼披羊皮还是狼
老的别惹，小的别逗
老鸹别嫌猪黑
老虎打架劝不得
老虎花在背，人心花在内
老虎进了城，家家都闭门；虽然不咬人，日前坏了名
老米饭捏不成团
老鼠过街，人人喊打
老鸦不会笑猪黑
雷击冒尖树
雷声大，雨点小
冷饭好吃，冷语难受
冷汤冷饭好吃，冷言冷语难听
冷眼观螃蟹，横行到几时
冷雨不大湿衣裳，恶言不多伤心肠
冷灶上着一把儿，热灶上着一把儿
愣的怕横的，横的怕不要命的
离合有天意
篱笆不是墙，后娘不算娘
篱笆牢靠要打桩，冤家打赢要人帮
篱笆扎得紧，野狗钻不进
礼多人不怪
礼无不答
礼相不周望海涵
礼有经权，事有缓急
里言不出，外言不入
理怕众人评
理屈者必败
理正不怕鬼邪
理正人人服
理直气壮，理亏气短
理直千人必往，心亏寸步难行
鲤鱼找鲤鱼，鲫鱼找鲫鱼

利之所在,无所不趋
脸皮厚,吃个够;脸皮薄,吃不着
良辰易遇,善人难逢
良言一句三冬暖,恶语伤人六月寒
良药苦口利于病,忠言逆耳利于行
两斗皆仇,两和皆友
两姑之间难为妇
两好合一好,三好合到老
两口子打架不用劝,摆上桌子就吃饭
两鸟在林,不如一鸟在手
两人一般心,有钱堪买金;一人一般心,无钱堪买针
两山到不了一起,两个人总有见面的时候
两雄不能并立
两叶浮萍归大海,为人何处不相逢
邻居好,赛金宝
邻居一杆秤,街坊千面镜
临街三年盖不起房
临危好与人方便
伶俐人当媒人,糊涂人当保人
羚羊的角是灵药,老人的话是珠宝
流水下滩非有意,白云出岫本无心
流言铄石,众口销金
流言止于智者
六亲合一运
六十不借债,七十不过夜
龙多不治水,鸡多不下蛋
龙虎相斗,鱼虾遭殃
龙交龙,凤交凤,老鼠的朋友会打洞
露丑不如藏拙
露水夫妻不长久
路上说话,草里有人
路上行人口似碑
路遥知马力,日久见人心
乱世多新闻
罗汉请观音,客少主人多
锣鼓长了无好戏

锣鼓听声,听话辨音

M

麻雀莫跟大雁飞
麻绳蘸水绳更紧,冤仇释除亲加亲
马不吃草不能强按头
马不知自己脸长,牛不知自己角弯
马听锣声转
马有失蹄,人有失言
骂人的不高,挨骂的不低
骂人无好口,打人无好手
买猪不买圈
卖卜卖卦,转回说话
卖卦口,没量斗
瞒得过初一,瞒不过十五
瞒天瞒地,瞒不了隔壁邻居
瞒债必穷,瞒病必死
满怀心腹事,尽在不言中
满堂儿女,当不得半席夫妻
慢工出细活
慢人者,人慢之
忙和尚办不了好道场
猫儿得意欢如虎,蜥蜴装腔胜似龙
猫儿狗儿识温存
猫狗不同槽,穷富不攀亲
没本钱买卖,赚起赔不起
没吃鲜鱼口不腥,没做坏事心不惊
没得算计一世穷
没娘的孩子磕墙根,没爹的孩子贵如金
没有不还的债
没有家族是孤独,没有亲戚是寡人
没有拉不直的绳,没有改不了的错
媒婆口,无量斗
媒人的嘴,刷锅的水

美服人指，美珠人估
美言不信，信言不美
昧心钱赚不得
门里说话，要防门外有人
门内有君子，门外君子至
门前大树好遮阴
门前结起高头马，不是亲来也是亲
门前生瑞草，好事不如无
门有缝，窗有耳
弥天之罪，一悔便消
蜜蜂酿蜜，不为己食
蜜罐子嘴，秤钩子心
面赤不如语直
面和心不和
描金箱子白铜锁，外面好看里面空
明理不用细讲
明枪易躲，暗箭难防
明人不用细说
明是一盆火，暗是一把刀
磨刀不误砍柴工
莫道人行早，更有早行人
莫信直中直，须防仁不仁
莫言家未成，成家子未生；莫言家未破，破家子未大
牡丹虽好，全仗绿叶扶持

N

拿得住的是手，掩不住的是口
拿人家的手短，吃人家的嘴短
拿人钱财，为人消灾
拿着黄牛便当马
拿着鸡毛当令箭
哪个腹中无算盘
哪壶不开提哪壶
哪有不透风的墙

男要俏,一身皂
男子无妻财没主,妇女无夫身落空
孬人肚里疙瘩多
能狼难敌众犬
能治一服,不治一死
你拨你的算盘,我打我的主意
你敬我一尺,我敬你一丈
你一言,我一语
你有来言,我有去语
你有你的佛法,我有我的道行
你走你的阳关道,我过我的独木桥
逆风点火自烧身
逆子顽妻,无药可治
娘家屋住不老,亲戚饭吃不饱
娘勤女不懒
娘想儿,流水长;儿想娘,筷子长
鸟怕暗箭,人怕甜言
鸟无头不飞
尿泡打人不痛,臊气难闻
宁拆七座庙,不破一门婚
宁吃过头饭,不说过头话
宁得罪君子,莫得罪小人
宁给饥人一口,不送富人一斗
宁和聪明人打一架,不和糊涂人说句话
宁交口拙舌笨实心汉,不交油嘴滑舌机灵鬼
宁交双脚跳,不交眯眯笑
宁救百只羊,不救一条狼
宁看贼挨打,不看贼吃耍
宁可不识字,不可不识人
宁可荤口念佛,莫将素口骂人
宁可信其有,不可信其无
宁可正而不足,不可邪而有余
宁恼远亲,不恼近邻
宁欺生人,莫欺死者
宁敲金钟一下,不打破鼓三千
宁舍十亩地,不吃哑巴亏

宁失一人喜,不结千人怨
宁要实话粗一点,不要谎言像得很
宁与千人好,不与一人仇
牛不喝水难按角
牛无力气拉横耙,人无道理说横话
女大不认娘
女大不中留
女儿大了理当嫁,女大不嫁人笑话
女怕嫁错郎,男怕入错行
女人心,海底针
女子的泪,男子的跪

P

爬不上杨树爬柳树
爬山谈虎,过海说龙
拍马有个架,先笑后说话
咆哮者不必勇,淳淡者不必怯
跑出去的马好抓,说出去的话难追
盆打了说盆,碗碎了说碗
朋友间说不得假话,眼睛里容不得灰沙
朋友莫交财,交财仁义绝
朋友妻不可欺,朋友妾不可灭
朋友千个少,冤家一个多
捧饭称饥,临河叫渴
碰回钉子学回乖
碰见鬼总得烧把纸钱
碰上好事不挑礼
批评人,当面好;夸奖人,背后好
偏怜之子不保业,难得之妇不主家
骗朋友只有一次,害自己却是终身
骗人骗自己,害人害自己
骗子见不得真相,蝙蝠见不得太阳
贫不与富斗,富不与势争
贫贱亲戚离,富贵他人合

贫贱之知不可忘，糟糠之妻不下堂
贫穷患难，亲戚相救；婚姻死丧，邻里相助
平生不做皱眉事，世上应无切齿人
平时不烧香，临时抱佛脚
平时肯帮人，急时有人帮
瓶口扎得住，人口扎不住
泼出的水，说出的话
婆婆有德媳妇贤
婆婆嘴碎，媳妇耳背
破车损坏道路，坏人殃及邻里
破人买卖衣饭，如杀父母妻子
破人亲，九世贫
破人生意如杀人父母

Q

七窍里冒火，五脏里生烟
妻大两，黄金日日长；妻大三，黄金积如山
妻贤夫祸少，子孝父心宽
欺人之心不可有，防人之心不可无
骑驴的不知赶脚苦
起了风，少不得要下点雨
气话好说，气事难做
气可鼓而不可泄
千把明刀容易躲，一支暗箭最难防
千穿万穿，马屁不穿
千防万防，家贼难防
千个屠户一把刀
千金难买信得过
千金难买中意的话
千金之裘，非一狐之腋
千里搭长棚，没个不散的筵席
千里送鹅毛，礼轻情意重
千年文约会说话
千钱买邻，八百买舍

千钱难买一个愿
千日行善，善犹不足；一日行恶，恶自有余
千日斫柴一日烧
千夜做贼一夜穷
牵牛要牵牛鼻子
前留三步好走，后留三步好行
前门不进师姑，后门不进和尚
前面乌龟爬开路，后面乌龟照样爬
前怕狼，后怕虎
前人栽树，后人乘凉
前山打鼓前山应，后山唱歌后山听
钱尽情义绝
钱可通神，财能役鬼
强龙不压地头蛇
强拧的瓜儿不甜
强迫不成买卖，强求不成夫妻
强中更有强中手
墙打八尺，也没有不透风的
墙倒众人推，鼓破乱人捶
墙里讲话墙外听
墙有缝，壁有耳
巧妻常伴拙夫眠
巧媳妇不怕挑剔婆
巧言不如直道
巧中说话，巧中有人
亲故亲故，十亲九顾
亲家朋友远来香
亲了割不断，假了续不上
亲戚门外客
亲戚有远近，朋友有厚薄
亲望亲好，邻望邻好
亲向亲，故向故
亲兄弟，明算账
亲由攀起，友自交来
亲有远近，邻有里外
亲则不谢，谢则不亲

秦桧还有三个相好的
禽有禽言，兽有兽语
青山不老，绿水长存
轻人还自轻
清官难断家务事
清酒红人面，白财动人心
清水下杂面，你吃我看见
情越疏，礼越多
请教别人不蚀本，舌头打个滚
请客不到恼杀主
请客吃酒要量家当
请客容易等客难
请神容易送神难
穷帮穷，富帮富
穷富不认亲
穷汉怜穷汉，黄连近苦瓜
穷在闹市无人问，富在深山有远亲
穷遮不得，丑瞒不得
求人须求大丈夫，济人须济急时无
求神要烧香
求灶头不如告灶尾
求只求张良，拜只拜韩信
娶个媳妇过继出个儿
去时留人情，转来好相见
劝了皮劝不了瓤
却之不恭，受之有愧

R

让礼一寸，得礼一尺
让人三分不吃亏
饶你奸似鬼，吃了洗脚水
惹不起总怕得起
热不过火口，亲不过两口
热气呵冷脸

热心闲管招非,冷眼无些烦恼
人爱富的,狗咬穷的
人伴贤良智转高
人不可忘本
人不亲土亲,河不亲水亲
人不求人一般高
人不说话理说话
人不为己,天诛地灭
人不知,鬼不觉
人不知亲穷知亲,心不知近苦知近
人串门子惹是非,狗串门子挨棒捶
人大生主意,树大长丫枝
人多成王
人多出韩信
人多出圣人
人多点子多
人多讲出理来,谷多舂出米来
人多口杂
人多力量大,柴多火焰高
人多乱,龙多旱
人多人强,蚁多咬死象
人多为强,狗多为王
人多心不齐,鹅卵石挤掉皮
人多遮黑眼,兵多吃闲饭
人恶礼不恶
人恶人怕天不怕,人善人欺天不欺
人防虎,虎防人
人非草木,孰能无情
人合心来马合套
人敬我一尺,我敬人一丈
人看对眼,货看顺眼
人靠心,树靠根
人有善念,天必从之
人可以和虎狼搏斗,却无法和苍蝇争吵
人口快如风
人忙神不忙

人面相似,人心不同
人面咫尺,心隔千里
人怕当面,树怕剥皮
人怕恶人,鬼怕凶神
人怕横的,马怕蹦的
人怕揭短,龙怕揭鳞
人怕敬,鬼怕送
人怕理,马怕鞭,蚊虫怕火烟
人怕齐心,虎怕成群
人怕输理,狗怕夹尾
人前教子,背后劝夫
人情比纸薄
人情大似圣旨
人情大似债,头顶锅儿卖
人情留一线,日久好相见
人情人情,在人情愿
人情若像初相识,到底终无怨恨心
人情一把锯,你一来,他一去
人去不中留,留人难留心
人若有心病,猫叫也心惊
人善有人欺,马善有人骑
人生何处不相逢
人生面不熟
人生难得遇知音
人生七尺躯,畏此三寸舌
人生丧家亡身,言语占了八分
人是衣服马是鞍
人熟好办事
人熟理不熟
人死不结怨
人随大众不挨骂,羊随大群不挨打
人抬人高,水抬船高
人无伤虎心,虎无伤人意
人心都是肉长的
人心隔肚皮
人心换人心

人心齐,海可填,山可移
人言不足恤
人言未必真,听言听三分
人要忠心,火要空心
人硬了伤钱,弓硬了伤弦
人有见面之情
人有人路,鬼有鬼路
人有三分怕虎,虎有七分怕人
人怨语声高
人在难中好救人
人在人情在,人亡两无交
人在事中迷,就怕没人提
人嘴两张皮,各说各的理
忍为高,和为贵
忍一时之气,免百日之忧
认理不认人,不怕不了事
日长无好饭,客长无笑脸
日出万言,必有一伤
日间不做亏心事,半夜敲门不吃惊
日远日疏,日近日亲
容情不举手,举手不容情
柔能胜刚,弱能克强
肉炒熟,人吵生
肉中刺,眼中钉
入山不怕伤人虎,就怕人情两面刀
入山擒虎易,开口告人难
入山问樵,入水问渔
软刀子割头不觉死
若信卜,卖了屋
若要好,大做小
若要人不知,除非己莫为
若知牢狱苦,便发菩提心
弱不可以敌强,寡不可以敌众

S

撒谎难瞒当乡人
三杯和万事，一醉解千愁
三朝媳妇，月里孩儿
三寸不烂之舌
三寸鸟七寸嘴
三分匠人，七分主人
三分人才，七分打扮
三分像人，七分似鬼
三个不开口，神仙难下手
三个臭皮匠，顶个诸葛亮
三个妇女一台戏
三个蛮人抬不过一个“理”字
三句好话不如一马棒
三句好话当钱使
三句好话暖人心
三句话不离本行
三句甜两句苦
三年不上门，当亲也不亲
三千与我好，八百与他交
三人六样话
三人说着九头话
三人同行小的苦
三人一条心，黄土变成金
三日不相见，莫作旧时看
三日肩膀两日腿
僧来看佛面
僧人照面说佛话
杀鸡焉用牛刀
杀人不死枉为仇
杀人不眨眼
杀人可恕，无礼难容
杀人须见血，斩草要除根

杀人一万,自损三千
杀生不如放生
山高皇帝远
山高遮不住太阳,官高压不倒乡里
山核桃还差着一堛儿
山鸡不能配凤凰
山羊不跟豺狼做朋友,老鼠不和猫儿搭亲家
伤人不伤脸,揭人不揭短
上半夜想想人家,下半夜想想自己
上不紧则下慢
上床夫妻,落地君子
上门的买卖好做
上命差遣,盖不由己
上头笑着,脚下使绊子
烧香烧老庙,救人救至急
艄公多了打烂船
少吃咸鱼少口干
少叫一声哥,多走十里坡
少年夫妻老来伴
舌上有龙泉,杀人不见血
舌是斩身刀
舌头底下压杀人
舌头是扁的,说话是圆的
舌为利害本,口是祸福门
蛇无头而不行
舍车马,保将帅
射人先射马,擒贼先擒王
身弱鬼来缠
神鬼怕愣人
生相怜,死相捐
省事无事
施恩不望报,望报不施恩
狮舞三趟无人看,话说三遍没人听
十个便宜九个爱
十个孩子九随母
十个会说的,也说不过一个胡说的

十个麻子九个俏,没有麻子不风骚
十叫九不应
十句好话不如一句丑话
十里没真信
十日滩头坐,一日行九滩
什么母什么女,什么桌子什么腿
什么种子出什么苗
时来谁不来,时不来谁来
识破人情便是仙
识人多者是非多
实话好说,谎话难编
使口如鼻,至老不失
使碎自己心,笑破他人口
使心用心,反害其身
世乱奴欺主,年衰鬼弄人
世上没有不透风的墙
世上万般悲苦事,无过死别与分离
事不干己不留心
事不能办得太绝,话不能说得太损
事不三思,终有后悔
事从两来,莫怪一人
事后诸葛亮
事宽则圆
事无不可对人言
事要公道,打个颠倒
势败休云贵,家亡莫论亲
势大仗权,腰粗仗钱
势在人情在
是非来入耳,不听自然无
是非只为多开口,烦恼皆因强出头
是非终日有,不听自然无
是龙不跟蛇斗,是人不跟狗斗
是亲必顾,是邻必护
是姻缘棒打不回
柿子都拣软的捏
手不麻利怨袄袖

手掌朝里，拳头朝外
受人滴水之恩，必当涌泉相报
受人之托，终人之事
狩猎要看山头，打狗要看主人
瘦狗莫踢，病马莫骑
疏不问亲，远不间近
熟不讲礼
熟人面前无瞎话
鼠有鼠洞，蛇有蛇路
树不成林怕大风
树大阴凉儿大
树多不怕风狂
树怕没根，人怕没理
树摇叶落，人摇财散
树要根生，儿要亲生
数面成亲旧
数语拨开君子路，片言提醒梦中人
拴住驴嘴马嘴，拴不住人嘴
双木桥好走，单木桥难行
谁家烟囱不冒烟，谁家锅底没有黑
水帮鱼，鱼帮水
水冲石头山挡水，今日不见明日见
水流湿，火就燥
水米两无交
水平不流，人平不言
水至清则无鱼，人至察则无徒
顺风吹火，下水行船
顺情说好话，免得讨人嫌
顺水推船
说出的话，泼出的水
说的比唱的好听
说话赠予知音，良马赠予将军，宝剑赠予烈士，红粉赠予佳人
说谎亦须说得圆
说一是一，说二是二
说真方，卖假药
说着钱，便无缘

说嘴大夫没好药
说嘴郎中无好药
死人身边自有活鬼
死鱼不张嘴儿
死知府不如一个活老鼠
四海之内,皆兄弟也
寺破僧丑,也看佛面
送佛送到西天
送君千里,终有一别
孙子有理打太公

T

他敬我一尺,我敬他一丈
台上握手,台下踢脚
抬手不打笑脸人
抬手不让步,举手不留情
抬头不见低头见
抬头婆娘低头汉
太太死了压断街,老爷死了没人抬
贪酒不顾身,爱色不顾病,争财不顾亲,斗气不顾命
坛口好封,人嘴难捂
汤热还是水,粥冷会粘连
躺着说话,不嫌腰疼
天不怕地不怕,就怕众人七嘴八舌都说话
天不言而自高,地不言而自卑
天大官司,地大银子
天机不可泄露
天上的仙鹤,比不上手里的麻雀
天上星宿大,地上娘舅大
天上无云不下雨,地上无人事不成
天上下雨地下流,小两口打架不记仇
天堂虽好,神仙难交
天下爹妈疼小儿
天下老,偏的小

天机不可泄露

天下没有不散的筵席
天有眼,墙有耳
天知地知,你知我知
天子门下有贫亲
天子尚且避醉汉
添得言,添不得钱
甜不过少年夫妻,苦不过鳏寡老人
甜馍馍冷吃也甜,知心人恼了也好
甜言美语虽是假,既顺心来又好听
甜言送客三冬暖,恶语伤人六月寒
挑水瞒不了井台,上炕瞒不了锅台
铁勺没有不碰锅沿儿的
听见风,就是雨
听君一席话,胜读十年书
同船过渡,皆是有缘
同疾相怜,同忧相救
同山打鸟,见者有份
同声相应,同气相求
同行无疏伴
偷得容易去得快
偷的锣敲不得
偷风不偷月,偷雨不偷雪
偷鸡摸狗,自己出丑

偷来的财易尽,买来的官易坏,篡来的皇帝多妄为
偷来的牛头藏不住
偷来的拳头打不倒师傅
偷驴偷马,不能欺人眼睛
偷生鬼子常畏人
偷食猫儿性不改
偷一就有十
偷嘴猫儿怕露相
头醋不酸,二醋不酽
头上有疮瞒不过剃头的
头疼医头,脚疼医脚
投亲不如访友
投亲不如落店
秃子爱戴帽
秃子不要说和尚,脱了帽子一个样
土居三十载,无有不亲人
托人如托山
拖人下水,先打湿脚

W

歪戴帽子斜插花
歪嘴和尚念不出好经
外面有了孤佬,女人就要跳槽
外甥是狗,吃了就走
外甥有理不让舅
外物不生闲口舌
顽妻逆子,无法可治
玩是玩,笑是笑
挽弓当挽强,用剑当用长
万两黄金容易得,知心一个也难求
万言万中,不如一默
王八当权大三代
王八掉进汤锅里,临死还要瞎扑腾
网开一面,路留一条

为人须为彻
为人一条路，惹人一堵墙
为善最乐，作恶难逃
未到八十八，弗可笑人脚蹶眼瞎
未观其心，先听其言
未量他人，先量自己
未曾水来先垒坝
温顺的羊羔谁都逮，老实马谁都想骑
闻得鸡好卖，连夜磨得鸭嘴尖
闻名不如见面
闻名不如交交口，交口不如对对手
蚊虫遭扇打，只为嘴伤人
问医不瞒医，问卜不瞒卜
瓮里走了鳖，左右是他家一窝子
瓮头口按得没，众人口按不没
我见砍头的，没见砍嘴的
我为人人，人人为我
卧榻之侧，岂容他人鼾睡
乌鸦擦粉照样黑
巫咸虽善祝，不能自袚也；秦医虽善除，不能自弹也
屋里说话防人听
屋里无女，一家没主
屋怕不稳，人怕忘本
无儿不留妇
无妇不成家
无故殷勤，必有一想
无谎不成状
无明火高三千丈
无求到处人情好
无心人说话，只怕有心人来听
无义之人不可交，不结果花休要种
无针不引线
五百年前是一家
五十的老子不管三十的儿子
武士爱比刀，姑娘爱比俏
侮人还自侮，说人还自说

物聚于所好
物伤其类
物以类聚,人以群分

X

习善则善,习恶则恶
媳妇不是婆养的,婆媳总是两张皮
媳妇堂前拜,公婆背利债
喜酒好喝,饯行酒难咽
喜时之言多失信,怒时之言多失体
戏法人人会变,各有巧妙不同
狭路相逢勇者胜
夏不借扇,冬不借棉
仙鹤顶上红,黄蜂尾后针,二物不算毒,最狠淫妇心
先君子,后小人
先明后不争
先亲后不改
先撒窝子后钓鱼
先说断,后不乱
先下手的为强,后下手的遭殃
先小人,后君子
先有亲,后有邻
闲饭难吃,闲话难听
闲话没腿儿,扯起来靠嘴儿
闲话少说没是非,夜饭少吃没疾病
闲口论闲话
闲事休管,饭吃三碗
闲言未必真,听言听三分
现求佛,现烧香
现钟不打打铸钟
馅饼待朋友,拳头赏敌人
相打一篷风,有难各西东
相逢知己话偏长
相见好同住难

相交满天下,知心能几人
相骂没好口,相打没好手
相识满天下,知心能几人
相送千里,终须一别
响鼓招鬼,息鼓送鬼
削嘴薄唇,说倒四邻
小儿嘴里出真言
小鬼顶不了阎王债
小孩儿家口没遮拦
小人报仇眼前,君子报仇三年
小人得志,狠如虎狼
小人得志便猖狂
小人口如蜜,转眼是仇人
小人易亲,君子易退
小子不吃十年闲饭
笑脸杀人最难防
笑脏不笑旧,笑破不笑补
笑脏笑拙不笑补,笑馋笑懒不笑苦
心不负人,面无惭色
心好不用吃斋
心急吃不得热粥
心急锅不滚
心亏理短话不周
心里若没病,不怕冷言侵
心里有鬼就有鬼
心齐力量大,人多主意巧
心去最难留,留下结冤仇
心疑生暗鬼
心有灵犀一点通
心正不怕影儿斜
新来媳妇三日勤
信人调,丢了瓢
信神迷鬼,捏住鼻子哄嘴
惺惺惜惺惺,好汉惜好汉
行百里者半于九十
行路的怕黑天,说谎的怕戳穿

行如风，立如松
兄弟虽和勤算数
兄弟协力山成玉，手足同心土变金
兄弟一条心，黄土变成金
休将我语同他语，未必他心似我心
秀才会课，点灯告坐
秀才碰到兵，有理说不清
秀才人情纸半张
袖大好做贼
虚心病说不出强话
雪中送炭真君子，锦上添花是小人
学好千日不足，学坏一朝有余

Y

牙舌两不动，安身处处牢
牙痛才知牙痛人的苦
烟酒不分家
严婆不打笑脸面
言不乱发，笔不妄动
言多语失皆因酒，义断情疏只为钱
言为心之苗
言语传情不如手
言者无心，听者有意
盐多了不咸，话多了不甜
阎罗殿好进，阎王债难还
阎王不嫌鬼瘦
阎王好做，小鬼难当
阎王叫你三更死，谁敢留人到五更
阎王也怕拼命鬼
筵前无乐，不成欢乐
筵无好筵，会无好会
眼睛长在额头上
眼上戴着墨色镜，瞧着世间尽黑人
眼是观宝珠，嘴是试金石

宴笑友朋多,患难知交少
扬汤止沸,不如去薪
羊羹虽美,众口难调
羊上狼不上,马跳猴不跳
养儿待老,积谷防饥
养儿勿论饭,打铁勿论炭
养家千百口,作罪一人当
养女一门亲
摇头不算点头算
要补衣,结发妻
要打看娘面
要就掏出心来,要就拿出刀来
要知心腹事,但听口中言
要做好人,须寻好友
夜猫子害怕见太阳
一把钥匙开一把锁
一白遮九丑
一百个小和尚好认一个老和尚,一个老和尚难认一百个小和尚
一棒一条痕,一掴一掌血
一报还一报
一宾不烦二主
一不扭众
一不做,二不休
一尺水翻腾做百丈波
一锄头也是动土,两锄头也是动土
一传十,十传百
一次生,两次熟
一打三分低
一斗米养个恩人,一石米养个仇人
一番手脚两番做
一方有难,八方支援
一分气带十分力,十分气的巴掌挨不起
一个巴掌难捂众人的嘴
一个巴掌拍不响
一个笛子一个笙
一个妇女一面锣,三个妇女一台戏

一个跳蚤顶不起卧单
一个好汉三个帮,一个篱笆三个桩
一个和尚挑水吃,两个和尚抬水吃,三个和尚没水吃
一个红脸,一个白脸
一个老鼠屎坏了一锅汤
一个萝卜一个坑
一个人藏,十个人难找
一个人可以养活十个儿子,十个儿子养不活一个爸爸
一个人是死的,两个人是活的
一个师傅一个令,一个和尚一个磬
一根筷子撅得断,一把筷子撅不断
一根木头支不了天
一回生,两回熟
一家不成,两家现在
一家不知一家,和尚不知道家
一家富难顾三家穷
一家盖不起龙王庙,一人造不起洛阳桥
一家人不说两家话
一家无二
一家有事百家忧
一脚踏了两家船
一句话,百步音
一句话能把人说跳,一句话能把人说笑
一客不烦二主
一门不到一门黑
一面打墙两面光
一鸟入林,百鸟压音
一锹掘个井
一人摆渡,众人过河
一人不敌二人智,十人肚里出巧计
一人不喝,二人不赌
一人不压众,帽子不压风
一人传虚,百人传实
一人得道,鸡犬升天
一人难称百人心
一人难服众口

一人气力担一担,众人力量搬倒山
一人先进大家学,一人落后大家帮
一人向隅,满座不乐
一人一条心,穷断骨头筋
一人栽树,万人乘凉
一日不作,一日不食
一善足以消百恶
一身不入是非门
一生做不得两件事,一时丢不得两条心
一失足成千古恨,再回头是百年身
一时比不得一时
一事不劳二驾
一手托两家
一死一生,乃知交情;一贫一富,乃知交态;一贵一贱,交情乃见
一头人情两面光
一窝狐子不嫌臊
一物降一物
一心不能二用
一言不实,百事皆虚
一言抄百语
一言既出,驷马难追
一言惊醒梦中人
一叶浮萍归大海,为人何处不相逢
一艺顶三工
一遭情,二遭例
一遭生,两遭熟
一张床上说不出两样话
一争两丑,一让两有
一竹篙撑到底
衣不如新,人不如旧
医生有割股之心
疑人莫用,用人莫疑
以貌取人,失之千里
以心度心,间不容针
以心换心,将心比心
易涨易退山坑水,易反易复小人心

因风吹火,用力不多
因无背后眼,只当耳边风
姻缘五百年前定
饮水思源,缘木思本
硬柴要用软柴捆
硬汉难避枕旁风
庸医杀人不用刀
用人的钱嘴软,欠人的债理短
用人靠前,不用人靠后
用一个钱要掂掂厚薄
用着菩萨求菩萨,用不着菩萨骂菩萨
有把门的,可没有把嘴的
有财同享,有马同骑
有尺水,行尺船
有仇不报非君子,有冤不申枉为人
有恩不报非丈夫
有儿靠儿,无儿靠婿
有饭大家吃
有饭送给饥人,有话送给知人
有饭送给亲人,有话说给知音
有话即长,无话即短
有借有还,再借不难
有酒胆,无饭力
有酒有肉亲兄弟,急难不曾见一人
有理不打上门客
有理讲在明处,有药敷在痛处
有理没理,先敲自己
有例不兴,无例不废
有了老婆不愁孩,有了木匠不愁柴
有苗留在垄上,有话说在理上
有奇淫者,必有奇祸
有钱的出钱,有力的出力
有钱能使鬼推磨
有亲娘,无后爷;无亲娘,无疼热
有山靠山,无山独立
有势不使不如无

有势休要使尽
有文便不斗口
有向灯的,就有向火的
有眼不识泰山
有一搭没一搭
有缘千里来相会,无缘对面不相逢
有再一再二,哪有再三再四
有嘴说人,无嘴说自己
又求人,又做硬儿
鱼找鱼,虾找虾,王八结了个鳖亲家
与凤同飞,必出俊鸟;与虎同眠,没有善兽
与人不睦,劝人盖屋
与人方便,自己方便
雨过地皮湿
欲赤须近朱,欲黑须近墨
欲加之罪,何患无辞
遇文王,施礼乐;遇桀纣,动干戈
冤各有头,债各有主
冤家宜解不宜结
冤杀旁人笑杀贼
冤有头,债有主
原钥匙开原锁
远处烧香,不如门前积德
远客生地两眼黑
远路没轻担
怨亲不怨疏
月亮虽好,还须众星捧
运去奴欺主,时乖鬼弄人

Z

栽刺不如栽花
再狡猾的狐狸,也斗不过聪明的猎人
在家不会迎宾客,出门方知少故人
在家靠父母,出外靠朋友

在家投爷娘，出家投主人
赞人陷人皆是口，推人扶人皆是手
造弓的造弓，造箭的造箭
贼不打三年自招
贼去关门，明察暗访
贼人安的贼心肠，老鼠找的是米粮仓
贼人心胆虚
贼偷一更，防贼一夜
贼无赃，硬似钢
贼咬一口，烂见骨头
赠人以轩，不若赠人以言
站着说话不腰疼
张飞的鼻子，李逵的脸
张家长，李家短
张口是祸，闭口是福
长兄若父，长嫂若母
掌心是肉，掌背也是肉
招呼不蚀本，舌头上面打个滚
折跌腿装矮子
折了膀子往里弯
真佛面前不烧假香
真话好说，谎话难编
真人面前不说假话
真神面前烧假香
真心难留去心人
枕边告状，一说便准
知底莫过当乡人
知恩不报非君子
知夫莫如妻
知己到来言不尽
知己莫如友
知人知面不知心
知无不言，言无不尽
知音说与知音听，不是知音不与弹
知者不言，言者不知
知子莫若父，知女莫若母

直钩钓不了鱼
直言贾祸
只许州官放火,不许百姓点灯
只要人手多,牌楼抬过河
只有包做媒人,没有包养儿子
只有痴心的父母,难得孝敬的儿郎
只有锦上添花,哪得雪中送炭
只有千年的朋友,没有千年的伙计
只知其一,不知其二
至亲无文
治席容易请客难
众人拾柴火焰高
众志成城,众口铄金
周身是刀没一把利
主不吃,客不饮
主不欺宾
主人让客三千里
主雅客来勤
拄棍要拄长,结伴要结强
助人应及时,帮人要诚心
捉鸡儿,骂狗儿
着三不着两
子孝双亲乐,家和万事成
自己贪杯惜醉人
走三家不如坐一家
嘴巴是扁的,舌头是软的
嘴不让人皮受苦
嘴是两扇皮,反正都使得
作舍道边,三年不成
坐如钟,立如松,卧如弓
做善好消灾
做事不可强求,说话不可过头
做贼不犯,少做一遍
做贼难瞒乡里,心事难瞒妻子
做着不避,避着不做

第五章　精神世界谚语

A

哀莫大于心死，悲莫大于无声
爱戴高帽子
爱情不是强扭的，幸福不是天赐的
爱情要像高山松，莫学昙花一现红
爱之深，责之切

B

八十有娘还是孩
白头如新，倾盖如故
百病可治，相思难医
百岁老公公，难忘父母恩
板斧能砍千年树，快刀难砍有情丝
包办的婚姻不美满，强扭的瓜儿不香甜
饱人不知饿人饥
悲伤忧愁，不如握紧拳头
不对仇人哭，泪向亲人流
不见棺材不落泪
不见可欲，使心不乱
不怕肚不饱，只怕气不平
不是骨肉不连心
不是冤家不聚头

C

才子佳人,一双两好
恻隐之心,人皆有之
肠里出来肠里热
秤不离砣,公不离婆
吃尽味道盐好,走遍天下娘好
吃了秤砣铁了心
赤金难买赤子心
愁人苦夜长
愁人莫向愁人说,说起愁来愁煞人
愁最伤人,忧易致疾
丑是家中宝,可喜惹烦恼
处贫贱易,耐富贵难;安劳苦易,安闲散难;忍痛易,忍痒难
穿衣戴帽,各人所好
船头怕鬼,船尾怕贼
棰楚之下,何求不得
春寒冻死老牛
此地无银三百两,隔壁阿二没有偷

D

打了牙往自己肚里咽
打了一辈子雁,被雁啄瞎了眼睛
打是疼,骂是爱
打死会拳的,淹死会水的
大江大浪见过多少,河沟子里边真能翻船
大眼望小眼
大意失荆州
大者不伏小
担水向河里卖
淡淡长流水,酽酽不到头
得病想亲人

得宽心处且宽心
得意不可再往
得意夫妻欣永守,负心朋友怕重逢
得意时车辆盈门,失意时门庭冷落
得意走官场,失意写文章
等闲不管人家事,也无烦恼也无愁
东山看着西山高,真到西山,西山还达不到东山的腰
豆腐嘴,刀子心
对待失意人,别说得意事

E

恩爱不过夫妻
恩爱夫妻不到头
恩人相见,分外眼明;仇人相见,分外眼红
儿女是娘身上的肉
儿行千里母担忧
耳不听,心不烦

F

烦恼不寻人,人自寻烦恼
烦恼皆因强出头
饭好吃,气难咽
佛在心头坐,酒肉腑肠过
福过灾生,乐极悲至
父不忧心因子孝,家无烦恼为妻贤
父强子不弱,将门出虎子
父子无隔宿之仇
富汉子不知穷汉子饥
缚虎休宽

G

隔山隔水不隔亲

狗不嫌家贫,儿不嫌母丑

狗不嫌家穷,人不嫌地薄

姑表亲,舅表亲,打断骨头连着筋

古今一个理,兄妹手足情

顾三不顾四

顾头不顾尾

瓜田不纳履,李下不整冠

寡妇寡妇,满脸孤苦

乖的也是疼,呆的也是疼

H

好船者必溺,好战者必亡

好汉流血不流泪

好汉眼泪往心窝里掉

好女也怕缠

好死不如恶活

河里淹死会水的

河深海深,最深莫过父母恩

虎毒不食子

虎口里探头儿

画龙画虎难画骨,知人知面不知心

欢喜鸡婆打烂蛋

欢娱嫌夜短,寂寞恨更长

黄梅不落青梅落,老天偏害没儿人

火头子上走险,气头子上寻短

J

既有今日,何必当初
见鞍思马,睹物思人
见过鬼怕黑
见人只说三分话,不可全吐一片心
叫亲了的娘,住亲了的房
今朝有酒今朝醉,明日愁来明日愁
惊弓之鸟,夜不投林
九牛拉不转
久治生乱,乐极生悲
酒在肚里,事在心头
倦鸟知还

惊弓之鸟

K

看得破,忍不过
看人挑担不吃力,自己挑担压断脊
客多主人欢
空肚子火大

L

懒牛懒马屎尿多
良茶越泡越浓,人情越交越厚
狼多肉少,神仙也苦恼
老巢难舍
老虎还有打盹时候
老虎屁股摸不得
老虎头上拍苍蝇

老怕丧子，少怕丧母
老嫂比母，小叔比儿
乐不可极，欲不可穷
乐处光阴易过，愁时岁月难挨
乐极生悲，否极泰来
冷水浇头怀抱冰
立儿不觉坐儿饥
良鸟恋旧林，良臣怀故主
临危望救，遇难思亲
六神不定，总会得病

M

马行软地易失蹄，人贪安逸易失志
马遇伯乐嘶鸣，人逢喜事流泪
盲人骑瞎马，夜半临深池
猫老吃子，人老惜子
每逢佳节倍思亲
猛虎尚有打盹之时，骏马也会偶失前蹄
梦到神仙梦也甜
梦随心生
莫替古人担忧

N

奶水连心
南北一家，兄弟一堂
难得者兄弟，易得者田地
难受莫过于死了娘老子
娘舅亲，骨肉亲，打折骨头连着筋
娘想儿，流水长；儿想娘，筷子长
宁可爹娘羡儿女，切莫儿女羡爹娘
宁恋本乡一捻土，莫爱他乡万两金
宁走十步远，不走一步险

女的愁了哭，男的愁了唱
女儿心，海底针

P

爬得高，跌得肿
朋友之间不言谢
碰上好事不挑礼
贫贱夫妻恩爱多
破除万事无过酒

Q

骑者善堕
气是无名火，忍是敌灾星
千不如人，万不如人
千朵鲜花一树开
千金难买意相投
千金易得，知音难求
千里能相会，必是有缘人
千里相送，归于一别
千里姻缘一线牵
千里征途靠骏马，万里难关靠亲人
千两黄金容易得，人间知己最难寻
千年不断亲
千年的大道成了河，多年的媳妇熬成婆
千针难缝人心碎
强迫不成买卖，强求不成夫妻
亲帮亲，邻帮邻
亲不亲，故乡人；美不美，乡中水
亲不择骨肉，恨不记旧仇
亲的掰不开，疏的贴不上
亲的是儿，热的是女
亲故亲故，十亲九顾

情人眼里出西施
情人眼里容不下一粒沙子
情真不言谢
请将不如激将
请客不到恼杀主
穷家难舍,故土难离
穷人的孩子早当家
穷人有穷人的难处,富人有富人的悲哀
穷有穷愁,富有富忧
囚人梦赦,渴人梦浆

R

热心闲管是非多,冷眼觑人烦恼少
人不伤心不落泪
人不中敬
人愁不要喜悦
人非草木,谁能无情
人逢喜事精神爽,月到中秋分外明
人老不算老,心老才算老
人怕饿,地怕荒
人怕伤心,树怕剥皮
人怕上床,字怕上墙
人亲骨头香
人生唯有别离苦
人咸踬于垤,莫踬于山
人想人,愁杀人
人有三尺长,天下没落藏
人在难中好救人
日有所思而夜有所梦
肉多餍肥
若欲不忙,浅水深防;若欲无伤,小怪大禳

S

三斧头劈不开
三尸暴跳,七窍生烟
三十三天离恨天最高,四百四病相思病最苦
色胆大如天
杀人之心不可有,防人之心不可无
上阵亲兄弟,打仗父子兵
少女的心,秋天的云
蛇咬一口,见了黄鳝都怕
蛇有蛇道,鼠有鼠道
神仙也有打盹时
生不能养,死不能葬
生则同衾,死则同穴
盛喜中不许人物,盛怒中不答人书
狮子老虎也护犊
十步九回头
十个男人九粗心
十个哑巴九个性子急
十指连心
世间苦事莫若哭,无言之哭最为苦
世上莫过手足情,打断骨头连着筋
世上难得事,子孝与妻贤
世上知心能有几
事不关心,关心则乱
事要前思免后悔
事有一利,必有一弊
是非终有日,不听自然无
是灰比土热,是盐比酱咸
是亲三分向
是一亲,担一心
手掌手背都是肉
树高千丈,落叶归根
树怕伤了根,人怕伤了心

树叶子掉下来都怕打了头
谁养的孩子谁操心
说不出的，才是真苦；挠不着的，才是真痒
死寡易守，活寡难熬
四海之内皆兄弟

T

他乡遇故知
天下尽多意外事，天师亦有鬼迷时
甜极变苦，乐极生悲
甜馍馍冷吃也甜，知心人恼了也好

W

外乡酒，不如故乡水
万金易抛，旧土难舍
为善最乐
闻道百以为莫己若
我亲不用媒和证，暗把同心带结成
无儿女也贵
无面目见江东父老
无情未必真豪杰
无丧不掉泪，无仇难开刀
无事而戚，谓之不祥
无子媳妇喜他儿

X

喜酒、闷茶、生气烟
喜时多失言，怒时多失理
系狱之囚，日胜三秋
香不过的猪肉，亲不过的娘舅

小别胜新婚
小心天下去得,大胆寸步难行
笑多了没喜
心安茅屋稳
心沉坠死人
心慌吃不得热粥,骑马不看“三国”
心去意难留
新婚不如久别

Y

牙舌两不动,安身处处牢
淹死会水的,打死犟嘴的
言为心之苗
眼不见,嘴不馋;耳不听,心不烦
眼为心苗,苗伤动根
雁飞千里也恋亲
燕飞千里总归窝
要热是火口,要亲是两口
野花不种年年有,烦恼无根日日生
叶落归根,人老还乡
一尺不如三寸近
一贵一贱,交情乃见;一死一生,乃见交情
一家人,心连心,打断骨头连着筋
一畦萝卜一畦菜,自己生的自己爱
衣不如新,人不如旧
易求无价宝,难得有情郎
易求者田地,难得者兄弟
油瓶儿倒了都不扶
油儿酱儿糖儿醋儿倒在一处
有福同享,有祸同当
有情哪怕隔年期
有情人终成眷属
有缘千里来相会,无缘对面不相逢
有再生的儿女,没有再生的爹娘

雨不大,淋湿衣裳;事儿不大,恼断心肠
远亲不如近邻
养儿方知父母恩

Z

早知今日,何必当初

第六章　贫富得失谚语

A

矮檐之下出头难
安乐时头要低,困苦时头要高
安危相易,祸福相生
安逸生懒汉,逆境出人才
熬过冬就是夏
鳌鱼脱却金钩去,摆尾摇头不再回

B

八十老汉桥头站,三岁顽童染黄泉
拔根汗毛都比腰粗
拔了毛的凤凰不如鸡
百日连阴雨,总有一朝晴
百万豪家一焰穷
败家容易兴家难
败为寇,成为王
绊倒不疼起来疼,犯错不怕过后怕
绊三跤,方知天外有天;跌几跌,才晓人后有人
饱食三餐非足贵,饥时一口果然难
豹死留皮,人死留名
笨人有笨福
比上不足,比下有余
彼一时,此一时
秕糠榨不出油来

必死则生,幸生则死
闭门家里坐,祸从天上来
扁担没扎,两头失塌
不顶千里浪,哪来万斤鱼
不费二十四道手,粮食不会得到手
不费心血花不开,不下苦功甜不来
不经霜的柿子不甜,不过九的皮毛不暖
不能流芳百世,也必遗臭万年
不怕百战失利,只怕灰心丧气
不怕上代穷,就怕下代熊
不怕凶,只怕穷
不求赶得早,就求赶得巧
不入虎穴,焉得虎子
不施万丈深潭计,怎得骊龙项下珠
不是一番寒彻骨,怎得梅花扑鼻香
不受磨难不成佛
不挑千斤担,哪来铁肩膀;不走万里路,哪来铁脚板
不下高粱本,没有老酒喝
不行春风,难得秋雨
不以成败论英雄
不遇盘根错节,无以别利器
不撞南墙不知道墙硬,不尝梨子不知道梨子酸
布衣暖,菜根香

C

财去人平安
财与命相连
财主的斗,老虎的口
财主的金银,穷人的性命
财主靠家当,穷人凭能耐
财主门前孝子多
草随风倒河随弯
草随季节长,人靠机会抖
长线放远鹞

朝廷还有三门子穷亲戚
成家犹如针挑土,败家好似水推沙
成家子,粪如宝;败家子,钱如草
成立之难如登天,覆败之易如燎毛
成事在天,谋事在人
成则为王,败则为寇
城门失火,殃及池鱼
吃得筵席打得柴
吃饭防噎,走路防跌
吃个鱼头腥个嘴
吃过黄连的人,才知道蜜糖的甜
吃过螃蟹就百样无味,贩过私盐就百行无利
吃亏长见识
吃力不讨好
吃烧饼还要赔唾沫
吃一番苦,学一回乖
吃一分亏,受无量福
吃一堑,长一智
吃鱼别嫌腥,嫌腥别吃鱼
吃在脸上,穿在身上
吃着自己的饭,替人家赶獐子
痴人自有痴福
池里的鱼虾晓不得大海大,笼里的鸡鸭晓不得天空宽
出的牛马力,吃的猪狗食
除了死法,另有活法
处处有路通长安
处贫贱易,耐富贵难;安劳苦易,安闲散难
穿鞋不知光脚的苦
穿针还得引线人
船烂还有三千钉
船行弯处须转舵,人逢绝境要回头
床头有箩谷,勿怕无人哭
创业百年,败家一天
槌要敲在响鼓上
春不到,花不开
春天三冷三暖,人生三苦三乐

此处不留人,自有留人处
从来好事多风险,自古瓜儿苦后甜
从胜利中学得少,从失败中学得多

D

打铁看火候,做事看时机
打铁要趁热,治病要趁早
大难不死,必有后福
大屈必有大伸
大手抓草,小手抓宝
大寿到,难照料
得宠思辱,居安思危
得意时车辆盈门,失意时门庭冷落
得意走官场,失意写文章

E

蛾眉本是婵娟刀,杀尽风流世上人
饿出来的见识,穷出来的聪明
饿慌的兔儿都要咬人
饿急了吃五毒,渴急了喝盐卤
饿了来馒头,困了遇枕头
饿死不做贼,屈死不告状
饿死胆小的,撑死胆大的
二十年的媳妇熬成婆,百年的道路熬成河

F

放虎归山,必有后患
飞鸟不知网眼儿细
风吹鸡蛋壳,财去人安乐
风流自古多魔障

风无常顺,兵无常胜
逢庙就得上供,见寺就得烧香
福不多时,祸由人做
福地留与福人来
福过灾生,乐极悲至
福来不容易,祸来一句话
福人自有福命
福生有基,祸生有胎
福是自求多的,祸是自己作的
福无双降,祸不单行
福与祸为邻
福至心灵,灾令志昏
富不学奢而奢,贫不学俭而俭
富从升合起,贫从不算来
富贵本无根,尽从勤里得
富贵怕见开花
富贵他人合,贫贱亲戚离
富贵在天,生死由命
富极是招灾本,财多是惹祸因
富家必有旧物
富家一席酒,穷汉半年粮
富了贫,还穿三年绫
富攀富,穷帮穷
富人家日子好过,穷人家孩子好养
富人思来年,贫人顾眼前
富人踏穷,寸步难行
富日子好过,穷家难当
富无三代享
富嫌千口少,贫恨一身多

G

赶集早进城,赶席早入棚
钢铁要在烈火中锻炼,英雄要在困难里摔打
各人有各人的难处

各人自有各人福，牛吃稻草鸭吃谷
各有因缘莫羡人
耕牛无宿草，仓鼠有余粮
弓硬弦常断，人强祸必随
功成不退，祸在旦夕
功名富贵草头露，骨肉团圆锦上花
孤柴难烧，孤人难熬
瓜熟蒂落，儿大自立
官宦自有官宦贵，僧家也有僧家尊
贵人多磨难
过了这个村儿，没这个店儿

H

憨头郎儿，增福延寿
寒门生贵子，白屋出公卿
好刀要在石上磨，好钢要在火中炼
好汉不怕出身低
好汉千里客，万里去传名
好酒说不酸，酸酒说不甜
好了疮疤别忘了疼
好名难出，恶名易出
好人不长寿，祸害遗千年
好人多难，好事多磨
好人说不坏，好酒搅不酸
好人说不坏，坏人说不好
好事难碰上，坏事接连三
好事宜早不宜迟
好死不如赖活着
好天还得防阴雨
好言不听，祸必临身
禾怕寒露风，人怕老来穷
河里鱼多水不清，山里石多路不平
河有九曲八弯，人有三回六转
荷花出自污泥中

红颜自古多薄命
虎瘦身还在
花开引蝶,树大招风
花盆里长不出栋梁,鸡窝里练不出翅膀
患难朋友,艰苦夫妻
皇帝轮流做,明年到我家
黄河尚有澄清日,岂可人无得运时
黄金被土埋,不失其光辉
黄金从矿石中提炼,幸福从艰苦中取得
黄连树根盘根,穷苦人心连心
黄泉路上无老少
黄鼠狼专咬病鸭子
豁不出肉疼治不好疮,舍不得孩子套不住狼
祸从浮浪起,辱因赌博招
祸福无门,唯人所召
祸由恶作,福自德生
惑者知返,迷道不远

J

饥不择食,寒不择衣,慌不择路,贫不择妻
饥者易为食,渴者易为饮
机不可失,时不再来
鸡瘦不倒冠
鸡窝里也能飞出金凤凰
积丝成寸,积寸成尺,寸尺不已,遂成丈匹
吉人自有天相
急不避嫌,慌不择路
急出嫁嫁不下好汉子
急出来的主意,逼出来的祸
急生智,气生慧
急用卖得堂前地
急中有失,怒中无智
既到大江边,不怕水湿脚
既在矮檐下,怎敢不低头

既在江湖内，都是苦命人
寄人篱下，有苦难言
家家都有本难念的经
家贫的孩子知事早
家穷有口锅，人穷不离窝
家要败，出妖怪
家有多嘴公，十个仓廒九个空
家有黄金，邻有斗秤
家有千万，小处不可不算
家有三件宝，丑妻薄田破棉袄
家有万担粮，挥霍不久长
家有万贯，还有个一时不便
肩膀头儿不齐，不是亲戚
俭是聚宝盆，勤是摇钱树
见贫休笑富休夸，谁是常贫久富家
剑老无芒，人老无刚
箭在弦上，势在必发
将相无种，官出庶民
叫花三年，做官无心相
叫花子也有三个穷朋友
叫花子也有三天年
借酒浇愁愁更愁
今天脱下鞋和袜，不知明天穿不穿
久走夜路，总要撞一回鬼
酒乱性，色迷人
酒色祸之媒
拘小节者，不能立大事
君子问祸不问福

K

苦尽甘来是真福
苦日难熬，欢时易过
苦死千家，发财一家
库里有粮心不慌，手里有钱喜洋洋

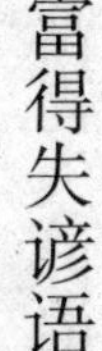

L

腊月的花子赛如马
来得早洗头汤，来得迟洗浑汤
懒人自有懒人福
老蚌出明珠
老虎还有打盹的时候
老虎离山被犬欺，凤凰落架不如鸡
老了的千里马不如一条狗
老天爷饿不死没眼的家雀
两下里做人难
临崖立马收缰晚，船到江心补漏迟
留得葫芦子，不怕无水瓢
留得青山在，不愁没柴烧
六十年气运轮流转
龙怕揭鳞，虎怕抽筋
蝼蚁尚且贪生
漏底的缸好补，穷困的洞难堵
路不会总是平的，河不会总是直的
路是人开的，树是人栽的

M

麻雀飞过，也有影子
马不失蹄，不识有地
马逢伯乐方知价，人遇知音自吐心
马渴想饮长江水，人到难处思亲朋
马老无人骑，人老就受欺
马老卸鞍，虎老归山
马行软地易失蹄，人贪安逸易失志
马要骑，人要闯，生铁不炼不成钢
马有三肥三瘦，人有三起三落
麦高于禾，风必吹之；人高于群，众必推之

卖牛留条绳,做人留个名
馒头落地狗造化
没碰过钉子不知道疼
没事常思有事
没有过不去的河,没有爬不上的坡
没有一口吃饱的饭
蜜罐里熬不出硬骨头
妙药难医冤债病,横财不富命穷人
民怕兵匪抢,官怕纱帽丢,穷怕常生病,富怕贼人偷
明月不常圆,好花容易落
明珠不怕磨,越磨越闪光
命该井里死,河里淹不煞
命好心也好,富贵直到老
命里无财该受穷,富贵都是天铸成
命若穷,掘得黄金化作铜;命若富,拾着白纸变成布
命中注定三更死,决不留人到五更

N

拿斧的得柴火,张网的得鱼虾
男儿不发狠,到老受贫困
能医病不能医命
泥捏人也要有时间晒干
年轻饱经忧患,老来不怕风霜
年轻不攒钱,老来受艰难
鸟大高飞必有影,树大枝多更招风
鸟过留音,人过留名
鸟之将死,其鸣也哀;人之将死,其言也善
宁跟明白人打一架,不跟糊涂人说句话
宁进一寸死,毋退一尺生
宁可贫后富,不可富后贫
宁可无了有,不可有了无
宁可做过,不可错过
宁苦在前,不苦在后
宁穷一年,不穷一节

宁在地上挨,不在土里埋
牛老任人宰,人老任人欺
牛老无力,人老无威

P

怕刺戳,摘不到鲜花;怕烫手,吃不到饽饽
怕得老虎喂不得猪
怕鬼偏有鬼
怕小河过不了大江
怕痒怕痛,做不得郎中
怕灾就来祸,躲也躲不过
碰得好不如碰得巧
碰回钉子学回乖
匹夫无故获千金,必有非常之祸生
贫不忧愁富不骄
贫不与富敌,贱不与贵争
贫家百事百难做,富家差得鬼推磨
贫家富路
贫贱夫妻百事哀
贫贱亲戚离,富贵他人合
贫贱之交不可忘,糟糠之妻不下堂
贫无本,富无根
平安就是福
泼水难收,人逝不返
破船经不起顶头浪

Q

骑虎之势,必不得下
起头易,到底难
千金难买心中愿
千金难买一口气
千人所指,无疾而亡

千死敢当，一饥难忍
前怕狼，后怕虎，一事无成白辛苦
钱过北斗，米烂成仓
墙倒众人推，鼓破乱人捶
穷村有富户，富村有穷人
穷怕来客，富怕来贼
穷人有个穷菩萨
穷人乍富，如同受罪
穷上山，富下川
穷虽穷，还有三担铜
犬若赶到绝望路，岂不回头咬他人

R

人不怕低，货不怕贱
人不宜好，狗不宜饱
人不知亲穷知亲，心不知近穷知近
人不走运，喝口凉水都塞牙
人到难处不能挤，马到难处不加鞭
人到难处才见心
人到难处方知难
人到难处就如虎落深坑
人到难处显亲朋
人到事中迷，就怕不听劝
人的名儿，树的影儿
人急悬梁，狗急跳墙
人命大如天
人能名望高
人挪活，树挪死
人怕逼，马怕骑
人怕出名猪怕壮
人怕落荡，铁怕落炉
人怕伤心，树怕伤根
人怕遇难，船怕上滩
人贫志短，马瘦毛长

人穷长力气，人富长脾气
人穷当街卖艺，虎饿拦路伤人
人生如白驹过隙
人生识字忧患始
人是三截草，不知哪截好
人受一口气，佛受一炉香
人受折磨武艺高
人死如灯灭
人死债入土
人望幸福树望春
人为一口气，丢了十亩地
人未伤心不得死，花残叶落是根枯
人无千日好，花无百日红
人要练，马要骑
人要知足，马要歇脚
人有悲欢离合，月有阴晴圆缺
人有吉凶事，不在鸟音中
人有生死，物有毁坏
人在世上炼，刀在石上磨
人走时运马走膘
荣华是草上露，富贵是瓦头霜
容易得来容易舍
乳名都是父母起，坏名都是自己惹
入深水者得蛟龙，入浅水者得鱼虾
软锤子打不出硬家伙
若要佛法兴，除非僧赞僧

S

洒多少汗水，有多少收获
三寸气在千般用，一日无常万事休
三十年河东，三十年河西
三万六千毛孔一齐流汗，二十四个牙齿捉对厮打
杀人不过头点地
山高挡不住行路的人，河宽挡不住摆渡的船

山有高峰,水有激流
善良的人流芳百世,恶毒的人遗臭万年
伤弓之鸟高飞,漏网之鱼远逝
伤心忧愁,不如握紧拳头
上当学乖,吃亏学能
舍不得金弹子,打不住银凤凰
舍不得香饵,钓不来金蟾
身在福中不知福
深山藏虎豹,乱世出英雄
神仙本是凡人做,只为凡人不肯修
生死关头见人心
生子痴,了官事
胜不骄,败不馁
胜不足喜,败不足忧
省事饶人,过后得便宜
盛筵必散
失败是成功之母
失之东隅,收之桑榆
十磨九难出好人
十年窗下无人问,一举成名天下知
十日滩头坐,一日行九滩
石子扔到河里,大小总可以听到个响声
时不可失,机不再来
时到天亮方好睡,人到老来才学乖
时来顽铁有光辉,运去黄金无颜色
时来易觅金千两,运去难赊酒一壶
时来运到推不开,元宝自己上门来
时势造英雄
时衰鬼弄人
世上没有事事都舒心的人
事到万难须放胆
事在人为,路在人走
势不可使尽,福不可享尽
是福不是祸,是祸躲不过
收船好在顺风时
受不了委屈,成不了大事

受伤的蛤蟆都要蹦三蹦
瘦骆驼强似象
瘦牛不瘦角
输得自己，赢得他人
输理不输气，输气不输嘴
输赢无定，报应分明
树大招风，名高招忌
树大招风，钱多惹事
树有皮，人有脸
摔跤也要向前倒
摔了个跟头，拾了个明白
摔一个跟头，识一步路程
谁笑到最后，谁笑得最好
谁种狂风，谁收暴雨
水火不留情，遭灾当日穷
水激石则鸣，人激志则鸿
睡多了梦长
顺风行舟易翻船
私心重，祸无穷
思想对了头，一步一层楼
死后方知万事休
虽有智慧，不如乘势

T

逃得了今朝，逃不过明朝
逃生不避路，到处便为家
讨便宜处失便宜
讨饭三年懒做官
讨米讨得久，定会碰到一餐酒
天不能总晴，人不能常壮
天不生无路之人
天高任鸟飞，海阔凭鱼跃
天没有总阴，水没有总浑
天上神仙府，人间帝王家

天生人，地养人
天塌了有地接着
天塌有高个儿，水淹有矮子
天无百日雨，人无一世穷
天无绝人之路
天下本无事，庸人自扰之
天阴总有天晴日
天有不测风云，人有旦夕祸福
天有时刻阴晴，人有三回六转
田鸡要命蛇要饱
甜从苦中来，福从祸中生
铁匠门上没关子，木匠门上少闩子
铁怕落炉，人怕落套
铁树也有开花日
听不得雷声，经不得风雨
同人不同运，同伞不同柄
同舟要共济，万难化为夷
铜盆碎了斤两在，大船破了钉子多
头回上当，二回心亮
投亲不理，投友不顾
兔死因毛贵，龟亡为壳灵
兔子急了也要咬人

蛇吃田鸡

W

外头赶兔，屋里失獐
弯扁担，压不断
弯尺画不出直线来
弯树枝儿掰不直，犟脾性儿改不了
弯着腰干活，直着腰走路
万事不由人预料
王八好当气难出
为人莫作妇人身，百年苦乐由人定

为政犹沐也，虽有弃发，必为之
未归三尺土，难保百年身；已归三尺土，难保百年坟
未穷先穷，永世不穷；未富先富，永世不富
未穷先穷不穷，未富先富不富
无祸便是福
无禁无忌，黄金铺地
无立锥之地
无奈无奈，瓜皮当菜
无颜见江东父老
无与祸邻，祸乃不存

X

喜事难成双，霉事偏成对
呷得三斗醋，做得孤孀妇
下了山的老虎不如狗
下坡不赶，次后难逢
先苦后甜，幸福万年
先下米儿先吃饭
香饵之下，必有死鱼
想治疮不能怕挖肉
小财不去，大财不来
小壶里的水开得快
心静自然凉
心宽体自胖，饱暖生是非
心强命不强
星随明月，草随灵芝
行船最怕顶头风
行善获福，行恶得殃
秀才造反，三年不成

Y

压大的力，吓大的胆

严霜偏打独根草
眼泪灭不了火
眼里识得破,肚里忍不过
咬着石头才知道牙疼
要人说句好,一世苦到老
要想有所得,必先有所失
夜长梦多,好事多磨
一场官司一场火,任你好汉没处躲
一朝被蛇咬,十年怕井绳
一家不知一家苦
一人有福,带挈一屋
一人造反,株连九族
一文钱难倒英雄汉
衣来伸手,饭来张口
因祸得福,事在人为
阴也有个晴,黑也有个明
英雄难过美人关
有得必有失
有的不知无的苦
有福之人不在忙
有钱难买背后好
有心栽花花不开,无心插柳柳成荫
越热越出汗,越冷越打战;越穷越没有,越有越方便
运到时来,铁树花开
运去黄金减价,时来顽铁生光

Z

栽林养虎,虎大伤人
宰相家奴七品官
再平的路也会有几块石头
早上梁山是英雄,晚上梁山也是英雄
造车的多步行
真穷好过,假富难当
只有不快的斧,没有劈不开的柴

智者千虑，必有一失
种不上好庄稼一季子，娶不上好媳妇一辈子
种菜的老婆吃菜脚，做鞋的老婆打赤脚
猪肥了腰粗，钱多了气粗
捉鹌鹑还要个谷穗儿
捉鳖不在水深浅，只要遇到手跟前
自酿苦酒自己喝
自然来的是福，强求来的是祸
自作孽，不可活
纵有百日晴，也有一日阴
走马有个前蹄失，急水也有回头浪
走一步说一步
坐儿不知立儿饥
坐轿子的是人，抬轿子的也是人

第七章　生理保健谚语

A

爱笑者，心不衰；善保养，身不老
安定病人心，疾病去七分
安谷则昌，绝谷则亡

B

八十不稀奇，七十多来兮，六十小弟弟
拔拔火罐，病好一半
百病从脚起
百病可治，相思难医
饱食伤心，忠言逆耳
蹦蹦跳跳筋骨壮，畏畏缩缩百病生
避色如避仇，避风如避箭
病不除根，遇毒还作
病不瞒医
病床前的人都挂三分病
病从口入，祸从口出
病急乱投医
病加于小愈
病来如山倒，病去若抽丝
病来如山倒，不如预防早
病人不忌口，枉费大夫手
病人心事多
病僧劝患僧

病无良药，自解自乐
病有四百四病，药有八百八方
不除病邪，不能治本；不经风雨，不能强身
不懂望闻问切，怎辨虚实寒热
不服药，胜中医
不干不净，吃了没病
不生气，不犯愁，无痛无灾到白头
不说不笑，不成老少
不为良相，当为良医

C

茶喝多了养性，酒饮多了伤身
柴多入灶塞死火，药量过重吃坏人
产前病，手弹弹
常病无孝子
趁我十年运，有病早来医
吃得邋遢，做个菩萨
吃饭少一口，睡觉不蒙首
吃五谷杂粮，保不住不生病
吃药不如自调理
虫草鸭子贝母鸡
愁人莫向愁人说，说与愁人转转愁
愁一愁，白了头；笑一笑，十年少
愁最伤人，忧易致疾
臭鱼烂虾，得病冤家
出气多，进气少
出外十里，为风雨计；出外百里，为寒暑计；出外千里，为生死计
穿山甲，王不留，妇人服了乳长流
疮口出了脓，比不长还受用
疮怕有名，病怕无名
从未伤心不得死，花残叶落是根枯
粗茶淡饭保平安

D

打拳练身,打坐养性
大病要养,小病要抗,无病要防
大病用功,小病用药
大饿不在车饭
大汗后,莫当风,当风容易得伤风
大饥而食宜软,大渴而饮宜温
大蒜百补,独损一目
大灾之后必有大疫
单方一味,气杀名医
耽误一夜眠,十夜补不全
弹打无命鸟,药治有缘人
刀疮药虽好,不割为妙
刀伤好治,舌伤难医
得谷者昌,失谷者亡
冬吃萝卜夏吃姜,不找郎中开药方
冬令进补,立春打虎
肚大如柳斗,神仙难下手
断酒自首,哺糟而朽

E

蛾眉皓齿,伐性之斧
恶贯不可满,强壮不可恃
饿不死的伤寒,吃不死的痢疾
饿则思饱,冷则思暖,病则思健,穷则思变
耳不听,心不烦

F

凡药三分毒

饭菜嚼成浆，身体必健康
饭后百步，不问药铺
饭后百步走，活到九十九
饭前便后洗净手，各种病菌不入口
饭养身，歌养心
防病于未然
房劳促短命
疯狗咬人无药医
疯痨臌膈，阎罗王请的上客
夫病而娶妇，则有勿药之喜
伏天吃西瓜，药物不用抓
服药求神仙，多为药所误

G

各人害病，各人吃药
公道世间唯疾病，贵人身上不轻饶
关节酸痛，不雨必风
关门卖疥药，痒者自来
官不差病人
归为官人，病为死人，留为番人
过了七月半，人似铁罗汉

H

孩子不避父母，病人不避大夫
寒从脚底来
汗水没有落，莫浇冷水澡
好汉只怕病来磨
好酒除百病
好人不长寿，祸害遗千年
喝冷酒，使官钱
禾怕寒露风，人怕老来穷
禾怕枯心，人怕伤心

恨病用药
换汤不换药
黄金有价药无价
黄泉路上无老少
黄鼠狼偏挑病鸭儿咬
活动好比灵芝草,何必苦把仙方找

J

饥梳头,饱洗澡
急脱急着,胜如服药
家无十年粮,休去背药箱
见食不抢,到老不长
荐贤不荐医
贱买鱼不如贵买菜
匠不富,医不长
九折臂而成医
久病成名医
久病床前无孝子
救病扶危是善举

K

苦药利病,苦口利用
裤带长,寿命短
狂大夫没有好药

L

劳动强筋骨,无病便是福
痨病怕过秋
痨病水臌瘫痪症,阎王早请定
老不拘礼,病不拘礼

老不以筋骨为能
老不与少争
老的别惹,小的别逗
老黄忠不减当年勇
老健春寒秋后热
老医少卜
乐观出少年
冷水洗脸,美容保健;温水刷牙,牙齿喜欢;热水洗脚,如吃补药
梨百损一益,木瓜百益一损
力士怕黄金,财主怕穷汉,穷汉敌不过阎王势
良药苦于口而利于病,忠言逆耳而利于行
良药难治思想病,好话难劝糊涂虫
良医成于折肱
良医救病,庸医害人
留得梧桐在,自有凤凰来
六十不借债,七十不过夜
六十六,不死掉块肉
蝼蚁尚且贪生,为人怎不惜命
鹿老蹄滑,人老眼花
驴倒了架子不倒
绿色是一剂良药
萝卜上了街,药方把嘴噘

M

卖药者两眼,用药者一眼,服药者无眼
卖嘴的郎中,没有好药
瞒债必穷,瞒病必死
慢病在养,急病在治
没病没灾也算福
没钱买肚肺,睡觉养精神
眉好不如耳毫,耳毫不如老饕
美酒不过量,好菜不过食
门神老了不捉鬼
苗怕虫咬,儿怕娘娇

明医暗卜
莫饮卯时酒,莫食申时饭
母健儿女壮,师高弟子强

N

内练一口气,外练筋骨皮
男怕出血,女怕生气
恼一恼,老一老;笑一笑,少一少
脑怕不用,身怕不动
能吃就能干
能叫挣死牛,也不能打住车
能医病不能医命
年里不老日里老
年轻勤锻炼,老来身体健
年少别笑白头人
鸟之将死,其鸣也哀;人之将死,其言也善
宁叫累了腿,不叫累了嘴
宁可折本,休要饥损
宁治十男子,莫治一妇人;宁治十妇人,莫治一小人
怒后不可便食,食后不可便怒
怒伤肝,喜伤心
怒于室者色于市

P

枇杷黄,医者忙;橘子黄,医者藏
疲劳过度,百病丛生
脾寒不是病,发起来要了命
偏方治大病

Q

七分补养三分药，七分补养三分觉
七十不留宿，八十不留饭
七十三，八十四，阎王不叫自个去
七叶一枝花，深山是我家；痈疽如遇者，一似手拈拿
起得早，身体好
气大不养人
气短体虚弱，煮粥加白果
气恼便是三分病
气恼得伤寒
千金难买老来瘦
强长发，弱长甲
憔悴皆因心绪乱，从来忧虑最伤神
勤脱勤着，不用服药
青菜豆腐保平安
清晨叩齿三十六，到老牙齿不会落
请医须请良，传药须传方
穷人无病抵半富
穷生虱子富生疥
去家千里，勿食萝孽、枸杞

R

热不走路，冷不坐街
热水烫脚，顶住吃药
人不该死终有救
人吃五谷生百病
人到三十五，半截入了土
人黄有病，天黄有风
人活六十不远行
人活七十，谁不为一口吃食
人活一口气

人见稀奇事,必定寿元长
人老不算老,心老才算老
人老不以筋骨为能
人老骨头硬,越干越中用
人老猫腰,树老焦梢
人老腿先老
人老无能,神老无灵
人老惜子
人老一时,麦老一晌
人老易松,树老易空
人老珠黄不值钱
人怕屙血,地怕种麦
人怕老来病,禾怕钻心虫
人生百岁,总是一死
人是铁,饭是钢
人死如灯灭
人闲生病,石闲生苔
人有可延之寿,亦有可折之寿
人有了心病,猫叫也心惊
若要安乐,不脱不着
若保小儿四时安,常带三分饥与寒

S

三百六十病,唯有相思苦
三餐莫过饱,无病活到老
三分吃药,七分调理
三十人找病,四十病找人
三十似狼,四十似虎
三岁弗吃鸡,到老不用医
伤筋动骨一百天
上天远,入地近
少不舍力,老不舍心
少吃多滋味,多吃坏肚皮
少吃一口,安定一宿

少年休笑白头翁，花开有得几时红
身安抵万金
身病好医，心病难治
身大力不亏
身发财发，量大福大
身静养指甲，心静养头发
身面有汗莫当风
身弱鬼来缠
神丹不如药对症
神农尝药千千万，可治不了断肠伤
生气催人老，笑笑变年少
生死道上无老少
什么病吃什么药
是药能治病，当今无死人
是药三分毒
树老根多，人老话多
树老见根，人老见筋
树老焦梢，人老猫腰
树老怕风摇
树老生虫，人老无用
树老心空，人老百通
树老心空，人老颠东
树一老，遭虫咬；人一老，迷心窍
水不流要臭，刀不磨要锈
水要深拨，病要浅治
睡如弓，立如松，行如风，声如钟
说不出的，才是真苦；挠不着的，才是真痒
死后方知万事休
死了家主妇，折了擎天柱
虽有神药，不如少年；虽有珠玉，不如金钱

T

太平年月寿星多
贪吃贪睡，添病减岁；少吃多餐，益寿延年

贪多嚼不烂
贪酒不顾身,爱色不顾病,争财不顾亲,斗气不顾命
贪钱郎中医不了病
贪人吃顿饼,三天不离井
瘫痨蛊疾,百无一生
体力是个基础,拳术是个架子
天不能总晴,人不能常壮
天黄有风,人黄有病
天君泰然,百体从令
天雷不打饿肚人
天冷不冻下力人
天冷水寒,饥寒相连
田父可坐杀
铁不锤炼不成钢,人不运动不健康
铁不磨要锈,水不流要臭,人不动要减寿
同病相怜,同忧相救
痛者不通,通者不痛

W

外科不治癣,内科不治喘
晚上脱了鞋和袜,不定清晨穿不穿
碗里不见青,肠胃倒钩心
痿人不忘起,盲人不忘视
问医不瞒医,问卜不瞒卜
巫师斗法,病人吃亏
无病即神仙
无病一身轻,有子万事足
无钱买补食,早困当休息
无钱买药吃,困困当将息
无钱药不灵
无求到处人情好,不饮从他酒价高

X

仙果难成,名花易殒
闲人愁多,懒人病多,忙人快活
小病不治成大病,漏眼不塞大堤崩
小儿欲得安,无过饥与寒
小伢儿手多,老头儿嘴多
笑一笑,十年少
心病还须心上医
心不忧伤,喜气洋洋;心不添愁,活到白头
心沉坠死人
心宽增寿,愁能催老
心里没病,不怕鬼叫门
心里痛快百病消
心则不竞,何惮于病
新米粥,酱萝卜,郎中先生见了哭
虚不受补
宣医纳命,敕葬破家

Y

牙疼不是病,疼起来要人命
牙痛才知牙痛人苦
严霜故打枯根草
眼见稀奇物,寿年一千岁
眼前一亮,胜如吃仔八样
眼是五官门,耳是七窍窗
眼为心苗,苗伤根动
养病如养虎
养痈成患,不如操刀一割
一分精神一分福
一勤生百巧,一懒生百病
一日三笑,不用吃药

一树梨花压海棠

一树梨花压海棠

一碗饭能顶三服药

一夜不睡，十夜不足

一夜五更，当不得一个早晨

一夜筵赶不得一夜眠

一症配一药，跳蚤无涎捉不着

药补不如食补

药不对症，参茸亦毒

药不轻卖，病不讨医

药不执方，合宜而用

药不治假病，酒难解真愁

药饵难医心上病

药能生人，亦能死人

药能医假病，不能医死病

药农不知草名，渔翁不知鱼名

药投下方，只要一碗汤

药物三分治，精神七分疗

药医不死病，佛度有缘人

药医不死病，死病无药医

药医得倒病，医不倒命

要长寿，多走路

要吃药，不可瞒郎中

要得健康，常晒太阳

要叫皮肤好，粥里加红枣

要想吃饱饭，专看一窝旦

要想身体壮，饭菜嚼成浆

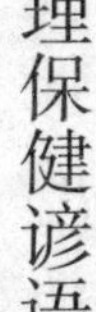

要想睡得美，就得打通腿
要做长命人，莫做短命事
夜饭少吃口，活到九十九
医不自医
医得病，医不得命；医得身，医不得心
医家不忌
医家有割股之心
医家有空青，天下无盲人
医生越老越好
医有医德，药有药品
医杂症有方术，治相思无药饵
医者父母心
以财为草，以身为宝
阴间路上没老少
隐疾难为医
英雄只怕病来磨
硬汉经不住三泡稀
硬汉子怕病魔
庸人多厚福
庸医杀人
忧思成疾疢
忧易致疾，怒最伤人
忧郁伤肝
油干灯草尽
有病不忌医
有病不瞒医，瞒医害自己
有病不治，常得中医
有病自己知
有愁皆苦海，无病即神仙
有钱的药挡，没钱的命抗
有钱难买老来瘦
有钱难买黎明觉
有三岁之翁，有百岁之童
有什么别有病，没什么别没钱
有药敷在疼处，有话说在明处
与其病后能服药，莫若病前能自防

欲多伤神，财多累心

Z

杂症好医，吏病难治
在生一日，胜死千年
早起早睡身体好
早上跑三步，饿死老大夫
扎针拔罐，病轻一半
知足者常乐，能忍者自安
肢体疲软下，粥里放山楂
只有出的气，没有进的气
治病容易治心难
治病要治本，刨树要刨根
治了病治不了命
治什么病，用什么药
治珠翳而剜眼，疗湿痹而刖足
壮夫不病疟
自病不能自医
纵欲催人老
坐如钟，立如松，卧如弓

第八章　生活起居谚语

A

爱美之心，人皆有之
爱之深，妒之切

B

八成饱健身，十成饱伤身
八十四，懂人事
白菜萝卜汤，益寿保健康
百金买房，千金买邻
百年前结下缘
百岁不为高，无病寿更长
半大小子，吃跑老子
半路夫妻赛冰霜
半桩小，吃过老
邦之不臧，邻之福也
帮衬男人为光景，恩养儿女为防老
膀宽腰细，必定有力
饱乏饿懒
饱时酒肉难入口，饿时吃糠甜如蜜
饱饫烹宰，饥餍糟糠
暴食无好味，暴走无久力
碧桃花下死，做鬼也风流
表壮不如里壮
别人的金屋银屋，不如自己的穷屋

别人家的肉,哪里煨得热
不经厨子手,没有五味香
不怕慢,就怕站,不走弯路就好办
不怕人老,只怕心老
不听老人言,吃亏在眼前

C

才子佳人,一双两好
菜根滋味长
菜里虫儿菜里死
菜没盐无味,话没理无力
菜养颜容饭养命
蚕老不中留,人老不中留
草活一秋,人活一世
草深不碍路
茶房酒店最难开
茶馆酒店无大小
茶馆酒肆,没有撅朋友的
茶喝多了养性,酒喝多了伤身
茶喝二道酒喝三
茶喝后来酽,好戏压轴子
茶瓶用瓦,如乘折脚骏登高
茶是草,箬是宝
茶水喝足,百病可除
茶为花博士,酒是色媒人
茶烟不分家
茶越泡越浓,人情越交越厚
拆散人家好姻缘,死了要进地狱门
馋猫鼻子尖
长安虽好,不是久恋之家
肠里出来肠里热
常常坐首席,渐渐入祠堂
车轮是圆的,两口子打架是玩的
称过的骨头买过的肉

成不成,两三瓶
秤锤虽小压千斤
吃百家饭,得百家福
吃不了辣椒汤,爬不上高山冈
吃菜不如看菜,看景不如听景
吃菜要吃心,听话要听音
吃葱吃白胖,吃瓜吃黄亮
吃到着,谢双脚
吃得慌,咽得忙,伤了胃口害了肠
吃得筵席打得柴
吃饭不要闹,吃饱不要跳
吃饭穿衣,人人不离
吃饭的栈,睡觉的店
吃饭先喝汤,不用请药方
吃惯了嘴,跑惯了腿
吃过黄连的人,才知道蜜糖的甜
吃过黄连的人不怕苦
吃姜还是老的好
吃尽味道盐好,走遍天下娘好
吃酒包婆娘,亦空三千粮;摘醋咬生姜,亦空三千粮
吃酒不吃菜,必定醉得快
吃酒不言公务事
吃酒吃厚了,耍钱耍薄了
吃苦菜,莫吃根;交朋友,莫忘恩
吃来总嫌淡,喝茶嫌不酽
吃了不疼糟蹋疼
吃了冬至饭,巧女儿多做一条线
吃了饭儿不挺尸,肚里没板脂
吃了河豚,百样无味
吃了萝卜菜,百病都不害
吃了僧道一粒米,千载万代还不起
吃了十分酒,方有十分力
吃了是福,穿了是禄
吃米带点糠,一家老小都安康
吃馍喝凉水,瘦成干棒槌
吃人家的下眼角子食不香

吃肉得润口
吃杀馒头当不得饭
吃素不吃荤,长不成强壮人
吃一个席,饱一集
吃鱼别嫌腥,嫌腥别吃鱼
吃在脸上,穿在身上
吃在中国,味在四川
吃着碗里的,看着锅里的
吃着滋味,卖尽田地
痴心女子负心汉
迟饭是好饭
臭鱼烂虾,健康冤家
出的门多,受的罪多
出门方知在家好
出门三辈小
出门由路,进屋由天
出门嘴是路
出外十里,为风雨计;出外百里,为寒暑计;出外千里,为生死计
出外一里,不如家里
出外做客,不要露白
初生牛犊不怕虎
穿不穷,吃不穷,算计不到定受穷
穿鞋不知光脚的苦
穿衣吃饭量家当
穿衣戴帽,各人所好
穿衣见父,脱衣见夫
穿着缝,没人疼;穿着连,万人嫌
船看风头车看路
床头打架,床尾和
春不忙减衣,秋不忙加帽
春困秋乏夏打盹,睡不醒的冬三月
葱辣鼻子蒜辣心
粗茶淡饭保平安
粗粮杂粮营养全,既保身体又省钱

D

打不断的亲，骂不断的邻
打打闹闹，白头到老
打断骨头还连着筋
打虎还得亲兄弟，上阵须教父子兵
打人一拳，防人一脚
打是疼，骂是爱
打兔的不嫌兔多，吃鱼的不怕鱼腥
打油的钱不买醋
打在儿身，痛在娘心
大不正则小不敬
大虫恶煞不吃儿
大葱蘸酱，越吃越胖
大缸里打翻了油，沿路儿拾芝麻
大姑娘十八变，变到上轿观音脸
大锅饭，小锅菜
大火开锅，小火焖饭
大饥而食宜软，大渴而饮宜温
大家闺女小家妻
大嚼多咽，大走多跌
大事瞒不了庄乡，小事昧不了邻居
大蒜百补，独损一目
大厦千间，不过身眠七尺
但得一步地，何须不为人
但添一斗，不添一口
当家才知柴米价，养子方晓父母恩
当家人疾老，近火的烧焦
当家三年狗也嫌
到什么山上打什么柴
得意夫妻欣永守，负心朋友怕重逢
灯靠油，人靠饭
低头不见抬头见
碟大碗小，磕着碰着

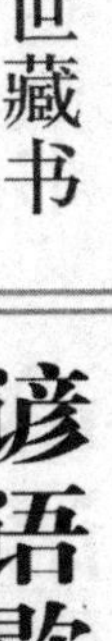

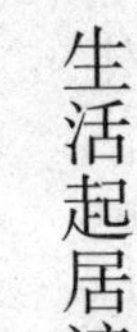

东到吃羊头,西到吃猪头

东家不知西家苦,南家不知北家难

冬至馄饨夏至面

馄饨

豆芽菜炒两盘儿,小俩口打仗闹着玩儿

肚皮勿痛,骨肉不亲

度过寒夜觉春暖,尝过苦豆知馍甜

断钱如断血

多年的媳妇熬成婆

多年为老娘,错剪脐带

多一分享用,减一分志气

多则半月,少则十日

E

恶虎不食子

饿肚酒,醉死牛

饿死事小,失节事大

饿咽糟糠甜似蜜,饱饫烹宰也无香

恩爱不过夫妻

恩爱夫妻不到头

儿不嫌母丑,狗不怨主贫

儿大不由娘

儿女之情,夫妻之情

儿孙自有儿孙计,莫与儿孙作马牛

儿行千里母担忧

F

发怒的母豹赛猛虎
饭饱肉不香
饭菜嚼成浆,身体必健康
饭后一支烟,危害大无边
饭前便后洗净手,各种病菌不入口
饭前饭后一碗汤
饭养身,歌养心
房中无君难留娘,山中无草难养羊
非宅是卜,唯邻是卜
分家如比户,比户如远邻,远邻不如行路人
风流自古恋风流
蜂蚁也有君臣,虎狼也有父子
凤不离窠,龙不离窝
凤凰靠羽毛,姑娘靠衣裳
佛门虽大,难度无缘之人
佛要金装,人要衣装
夫愁妻忧心相亲
夫大一,金银堆屋脊;妻大一,麦粟无半粒
夫妇是树,儿女是花
夫贵妻荣
夫妻安,合家欢
夫妻本是同林鸟,大限来时各自飞
夫妻不和,子孙不旺
夫妻吵架好比舌头碰牙
夫妻恩爱苦也甜
夫妻恩情是一刀割不断的
夫妻好比一杆秤,秤盘秤砣两头儿平
夫妻交市,莫问谁益;兄弟交憎,莫问谁直
夫妻且说三分话,未可全抛一片心
夫妻是打骂不开的
夫妻是福齐

夫妻相思爱,久别如新婚
夫妻一条心,黄土变成金
夫有千斤担,妻挑五百斤
伏天吃西瓜,药物不用抓
父子不和家不旺,邻居不和是非多
父子无隔宿之仇
富对富,穷对穷,耪青的找个牧羊工
富贵随口定,美丑趁心生

G

盖棺始论定
干柴烈火,一拍就合
干大则枝斜
干土打不成高墙,没钱盖不成瓦房
甘蔗老来甜,辣椒老来红
高门不答,低门不就
胳膊折了往袖子里藏
鸽子斑鸠大不同,童养媳妇难做人
隔村的井水担不得,隔邻的母鸡叫不得
隔墙花扭不成连理枝
隔山隔水不隔亲
隔山如隔天
隔夜茶,毒如蛇
各有因缘莫羡人
公不离婆,秤不离砣
公鸡抱窝,母鸡叫明
公婆难断床帏事
公说公有理,婆说婆有理
公修公得,婆修婆得
狗肉滚三滚,神仙站不稳
姑舅亲,辈辈亲,打断骨头连着筋
姑口烦,妇耳顽
姑爷进门,小鸡没魂
姑做婆,是活佛

孤柴难烧,孤人难熬
骨鲠在喉,不吐不快
瓜菜半年粮
寡妇门前是非多
乖的也是疼,呆的也是疼
观音菩萨,年年十八
官大不压乡邻
管山吃山,管水吃水
管山的烧柴,管河的吃水
管闲事,落不是
惯骑马的惯跌跤,河里淹死是会水的
棍棒底下出孝子
锅边拴不住金马鹿
锅盖揭早了煮不熟饭
锅里馒头嘴边食
过了床头,便是父母

H

蛤蟆配对子也得打个泥洞
孩子嘴里无瞎话
好不过郎舅,亲不过夫妻
好出门不如赖在家
好饭不怕晚,趣话不嫌慢
好狗不拦路,癞狗当路坐
好狗不咬鸡,好汉不打妻
好狗护三邻,好汉护三村
好汉饿不得三日
好合不如好散
好话不瞒人,瞒人没好话
好话不说二遍
好话说三遍,聋子也心烦
好话说上千千万,不如实事办一件
好话一句三冬暖,恶语伤人六月寒
好伙计顶不住赖女人

好货不怕看,怕看没好货
好酒说不酸,酸酒说不甜
好客主人多
好郎没好妻,瘌痢配花枝
好了伤疤忘了疼
好马不备二鞍,好女不嫁二夫
好男不吃婚时饭,好女不穿嫁时衣
好男不跟女斗
好俏不穿棉,冻死不可怜
好亲不如近邻,近邻不如对门
好人多难,好事多磨
好人还得好衣装
好事没下梢
好事做到底,送佛送西天
好死不如赖活着
好笋钻出笆外
好物不坚牢
好物不在多
好物难全,红罗尺短
好一块羊肉,倒落在狗口里
和尚不亲帽儿亲
和尚口,吃遍四方
河里孩儿岸上娘
横草不动,竖草不拿
横的难咽,顺的好吃
横挑鼻子竖挑眼
红梅做过青梅来,扁担当过嫩笋来
红丝一系,千金莫易
厚味必腊毒
胡姑姑,假姨姨
葫芦牵到扁豆藤
虎毒不吃儿
虎生三子,必有一彪
花草需要雨露,女人需要温抚
花对花,柳对柳,破畚箕对折笤帚
花轿领到场,媒人跨过墙

花木瓜,空好看
花香飘千里,有女百家求
花须叶衬,佛要金装
换了钥匙对不上簧,夫妻还是原配的好
患难夫妻到白头
患难朋友,艰苦夫妻
荒年传乱信,隔夜订终身
黄金难买乡邻情
黄泉路上无老少
黄莺不打窝下食
会吃千顿香,乱吃一顿伤
会嫁嫁对头,不会嫁嫁门楼

J

饥时饭,渴时浆
饥时过饱必殒命
饥食荔枝,饱食黄皮
鸡狗不到头,虎兔泪双流
急行无好步
脊背对脊背,强如盖双被
佳人有意郎君俏,红粉无情子弟村
佳人自来多命薄
家不和,外人欺
家常便饭吃得长,粗布衣裳穿得久
家大担子重
家和万事兴,家衰吵不停
家花没得野花香
家家有本难念的经
家宽出少年
家里事,家里了
家贫不是贫,路贫愁煞人
家贫思贤妻
家私不论尊卑
家屋养壁虎,蚊蝇夜夜除

家无主,屋倒竖
家无住,屋倒柱
家乡的山坡不嫌陡
家有患难,邻保相助
家有千口,主事一人
家有三件宝,丑妻薄田破棉袄
家有贤妻,男儿不遭横事
家有一老,黄金活宝
嫁出去的姑娘,泼出去的水
嫁汉嫁汉,穿衣吃饭
奸生杀,赌生盗
见路不用问,小路就比大路近
剑老无芒,人老无刚
叫亲了的娘,住亲了的房
街死巷不乐
借米赶得上下锅,还米就赶不上下锅
借汁儿下面
今日不知来日事
金儿银男,不如生铁老伴儿
金刚怒目,不如菩萨低眉
金花配银花,西葫芦配南瓜
金钱儿女,柴米夫妻
金水子,银水子,买不下这个奶水子
金窝银窝,不如自家的草窝
金乡邻,银亲眷
紧火粥,慢火肉
久别如新婚
久住邻居为一族
酒不在多,只要醇;蜜不在多,只要甜
酒不醉人人自醉,色不迷人人自迷
酒肠宽似海,色胆大如天
酒陈性足,姜老味辣
酒多伤身,气大伤人
酒儿不凝,伢儿不冷
酒盖三分羞
酒鬼见酒脚步收,刀架头颈喝三口

酒好不怕巷子深
酒后吐真言
酒壶虽小胜大海，淹死多少贪杯人
酒解愁肠
酒令不分亲疏
酒令严于军令
酒乱性，色迷人
酒能成事，酒能败事
酒怕牛肉饭怕鱼
酒钱酒钱，酒后无言
酒肉朋友，柴米夫妻
酒肉朋友短，患难夫妻长
酒色财气，人各有好
酒色祸之媒
酒是穿肠毒药，色如刮骨钢刀
酒是高粱水，醉人先醉腿
酒是解乏的良药
酒是色媒人
酒头茶脚
酒为色媒，色为酒媒
酒在肚里，事在心头
酒斟满，茶倒浅
酒中不语真君子
酒壮英雄胆
酒醉聪明汉，饭胀傻脓包
酒醉话多
酒醉心里明，银钱不让人
救急不救穷

K

靠山吃山珍，靠海食海味
靠水识鱼性，近山知鸟音
可着头做帽子
客不修店，官不修衙

口子大小总要缝
快刀割不断的亲戚
捆绑不成夫妻
困难九十九,难不倒两只手

L

癞蛤蟆想吃天鹅肉
癞痢头儿子自家的好
狼虎虽恶,不食其子
老蚌出明珠
老不拘礼,病不拘礼
老不以筋骨为能
老儿不发根,婆儿没布裙
老黄忠不减当年勇
老将不讲筋骨威,英雄还在少年堆
老将刀熟,老马识途
老马不死旧性在
老婆是墙上的泥坯,去了一层又一层
老人不讲古,后生会失谱
老鼠养的猫不疼
乐观出少年
雷公不打吃饭人
离家一里,不如屋里
篱笆不打灶
脸丑怪不着镜子
两个婆娘一面锣,三个婆娘一台戏
两口子打架不用劝,放上桌子就吃饭
两相情愿,好结亲眷
邻居好,赛金宝
临桥须下马,过渡莫争船
六亲合一运
六十六,不死掉块肉
龙配龙,凤配凤,鹁鸪对鹁鸪,乌鸦对乌鸦
露水夫妻,也是前缘分定

露水夫妻不长久
陆人居陆,水人居水
路在脚下,路在口边
鸾凤只许鸾凤配,鸳鸯只许鸳鸯对
萝卜就茶,气得大夫满地爬
萝卜青菜,各有所爱
骡马上不了阵
落花有意,流水无情

M

马老腿慢,人老嘴慢
买猪不买圈
瞒天瞒地,瞒不了隔壁邻居
满堂儿女,当不得半席夫妻
猫生的猫疼,狗养的狗疼
毛头姑娘十八变,临到结婚变三变
没男没女是神仙
媒婆口,没量斗
每尝美味者,必先将舌头用线羁住
美不美,泉中水,亲不亲,故乡邻
美酒不过量,好菜不过食
美女累其夫
门不当,户不对,日久天长必成灾
梦祸得福,梦笑得哭
米面夫妻,酒肉朋友
民非水火不能生活
民可百年无货,不可一朝有饥
民以食为天
莫图颜色好,丑妇良家之宝
莫饮卯时酒,莫食申时饭
母狗不掉尾,公狗不上身

N

哪个女子不怀春，哪个男子不钟情
男大当婚，女大当嫁
男当下配，女望高门
男儿无妻不成家
男憨福大，女丑贤惠
男婚女嫁凭媒证，不要媒人事不成
男怕输笔，女怕输身
男人三十一朵花，女人三十豆腐渣
男人无刚，不如粗糠
男想女，隔重山；女想男，隔张纸
男要俏，一身皂；女要俏，三分孝
男也懒，女也懒，落雨落雪翻白眼
男子痴，一时迷；女子痴，没药医
男子无妻财没主，妇女无夫身落空
南风不及北风凉，旧花不如新花香
南人北相，北人南相
能吃野味四两，不吃家禽半斤
能隔千山，不隔一水
逆子顽妻，无药可治
年纪不饶人
年里不老日里老
年年有储存，荒年不慌人
年轻的夫妻爱顶磕，年老的夫妻爱啰唆
年岁不饶人
娘好囡好，秧好稻好
宁吃对虾一口，不吃杂鱼半篓
宁吃天上二两，不吃地上一斤
宁跟男子汉吵顿架，不跟妇道人说句话
宁嫁穷汉，莫嫁孩蛋
宁叫男大十，不叫女大一
宁恋本乡一捻土，莫爱他乡万两金
宁恼远亲，不恼近邻

宁为故乡鬼,莫做异乡人
怒后不可便食,食后不可便怒
女大五,赛老母
女大一,不是妻
女的愁了哭,男的愁了唱
女儿不断娘家路
女儿大了理当嫁,女大不嫁人笑话
女儿嫁出门,总归自家人;媳妇抬进门,还是外头人
女人嫁汉,穿衣吃饭
女人三十三,太阳落西山
女人是锅沿子,男人是地堰子
女人是家庭的灵魂
女人是枕头边的风,不听也得听
女人无夫身无主
女人一朵花,全靠衣当家
女人越离越胆大,男人越离越害怕
女婿有半子之劳
女子无才便是德

O

藕断丝不断

P

怕问路,要迷路
怕走崎岖路,莫想攀高峰
配了千个,不如先个
皮里生的皮里热,皮里不生冷似铁
贫贱夫妻百事哀
贫贱夫妻恩爱多
贫穷患难,亲戚相救;婚姻死丧,邻里相助
牝鸡无晨
破家值万贯,一搬三年穷

破茧出俊蛾

Q

七岁八岁讨狗嫌
妻大一,有饭吃;妻大二,多利市;妻大三,屋角摊
妻跟夫走,水随沟流
妻是枕边人,十事商量九事成
妻贤夫祸少,子孝父心宽
妻以夫贵
妻应夫,急如鼓
欺山莫欺水
其母好者其子抱
骑马坐船三分险
起新不如买旧
千朵桃花一树儿生
千金难买两同心
千金难买六月泻
千金难买美人笑
千金难买亲生子
千金置家,万金置邻
千肯万肯,只怕男的嘴不紧
千里不捎针
千里红丝,姻缘已定
千里姻缘着线牵
千里之行,始于足下
千年治山,万年治邻
千死敢当,一饥难忍
前世姻缘由天定
强扭的瓜不甜
强作的夫妻苦又成,情愿的两口甜中甜
巧妻常伴拙夫眠
亲帮亲,邻帮邻
亲不过父母,近不过夫妻
亲戚不如邻

亲望亲好,邻望邻好
亲无怨心
亲有远近,邻有里外
青春过去无年少
清官难断家务事
清明前后乱穿衣
情人眼里出西施
情有情根,冤有冤种
穷家出美女
穷人的苦难在脸上,富人的油水在嘴上
穷灶门,富水缸
穷找穷亲,富找富邻
秋不食姜,令人泻气
秋冬食獐,春夏食羊
娶到的媳妇买到的马,由人骑来由人打
拳头上立得人,胳膊上走得马

R

热不过火口,亲不过两口
热饭不能热食
人不立家身无主
人到三十把头低
人到中年,百事相缠
人到中年万事和
人非草木,谁能无情
人过五十,就该修桥补路
人活六十不远行
人绝粮必死,鱼无水自亡
人靠衣服马靠鞍
人靠衣装,佛靠金装
人老不以筋骨为能
人老骨头硬,越干越中用
人老精,姜老辣
人老是一宝

人老无能,神老无灵
人老先老腿
人老心不老
人老性不改
人老珠黄不值钱
人冷披袄,鱼冷钻草
人离乡贱
人怕老来贫
人前教子,枕上教妻
人亲骨肉香
人生莫作妇人身
人生七十古来稀
人是一盘磨,睡着就不饿
人是桩桩,全靠衣裳
人死饭甑开,不请自己来
人闲生病,石闲生苔
人行千里,处处为家
人有三像,物有同样
人有三灾六难
人在世间,日失一日
人争一口气,鸟争一口食
人之将死,其言也善
人作千年调,鬼见拍手笑
忍得十日破,忍不得十日饿
日求三餐,夜求一宿
日有所思,夜有所梦
肉炒熟,人吵生
肉肥汤也香
肉贱鼻子闻
若要不喝酒,醒眼看醉人
若要好,问三老
若要俏,带三分孝
若要甜,加点盐
撒手不为奸
三百六十行,行行吃饭着衣裳
三杯和万事,一醉解千愁

三餐莫过饱,无病活到老
三分画儿七分裱
三分人才,七分打扮
三口子不如两口子亲
三千银子兵,杀不得邻里情
三人同行小的苦
三十过,四十来,双手招郎郎弗来
三十里莜面四十里糕,二十里面条饿断腰
三世仕宦,方会着衣吃饭
三条腿的蛤蟆没见过,两条腿的人有的是
三言两语成夫妻
啥人扮啥相,啥将骑啥马
山中常有千年树,世上并无百岁人
上床萝卜下床姜
少吃一口,安定一宿
少年夫妻老来伴
少年偏信,老汉多疑
少女少郎,相乐不忘;少女老翁,苦乐不同
蛇粗窟窿大
身无挂体衣,家无隔宿粮
生子莫生多,生多换破锅
十八廿三,抵过牡丹
十层单不如一层棉
十个儿子十个相
十命九奸
十七的养了十八的
十七十八力不全,二十多岁正当年
十七十八无丑女
十七十八一枝花
十说客不及一破客
食多伤胃,忧多伤身
是亲必顾,是邻必护,沾亲带故,暗中相助
是亲三分向
是药三分毒
是一亲,担一心
是姻缘棒打不开

手背也是肉，手心也是肉
手中有粮，心中不慌
暑日无君子
树大分杈，儿大分家
树大枝散
树老招风，人老招贱
双相思好害，单相思难挨
谁个少男不钟情，谁个少女不怀春
水是故乡甜，月是故乡明
睡如弓，立如松，行如风，声如钟
说媒三家好，过后两家亲

T

他妻莫爱，他马莫骑
他乡虽好，终非久留之地
太公八十遇文王
太平年月寿星多
贪吃贪睡，添病减岁；少吃多餐，益寿延年
贪多嚼不烂
桃饱人杏伤人，李子树下埋死人
天上下雨地下流，小两口儿打架不记仇
天生一对，地造一双
天生一个人，必有一分粮
天下无不是的父母
田要冬耕，崽要亲生
甜不过少年夫妻，苦不过鳏寡老人
挑水瞒不了井台，上炕瞒不了锅台
听书长智，看戏乱心
同鸟不同巢，同树不同根
同行无疏伴
头戴大帽身穿青，不是衙役便是兵
头戴三尺帽，不怕砍一刀
头锅饺子二锅面
头嫁由亲，二嫁由身

投亲不如住店
推车的进了店,半个县长也不换

W

娃娃是道盖面菜
外甥多似舅
外头有个挣钱手,家里有个聚钱斗
晚饭少一口,活到九十九
晚娘的拳头,云里的日头
碗里不见青,肠胃倒钩心
万两黄金未为贵,一家安乐值钱多
万种恩情,一夜夫妻
未看老婆,先看阿舅
未晚先投宿,鸡鸣早看天
未有名士不风流
屋要人支,人要粮撑
无谎不成媒
无酒不成席
无事一身轻
无药可延卿相寿,有钱难买子孙贤
无冤不成夫妇,无债不成父子
毋卜其居,而卜其邻舍
五谷天下宝,救命又养身
五十不造屋,六十不种树
五十五,下山虎
五月鲤赛如活人参

X

西瓜一只,好酒数滴,味甜且香,寒温相宜
惜衣有衣,惜食有食
呷得三斗醋,做得孤孀妇
虾有虾路,鳖有鳖路

夏葛而冬裘，渴饮而饥食
夏季多吃蒜，消毒又保健
先花后果
闲饭难吃，闲话难听
闲人愁多，忙人活多
闲人有忙事
嫌吃嫌穿没吃穿
险山不绝行路客，恶水仍有渡船人
险中的船儿划得快
乡里夫妻，步步相随
相逢漫道恩情好，不是冤家不聚头
香花不一定好看，好人不一定漂亮
香油拌藻菜，各人心中爱
小大人儿，老小孩儿
小儿犯罪，罪坐家长
小舅小叔，相追相逐
小来穿线，大来穿绢
小马儿乍行嫌路窄，雏鹰初舞恨天低
鞋不加丝，衣不加寸
心安茅屋稳
心急马行迟
心宽出少年
心里有谁，就爱看谁听谁
新婚不如远归
行要好伴，住要好邻
性急嫌路远，心闲路自平
兄弟谗阋，侮人百里
兄弟如手足，妻子如衣服
休道黄金贵，安乐最值钱
休恋故乡春色好，受恩深处便为家
休妻毁地，到老不济

Y

丫头做媒，自身难保

鸦窝里出凤凰,粪堆上产灵芝
咽喉深似海,日月快如梭
盐罐发卤,大雨如注
阎王催命不催食
筵前无乐不成欢
眼大肚子小
扬州虽好,不是久恋之家
羊羔跪乳,乌鸦反哺
养儿防老,积谷防饥
养儿像娘舅,养女像家姑
腰中有钱腰不软,手中无钱手难松
摇车儿里的爷爷,拄拐棍儿的孙子
要饱还是家常饭,要暖还是粗布衣
要和人家赛种田,莫与人家比过年
要暖粗布衣,要好自小妻
要热是火口,要亲是两口
要想皮肤好,粥里加红枣
一白遮百丑
一般树上两般花,五百年前是一家
一不积财,二不结怨,睡也安然,走也方便
一处不到一处迷
一朵鲜花插在牛粪上
一儿一女一枝花
一分酒量一分胆
一竿子插到底
一个姑娘小喘气,十个姑娘一台戏
一官护四邻
一号藤子结一号瓜
一家安乐值钱多
一家不成,两家现在
一家人不说两家话
一家有女百家求
一家有事,四邻不安
一家有事百家忧
一家有一主
一马不跨两鞍

一女不吃两家茶
一人有难众人帮
一日不害羞,三日吃饱饭
一日不见,如隔三秋
一日叫娘,终身是母
一日相思十二时
一世破婚三世穷
一树之果,有酸有甜;一母之子,有愚有贤
一丝为定,千金不易
一岁是男,百岁是女
一碗饭能顶三服药
一夜夫妻百夜恩,百日夫妻一辈亲
一夜只盖半夜被,米缸坐在斗笠里
一张床上说不出两样话
一竹竿打到底
一醉解千愁,酒醒愁还在
衣是精神钱是胆
以财为草,以身为宝
以色事他人,能得几时好
姻缘本是前生定,不是姻缘莫强求
姻缘本是前生定,曾向蟠桃会里来
姻缘配合凭红叶,月老夫妻系赤绳
姻缘五百年前定
姻缘姻缘,事非偶然
姻缘有分片时成
英雄难过美人关
英雄气短,儿女情长
迎新不如送旧,新婚不若远归
有其父必有其子
有钱莫娶生人妻
有钱千里通,无钱隔壁聋
有情何怕隔年期
有情铁能发光,无义豆腐咬手
有说有的话,没说没的话
有天没日头
有缘千里能相会,无缘对面不相逢

有种有根,无种不生
幼嫁从亲,再嫁从身
远路没轻担
远亲不如近邻
远亲近邻,不如对门
远行无急步
月里嫦娥爱少年
月亮出来是圆的,小两口打架是玩的

Z

宰相回乡拜四邻
再好的儿女也不如半路夫妻
在家不知出门的苦
在家敬父母,何用远烧香
在家靠娘,出门靠墙
在家千日好,出门一时难
在山靠山,在水靠水
在一方,吃一方
早起三光,迟起三慌
贼打、火烧喊四邻
站有站相,坐有坐相
朝朝寒食,夜夜元宵
长兄如父,长嫂如母
长者赐,不敢辞
丈母娘看女婿,越看越喜欢
珍馐百味,一饱便休
枕边告状,一说便准
正锅配好灶,歪锅配蹩灶
知冷知热是夫妻
知子莫若父
脂粉虽多,丑面不加;膏泽虽光,不可润草
只愁不养,不愁不长
只要风度,不要温度
只有痴心的父母,难得孝敬的儿郎

只有私房路,哪有私房肚
指儿不养老,指地不打粮
至亲莫如父子,至爱莫如夫妻
至亲无文
种田不熟不如荒,养儿不肖不如无
妯娌多了是非多,小姑多了麻烦多
猪爪煮千滚,总是朝里弯
竹门对竹门,木门对木门
赚钱伙计,柴米夫妻
庄稼不照只一季,娶妻不照是一世
装啥像啥,卖啥吆喝啥
子孝双亲乐,家和万事成
自古白马怕青牛,虎兔相逢一代休;金鸡不与犬相见,猪与猿猴不到头
自古妇人无贵贱
自古红颜多薄命
自古妻贤夫祸少,应知子孝父心宽
自古月老管说媒,不管夫妻不夫妻
走尽天边是娘好,诸亲百眷莫轻求
走千里路,问千里话
祖坟上冒青烟
嘴上无毛,办事不牢
醉人不醉心
作者不居,居者不做
做天难做四月天,做人难做在中年

第九章　社会军政谚语

A

哀兵必胜,骄兵必败
矮子队里选将军
爱跟英雄战,不爱跟狗熊斗
爱将如宝,视卒如草
安不忘危,治不忘乱
岸上修船易,到得江中彻底沉

B

八月十五过大年
白日便见簸箕星
百船出港,一船领头
百将易得,一帅难求
百里不同风,千里不同俗
百密未免一疏
百年寿限不准有,百年计划不能无
百人吃百味,百里不同风
百星之明,不如一月之光
百战百胜,锤炼信心
百战成勇士,苦练出精兵
败兵之将,不敢言勇
败将不提当年勇
败军之将,不足与图存
搬起石头砸自己的脚

半部《论语》治天下
伴君如伴虎
帮腔上不去台
绑鸡的绳子，捆不住大象
宝剑必付烈士，奇方必须良医
保国莫如安民，安民莫如择交
备而未战，不是无战；战而无备，必有大患
本钱易寻，伙计难讨
笨鸭子上不了架
笔头尖上文官业，刀剑撑持武将威
扁担没扎，两头失塌
兵败如山倒，胜者似潮来
兵不厌诈，将贵知机
兵藏武库，马入华山
兵出无名，事故不成
兵对兵，将对将
兵多好打仗，人多好做活
兵贵奇，不贵众
兵贵神速
兵贵胜，不贵久
兵过如火烧
兵可百年不用，不可一日不备
兵来将挡，水来土掩
兵来将迎，水来土掩
兵来如梳，贼来如篦，匪来如剃
兵力易聚不易分
兵马未动，粮草先行
兵是将之威，将是兵之胆
兵怂怂一个，将怂怂一窝
兵随将令草随风
兵无常势，水无常形
兵无将而不动，蛇无头而不行
兵无强弱，将有巧拙
兵无主自乱
兵行千里，不战自乏
兵要练方可精，刀要磨刃才利

兵有利钝,仗无常胜
兵在精而不在多,将在谋而不在勇
不打勤,不打懒,单打没长眼
不当官儿不操心,不吃俸禄不担惊
不到火候不揭锅
不到西天,不知佛大小
不管白猫黑猫,抓住老鼠就是好猫
不厚其栋,不能任重
不会做饭的看锅,会做饭的看火
不见兔子不撒鹰
不见鱼出水,不下钓鱼竿
不见真佛,不念真经
不见真佛不烧香
不怕不识货,就怕货比货
不怕出山狼,就怕藏家鼠
不怕官,只怕管
不怕麻糖棍棍,就怕黄米包粽
不怕人多心不齐,只要有人扛大旗
不怕人心似铁,难逃王法如炉
不入地狱,不知饿鬼变相
不施万丈深潭计,怎得鳌鱼上钓钩
不图锅巴吃,不在锅边转
不行万里路,难见痴人心
不义之饵,鳌将吐之
不用霹雳手段,显不出菩萨心肠
不知道他葫芦里卖的甚药

C

参谋一群,当家一人
苍天有眼
草锄不尽,终究是庄稼的害
察见渊鱼者不祥,智料隐匿者有殃
柴多火焰高,人多声音大
豺狼当道,安问狐狸

谗言误国,妨妇乱家
谗言害主,直言救国
铲尽不平天下平
长痛不如短痛
长线放远鹞儿
长夜酒能淹社稷
朝廷也不使饿兵
朝有奸逆,山隐草寇;国有良臣,外有忠善
炒豆大伙吃,炸锅一人担
车到山前必有路,船遇顶风也能开
车到山前必有路,船到桥头自然直
尘世难逢笑口开
称一称知轻重,量一量知短长
成不成,吃三瓶
成工不毁
秤锤虽小压千斤
秤砣小,坠千斤;胡椒小,辣人心
吃的盐和米,讲的情和理
吃饭还不免掉一个米粒
吃饭泡米汤,自己做主张
吃个鱼头腥个嘴
吃瓜莫吃蒂,做官莫做卑
吃酒的望醉,放债的图利
吃亏人常在
吃了砒霜药老虎
吃了蒜瓣知道辣
吃了羊肉会惹膻
吃明不吃暗
吃哪行饭,说哪行话
吃人家的嘴软,拿人家的手短
吃烧饼还要赔唾沫
吃一分亏,受无量福
吃鱼先拿头
出门看日头,上路看风头,打铁看火头
出其不意,攻其不备
川泽纳污,山岳藏疾

穿青衣,抱黑柱
船有好舵手,不怕浪头高
船载万斤,掌舵一人
春不到,花不开
慈不掌兵,义不主财
从来纨绔少伟男
重孙有理告太公
村无大树,蓬蒿为林
存人失地,人地皆存;存地失人,人地皆失
错走一步棋,满盘皆是输

D

打得一拳去,免得百拳来
打狗鸡上墙
打狗就不怕狗咬,杀猪就不怕猪叫
打狗看主面
打狗如打狼
打虎不着,反被虎伤
打虎打头,杀鸡割喉
打虎还防虎伤人
打虎进深山,捕蛇下箐底
打虎先拔牙
打人不过先下手
打人休打脸,骂人休揭短
打人一拳,防人一脚
打蛇不死,自遗其害
打蛇打七寸
打蛇先打头
打蛇先打头,擒贼先擒王
打死胆大的,吓死胆小的
打死阎王,吓死小鬼
打天下时靠人才创业,坐天下时用奴才享乐
打铁要趁热,治病要趁早
打一巴掌揉三揉

大虫欺小虫，蚱蜢欺蝗虫
大胆天下去得，小心寸步难行
大盗沿街走，无赃不定罪
大佛三百五，各有成佛路
大缸里打翻了油，沿路儿拾芝麻
大官不要钱，不如早归田；小官不索钱，儿女无姻缘
大家马儿大家骑
大奸似忠，大诈似信
大将保明主，俊鸟登高枝
大将无能，累死三军
大将压后阵
大里不见小里见
大难不死，必有后福
大能掩小，海纳百川
大屈必有大伸
大人不记小人过
大事不可谋于书生
大树不摇，鸟巢自安
大树底下好乘凉
大树底下好遮阴
大树之下，草不沾霜
大水未到先治坝，休到河边再脱鞋
大水淹了龙王庙，一家人不认识一家人
大王好见，小鬼难当
大象口里拔生牙
带箭野猪猛于虎，老鼠急时会咬人
逮个雀儿还得丢把米
胆小不得将军做
当差的官面上看气，行船的看风使篷
当官不为民做主，不如回家卖红薯
当官的动动嘴，当兵的跑折腿
当局者迷，旁观者清
当权若不行方便，如入宝山空手回
当堂不让父
刀不离手，弓不离身
刀对刀，枪对枪

刀头争功，马背夺官
到处灵山都有庙
道高一尺，魔高一丈
得道者昌，失道者亡
得理不饶人
得了便宜还卖乖
得民心者得天下
得民者昌，失民者亡
得趣便抽身
灯台照人不照己
地头文书铁箍桶
钉子碰着铁头
丢了拐杖就受狗的气
东山的老虎吃人，西山的老虎也吃人
东庄的土地到西庄不灵
动了太岁头上土，无灾也有祸
肚里没病死不了人
肚里没冷病，不怕吃西瓜
对不识字人，莫作才语
对牛弹琴，牛不入耳
多个香炉多个鬼
多龙多旱
多算胜少算
多用兵不如巧用计
躲得和尚躲不得寺

E

恶狗怕揍，恶人怕斗
恶虎难斗肚里蛇
恶马恶人骑
饿急了吃五毒，渴急了喝盐卤
饿了来馒头，困了遇枕头

F

罚不择骨肉，赏不避仇雠
法不责众
法律不能松，松了乱哄哄
法网恢恢，疏而不漏
法无全利
法无三日严，草是年年长
法正天心顺，官清民自安
法字没多重，万人抬不动
防虎容易防鬼难
防君子不防小人
放长线，钓大鱼
放虎归山，必成大害
飞沙再大也遮不住牧人的眼睛
非理之财莫取，非理之事莫为
肥水不过别人田
风吹鸡蛋壳，财去人安乐
风大伴墙走
逢桥须下马，过渡莫争先
佛门虽大，难度无缘之人
扶不起的刘阿斗
腐木不可以为柱，卑人不可以为主
妇女能顶半边天，离了妇女没吃穿
富贵不压乡里

G

干吃大鱼不费网
钢刀虽快，不斩无罪之人
告人死罪得死罪
鸽子向亮处飞
隔行不隔理

个人事小,国家事大
各处各乡俗,一处一规矩
各打各的算盘
各人洗面各人光
耕牛无宿草,仓鼠有余粮
公道不公道,自有天知道
公道自在人心
公门好修行
公生明,廉生威
公则民不敢慢,廉则吏不敢欺
公众马,公众骑
功者难成而易败,时者难得而易失
攻其不备,出其不意
恭敬不如从命
狗肉上不得台盘,稀泥巴糊不上壁
姑口烦而妇耳顽
关公面前要大刀
关节不到,有阎罗包老
官逼民反,民不得不反
官逼民反民自反,君正臣廉民自安
官不差病人
官不打顺民
官不离印,货不离身
官不容针,私可容车
官不容针,私通车马
官不贪财,兵不怕死
官不修衙,客不修店
官差不自由
官差吏差,来人不差
官大一等,理长一分
官大一品压死人
官断十条路
官法不容情
官风正,民风清
官凭文书私凭约
官清民自安,法正天心顺

官清司吏瘦
官情如纸薄
官事随时变
官土打官墙
官无三日急,倒有七日宽
官刑好过,私刑难挨
官中无人,不如归田
光棍不吃眼前亏
归师勿掩,穷寇莫追
贵人多忘事
贵人抬眼看,定是福星临
贵足踏贱地
锅里添水,不如釜底抽薪
国家多难之秋,壮士用命之时
国家将兴,必有祯祥;国家将亡,必有妖孽
国家兴亡,匹夫有责
国家有难思良将,人到中年望子孙
国将兴,听于民;国将亡,听于神
国难显忠臣
国强民不受辱,民强国不受侮
国危思良将,世乱念忠臣
国无二主,天无二日
国以民为本,民以食为天
国以民为根,民以谷为命
国有国法,官有官体,狱有狱例
国有国法,家有家规
国有王,家有主
过河卒子扫千军
过了这个村儿,没这个店儿

H

海枯终见底,人死不知心
海上风多舟难行,世上官多不太平
海水可量,人不可量

寒门出将相，草莽出英雄
寒门生贵子，白屋出公卿
韩信将兵，多多益善
豪杰之士，所见略同
好的不在多，一个顶十个
好舵手会使八面风
好官易做，好人难做
好汉报仇，三年不晚
好汉不吃眼前亏
好汉不打抄手人
好汉不打上门客
好汉不打坐婆婆
好汉不夸当年勇
好汉不怕出身低
好汉不贪色，英雄不贪财
好汉饿不得三日
好汉护三村，好狗护三邻
好汉流血不流泪
好汉怕赖汉，赖汉还怕歪死缠
好汉怕赖汉，赖汉怕急汉
好汉识好汉，英雄识英雄
好汉天下有好汉，英雄背后有英雄
好汉一言，快马一鞭
好汉争气，赖汉争食
好汉只怕病来磨
好汉子不赶乏兔儿
好汉做事好汉当
好虎架不住群狼
好年盛景看腊月
好拳不赢头三手，自有高招在后头
好手不敌双拳，双拳难敌四手
好雁总是领头飞，好马总是先出列
合群的喜鹊能擒鹿，齐心的蚂蚁能吃虎
合字难写，人心难齐
何水无鱼，何官无私
和尚多了没水吃

和尚在，钵盂在
河水靠流，人群靠头
荷花虽好，也要绿叶扶持
哄死人不偿命
猴子不钻圈，多筛几遍锣
狐狸再狡猾也斗不过好猎手
虎不离山，龙不离海
虎不与狮斗，兵不和匪争
虎口里探头儿
虎狼当道，在劫难逃
花好就怕一场风
皇帝不急，急死太监
皇帝女不愁嫁
皇帝也有草鞋亲
皇天不负苦心人
黄金有价人无价
黄鼠狼单咬病鸭子
蝗虫吃过界
浑浊不分鲢共鲤，水清方见两般鱼
浑水里，好拿鱼
火车跑得快，全靠车头带
火烧芭蕉心不死
伙打官司事不赢

J

鸡蛋碰不过石头，胳膊扭不过大腿
鸡儿不吃无工之食
鸡飞蛋打一场空
疾风知劲草，世乱识忠臣
既到灵山，岂可不朝我佛
系狗当系颈
家不可一日无主，国不可一日无君
家法大不过王法
家无二主，国无二君

家无全犯
家无主,屋倒竖
家有常业,虽饥不饿;国有常法,虽危不亡
家有家规,国有国法
家有家主,庙有庙主
家有诤子,不败其家;国有诤臣,不亡其国
家中百事兴,全靠主人命
家中无鬼万年安
拣日不如撞日,撞日不如今日
捡了芝麻,丢了西瓜
见官三分灾
见蛇不打三分罪
见橐驼指马肿背
江山易打,民心难得
将不激,兵不发
将军不下马,各自奔前程
将军额上跑下马,宰相肚里行舟船
将门出虎子
将相本无种,男儿当自强
将相出寒门
将在谋而不在勇
将在外,君命有所不受
犟驴怕恶鞭
浇花浇心儿,栽树栽根儿
骄兵必败,欺敌必亡
狡兔尽,猎狗烹;飞鸟尽,良弓藏;敌国破,良臣亡
狡兔三窟
叫唤的鸟儿没肉吃
桀犬吠尧,各为其主
今日不知来日事
尽得忠来难尽孝
京官不如外放
井里打水往河里倒
敬酒不吃吃罚酒
敬神如神在
九个月长虫吃耗子,三个月耗子吃长虫

久经大海难为水
酒病酒药医
酒肉穿肠过,佛在心中坐
救兵如救火
倦鸟知还
军不斩不齐,将不严不整
军令如山
军令无私亲
军令重如山
军赏不逾月
军无粮自乱
军无媒,中道回
军有头,将有主
军中无粮自乱
军中无戏言
君子报仇,十年不晚
君子不跟牛使气
君子争礼,小人争嘴
君子一言,重于九鼎
君子一言,快马一鞭
君不正臣不忠,父不正子不孝
君不正臣投外国,父不正子奔他乡
君臣如父子
君无戏言,出口成律

K

开弓不放箭
砍不倒大树,弄不多柴火
砍倒大树有柴烧
看风使舵常顺利,随机应变信如神
看人看心,听话听音
靠着大河有水吃,靠着大树有柴烧
靠大树草不沾霜
慷慨成仁易,从容就义难

炕上养虎，家中养盗
苛政不亲，烦苦伤恩
肯在热灶里烧火，不肯在冷灶里添柴
苦海无边，回头是岸
困龙亦有上天时
快刀不削自己的柄

L

拉到老虎当马骑
腊月二十三，家家糖瓜粘
腊月二十三，灶爷上了天，先生放了学，学生出了监
腊月二十五，掸房扫尘土
来者不惧，惧者不来
来者不善，善者不来
癞狗扶不上墙
烂泥巴扶不上墙
烂套子也能塞窟窿
浪再大，压不住鱼打挺；云再厚，裹不住炸雷声
浪子回头金不换
老巢难舍
老鼠过街，人人喊打
老龟煮不烂，移祸于枯桑
老虎不在家，猴子称大王
老虎吃人，恶名在外
老虎吃天，没法下嘴
老虎花在背，人心花在内
老虎不嫌黄羊瘦
老虎还有个打盹儿的时候
老虎金钱豹，各走各的道
老虎口中夺脆骨，蛟龙背上揭生鳞
老虎屁股摸不得
老虎头上拍苍蝇
老虎嘴里掉不下肉，狐狸嘴里吐不出鸡
老将出马，一个顶俩

老马识归途
老猫不死旧性在
老鼠急了会咬猫
老鼠眼睛寸寸光
老鹰不吃窝下食
老子偷瓜盗果，儿子杀人放火
老子英雄儿好汉
冷眼观螃蟹，横行到几时
离家三里远，别是一乡风
离了红萝卜，照样办酒席
理乱易，治平难
立法容易执法难
立法不可不严，行法不可不恕
利不百，不变法；功不十，不易器
练兵必先练心
良禽择木而栖，贤臣择主而事
粮乃兵家之性命
粮是军中胆
两国相战，不斩来使
两军相遇勇者胜
两虎相斗，必有一伤
两雄不能并立
临阵磨枪，不快也光
令出山摇动，法严鬼神惊
六月六，家中猫犬水中浴
龙不离海，虎不离山
龙多旱，人多乱
龙多靠，龙少涝
龙归沧海，虎入深山
龙生龙，凤生凤，老鼠养儿会打洞
龙生龙，虎生虎
龙无头不走，鸟无头不飞
龙眼识珠，凤眼识宝，牛眼识青草
龙游浅水遭虾戏，虎落平原被犬欺
龙争虎斗，苦了小獐
篱笆破，野狗攒

篱笆扎得紧，野狗钻不进
篱牢犬不入
利器入手，不可假人
利之所在，无所不趋
两姑之间难为妇
利之薮，怨之府
烈火才见真金
临崖勒马收缰晚，船到江心补漏迟
留情不举手，举手不留情
留下斗合秤，为的是公平
柳树上着刀，桑树上出血
落架的凤凰不如鸡
落他矮檐下，怎敢不低头
六国贩骆驼
六耳不通谋
路见不平，拔刀相助
路有千条，理只有一条
露水见不得老太阳
箩里拣瓜，拣得眼花
乱世出英雄，阵前识好汉
乱世多新闻
乱世显忠臣
乱世群雄起，有枪便为王
萝卜拔了窝窝在，和尚走了庙子在

M

马放南山，刀枪入库
马骑上等马，牛用中等牛，人使下等人
马屎凭官势
买静求安
瞒上不瞒下
满城文运转，遍地是方巾
猫不在家，老鼠造反
没了王屠，连毛吃猪

没水不煞火
没有打虎将,过不得景阳冈
没有带头羊,羊群难过河;没有带头骡,马帮难得驮
没有骡子驴顶着
没有闪电,雷不会响;没有刮风,树不会摇
没有三板斧,上不了瓦岗寨
门前结起高头马,不是亲来也是亲
门神老了不捉鬼
猛将军无刀杀不得人
庙里猪头是有主的
妙药难医冤债病,横财不富命穷人
民不举,官不究
民乱则国破,国破则君亡
民是国之本
民心不可侮
民心丢失,源竭根枯
明里抱拳,暗中踢脚
明镜所以照形,古事所以知今
明枪易躲,暗箭难防
明人不说暗话
明人不做暗事
明有王法,暗有神灵
明中舍去暗中来
魔高一尺,道高一丈
末大必折,尾大不掉
谋官如鼠,得官如虎
木偶不会自己跳,背后定有牵线人
木朽虫生,墙罅蚁入

N

拿贼拿赃,拿奸拿双
男大当婚,女大当嫁
南人驾船,北人乘马
南甜北咸,东辣西酸

你有长箩索,人家有弯扁担
你有你的关门计,我有我的跳墙法
你有你的佛法,我有我的道行
你有千条妙计,我有一定之规
鸟随鸾凤飞能远,人伴贤良品自高
宁扶井杆,不扶井绳
宁管千军,莫管一夫
宁可信其有,不可信其无
宁给饥人一口,不给富人一斗
宁骑烈马,不使懒牛
宁弃千军,不弃寸地
宁绕十步远,不走一步险
宁人负我,毋我负人
宁为太平犬,莫作离乱人
宁为鸡口,无为牛后
宁要一条龙,不要百条虫
宁在直中取,不向曲中求
鸟飞返乡,狐死首丘
牛头高,马头高
女大三,抱金砖

P

跑了和尚跑不了庙
匹夫舍命,勇将难敌
批龙鳞易,捋虎须难
便宜不过当家
便宜不落外方
偏听生奸,独任成乱
平地里起风波

Q

骑马寻马

棋逢对手,将遇良才
棋逢对手难相胜,将遇良才不敢骄
棋高一着,缚手缚脚
旗开得胜,马到成功
千变万变,官场不变
千兵易得,一将难求
千差万差来人不差
千锤成利器,百炼成纯钢
千槌打锣,一槌定音
千金难买回头看
千金难买天下稳
千金用兵,百金求间
千口吃饭,主事一人
千里不同风,百里不共雷
千里不同风,百里不同俗
千里馈粮,士有饥色;樵苏后爨,师不宿饱
千里做官,为的吃穿
千年的野猪老虎的食
千年文约会说话
千钱赊不如八百现
千人唱,万人和
千人吃药,一人还钱
千人打鼓,一槌定音
千人拉弦,一人定音
千人诺诺,不如一士谔谔
千日练兵一日用
千闻不如一见
千羊在望,不如一兔在手
千阵万阵,难买头阵
牵着不走,打着倒退
前人栽树,后人乘凉
遣将不如激将
强将手下无弱兵
强迫不成买卖,强求不成夫妻
桥归桥,路归路
清官不到头

清官出不得吏人手
清官难出猾吏手
蜻蜓吃尾自吃自
晴干开水道,须防暴雨时
请将不如激将
请来镇山神,不怕妖作怪
穷寇莫追
曲木恶直绳,重罚恶明证
拳头上无眼

R

让一让二,不能让三让四
惹祸招灾,问罪应该
人不害人身不贵,火不烧山地不肥
人不得全,瓜不得圆
人不离乡,鸟不离枝
人不凭嘴,狗不凭尾
人多出韩信
人多出圣人
人恶人怕天不怕,人善人欺天不欺
人逢佳节倍思亲
人贵见机
人贵有自知之明
人见利而不见害,鱼见食而不见钩
人绝粮必死,鱼无水自亡
人苦不自知
人马未动,粮草先行
人命关天
人怕理,马怕鞭,蚊虫怕火烟
人平不语,水平不流
人情归人情,公道归公道
人情似铁,官法如炉
人随王法草随风
人无害虎心,虎没伤人意

人无害虎心，虎有伤人意
人无前后眼，祸害一千年
人无头不行，鸟无翅不腾
人无头不走，雁无头不飞
人无远虑，必有近忧
人无笼头拿纸拴
人心似铁，官法如炉
人心未泯，公论难逃
人行千里，不战自弱；马行千里，不战自疲
人一走，茶就凉
人有贵贱，不可概论
人有几等人，佛有几等佛
人直不富，港直不深
认理不认人，不怕不了事
任它狗儿怎样叫，不误马儿走大道
日月虽明，不照覆盆之内
日间不做亏心事，夜半敲门不吃惊
肉烂在汤锅里
肉眼不识神仙
如入宝山空手回
入国问禁，入里问俗
入门休问荣枯事，观着容颜便得知
入田观稼，从小看大
入乡随俗
若要有前程，莫做没前程
若要捕小鸟，先与闻甘歌

S

三个臭皮匠，顶个诸葛亮
三教原来是一家
三军易得，一将难求
三路公人六路行
三请诸葛亮
三拳敌不过四手

三日无粮不聚兵
三声鼓响,不如雷吼一声
三岁看老
三十六计,走为上计
三天不打,上房揭瓦
三条腿的蛤蟆没见过,两条腿的人有的是
僧不离寺,道不离观
杀兵不如惩将
杀鸡给猴看
杀老牛莫之敢尸
杀了头,碗大的疤
杀人不过头点地
杀人偿命,欠债还钱
杀人可恕,情理难容
杀人一万,自损三千
纱帽底下无穷汉
山高皇帝远
山鸡不敢上配凤凰
山鸡飞起来好打,兔子跑起来好打
山上无大树,茅草招大风
山有顶,路有头
山有神主,庙有庙主
山中无好汉,猢狲称霸王
杉木尾子做不了正梁
闪他闷棍着他棒
善人在患,弗救不祥;恶人在位,不去亦不祥
善猪恶拿
上边梁正下边直
上边千条线,下边一口针
上不紧,则下慢
上不正,下参差
上交不谄,下交不渎
上梁不正下梁歪
上马管军,下马管民
上明不知下暗
上命差遣,概不由己

上求材，臣残木；上求鱼，臣干谷
上人不好，下人不要
上山敢打虎，下海敢擒龙
上山问樵，下水问渔
上什么山，打什么柴；进什么庙，念什么经
上台容易下台难
上有所好，下必甚焉
上有天堂，下有苏杭
上有样，下跟帮
烧的纸多，惹的鬼多
艄公多了打烂船
蛇走无声，奸计无影
舍不得金弹子，打不了凤凰来
舍不得孩子，套不住狼
社稷兴亡，匹夫有责
射人先射马，擒贼须擒王
身处江湖，心存魏阙
伸手三分利，不给也够本
身正不怕影子斜
神山佳话多
神仙打仗，凡人遭殃
生成的豆芽长不成树
生看衣衫熟看人
生铁不炼不成钢
胜负乃兵家常事
十分惺惺使五分
十谒朱门九不开
十个嘴把式，顶不住一个手把式
十个衙门九个赃
食尽鸟投林，树倒猢狲散
拾了根袜带，配穷了人家
拾得篮里便是菜
识破人情便是仙
识时务者为俊杰
使功者不如使过
使勤不使懒

势乖奴欺主,时衰鬼弄人
世治用文,世乱用武
世治则礼详,世乱则礼简
仕无中人,不如归田
是骡是马,牵出来遛遛
手软打不死老虎
手中没把米,叫鸡鸡不来
守法朝朝乐,欺公日日忙
受尧之诛,不能称尧
书生治兵,十城九空
蜀中无大将,廖化作先锋
树大好遮阴
树大阴凉大
树大招风,名高招忌
树倒猢狲散
树高不能撑着天
树怕软藤缠
树欲静而风不息
树长千尺,叶落归根
竖起招兵旗,不怕没有吃粮人
摔了个跟头,拾了个明白
拴住人,拴不住心
水沟不通四处流
水过地皮湿
水火不相容
水流千里归大海
水清石自见
水清无大鱼
水太清则无鱼,官太清则无利
水中捞月一场空
顺德者昌,逆德者亡
顺天者昌,逆天者亡
说谎不瞒当乡人
说破的鬼不害人
私凭文书官凭印
死店活人开

死了张屠夫，不吃浑毛猪
死人身边自有活鬼
死人头上无对证
岁寒知松柏，国乱显忠臣
孙猴儿跳不出如来佛的手心

T

他弓莫挽，他马莫骑
他要我肝花，我要他肚肠
贪小便宜吃大亏
太公钓鱼，愿者上钩
太平本是将军定，不许将军见太平
堂上一呼，堂下百诺
塘里无鱼虾也贵
天不生无用之人，地不长无用之草
天不打吃饭人
天大的官司倒将来，磨大的银子碾将去
天狗吃不了日头
天晴不肯走，只待雨淋头
天无二日，人无二理
天下人管天下的事，世间人管世间人的事
天下事抬不过个理去
天下未乱蜀先乱，世界易平川难平
天下衙门朝南开，有理无钱甭进来
天子犯法与庶民同罪
田鸡要命蛇要饱
条条大路通罗马
铁打的衙门流水的官
听传言失落江山
听人劝，吃饱饭
听话听声，锣鼓听音
庭院里跑不开千里马，花盆里育不出千年松
铁匠做官只是打
同行是冤家

偷鸡不着，反折一把米
偷柴过岗，捉奸捉双
偷来的财易尽，买来的官易坏
头儿顶得天，脚儿踏得地
头头不了，账账不清
头雁顶住风，群雁跟着冲
头雁引路雁群随
图他一粒米，失却半年粮
兔子尾巴长不了
兔子满山跑，还得回老窝
陀螺不抽不转
退一步想，过十年看

W

瓦罐不离井上破，将军难免阵中亡
外举不避仇，内举不避亲
外明不知里暗事
玩是玩，笑是笑
顽症还需猛药医
碗小碟大，磕着碰着
万夫一力，天下无敌
万金易抛，旧土难舍
万事分已定，浮生空自忙
万事俱备，只欠东风
万物人为贵
亡羊而固牢不为迟，见兔而呼狗不为晚
王法本于人情，人情大于王法
王言如天语
王子犯法，与庶民同罪
往日无仇，近日无冤
为官不与民做主，枉掌纯金印一颗
为官是一时，为人是一世
为了虱子烧个袄
为了一口气，宁丢十亩地

为人别当差，当差不自在
为人处世两件宝，和为贵来忍为高
文不能安邦，武不能定国
文不文，武不武
文不瞎编，武不擅动
文臣安社稷，武将定戈矛
文官把笔安天下，武将持刀定太平
文官不爱财，武将不怕死
文官动动嘴，武官跑断腿
文官三只手，武官四只脚
文能克武，柔能克刚
文齐福不齐
文死谏，武死战
文武之道，一张一弛
文章自古无凭据
巫师斗法，病人吃亏
屋漏在上，知之在下
诬告加三等
无刁不成状
无风起浪
无根的浮萍，长不成栋梁之材
无功不受禄
无功受禄，寝食不安
无官不贪，无商不奸
无官一身轻
无粮不聚兵
无马狗用犁
无事不登三宝殿
无赃难定罪
武不善作
五里不同天，十里不同俗
物必先腐，而后虫生

X

洗脸莫怕擦鼻子
瞎驴上不了板桥
下了山的老虎不如狗
下民易虐,上苍难欺
下有茯苓,上有菟丝
先打后商量
先君子后小人
先礼而后兵
先说断,后不乱
先下米,先吃饭
先下手为强,后下手遭殃
贤者在位,能者在职
县官不如现管
降龙自有降龙手,捉鬼还得捉鬼人
相骂无好言,相打无好拳
相马失之瘦,相士失之贫
乡有乡规,民有民俗
向情向不了理,向理向不了情
斩草不除根,萌芽依旧发
小鬼跌金刚
小民斗官,只能转圈
小泥鳅翻不起大浪
小钱不去,大钱不来
小石头打坏大缸
小腿扭不过大腿
笑骂由他笑骂,好官我自为之
邪不胜正
新兵怕炮,老兵怕号
新官上任三把火
心正何愁着鬼迷
信人调,丢了瓢
行动有三分财气

行下春风望秋雨
行不更名,坐不改姓
行船走马三分命
行车有车道,唱歌有曲调
雄鹰飞得再高,影子还在地上
秀才遇见兵,有理讲不清
省事不如省官
血债要用血来还

Y

衙门的钱,下水的船
衙门口向南开,有理无钱莫进来
严将出强兵,严婆出巧媳
炎炎者灭,隆隆者绝
阎王不嫌鬼瘦
阎王斗气,小鬼难活
阎王好做,小鬼难当
盐也只有那么咸,醋也只有那么酸
盐卤点豆腐,一物降一物
眼观旌旗捷,耳听好消息
眼中钉,肉中刺
眼睛跳,晦气到
雁飞千里靠头雁
燕雀居堂,不知祸到
羊肉不曾吃,空惹一身膻
羊有头,人有主
养儿当兵,种地纳粮
养虎自遗患
养家千百口,作罪一人当
养军千日,用在一时
养生不若放生
养子不教如养驴,养女不教如养猪
要吃清泉水,就得地理鬼
要打仗,拜大将;要打磨,请石匠

要得活儿多，还得吃与喝
要叫马儿跑，得叫马儿多吃草
要破东吴兵，还得东吴人
要取骊龙项下珠，先须打点降龙手
要想斗争巧，全凭智谋高
要知海深问渔夫，要知山高问猎户
要知山下路，须问过来人
要知心腹事，但听口中言
野马脱缰要乱套，人无法律要乱套
夜不闭户，路不拾遗
夜猫子不黑天不进宅，黄鼠狼不深夜不叼鸡
夜猫子害怕见太阳
夜入人家，非奸即盗
一百饶一下，打汝九十九
一棒打两只鸡
一辈子不出马，到老是个卒
一朝权在手，便把令来行
一朝时运至，半点不由人
一朝天子一朝臣
一床锦被遮盖
一夫当关，万夫莫开
一夫拼命，万夫难敌
一竿子打不倒一船人
一个不摘鞍，一个不下马
一个槽上拴不下俩叫驴
一个将军一道令
一个神仙一套法
一个土地爷好烧香，两个土地爷难磕头
一棍打一船
一家有一个主，一庙有一个神
一将功成万骨枯
一将舍命，万将难敌
一将无谋，累死千军；一帅无谋，挫丧万师
一马当先，万马奔腾
一年种谷，三年生金
一人藏物，千人难寻

一人看一步,十人看百里
一人为私,两人为公
一人在朝,百人缓带
一人之下,万人之上
一日动干戈,十年不太平
一日官事十日打
一日为官,强似千载为民
一日纵敌,万世之患
一山不藏二虎
一时之胜在于力,千古之胜在于理
一事到官,十室牵缠;一人入狱,一家尽哭
一世为官三世累
一手遮不了天
一岁主,百岁奴
一碗凉水看到底
一言兴邦,一言丧邦
一叶蔽目,不见泰山
一叶落知天下秋
一症配一药,跳蚤无涎捉不着
一枝一叶总关情
一只碗不响,两只碗叮当
一正敌千邪
一子出家,九祖升天
一子受皇恩,全家食天禄
一字入公门,九牛拔不出
一进侯门深似海
依了佛法饿杀,依了王法打杀
医得眼前疮,剜却心头肉
疑人莫用,用人莫疑
以狼牧羊,何能长久
以毒攻毒,以火攻火
以利相交者,利尽而疏
以小人之心,度君子之腹
义理之勇不可无,血气之勇不可有
阴天不见晴天见,白天不见晚上见
英雄所见略同

迎风的饺子，送行的面
迎风儿簸簸箕
用人容易识人难
用之则为虎，不用则为鼠
有兵刃的气壮，无家伙的胆虚
有车就有辙，有树就有影
有大略者不可责以捷巧，有小智者不可任以大功
有洞必有妖，有鱼必有鲨
有钢使在刃上
有理不可灭，无理不可兴
有理不在声高
有理没理三扁担
有理说不弯
有理言自壮，负屈声必高
有理走遍天下，无理寸步难行
有例不兴，无例不灭
有苗留在垄上，有话说在理上
有奶便是娘
有钱得生，无钱得死
有钱难买背后好
有星皆拱北，无水不朝东
有治人，无治法；有智赢，无智输
与其找临时马，不如乘现时驴
鹬蚌相争，渔人得利
欲知其人，观其所使
冤有头，债有主
远来和尚好看经

Z

宰相肚里撑舟船
宰相家奴七品官
宰相须用读书人
斩草不除根，萌芽依旧生
斩草除根，萌芽不发

占小便宜吃大亏
站得高，看得远
战无不胜，攻无不取
丈八的灯台，照见人家照不见自己
招军买马，积草屯粮
知底莫过当乡人
知法犯法，罪加一等
知情不报，罪加一等
执法不留情，留情法不容
指冬瓜骂葫芦
只见树木，不见森林
只开弓不放箭
只怕睁着眼儿的金刚，不怕闪着眼儿的佛
只有不快的斧，没有劈不开的柴
只有错捉，没有错放
只有千日做贼，哪有千日防贼
只有鱼吃水，没有水吃鱼
只知我外面行状，不知我肚内文章
只重衣衫不重人
治乱世，用重刑
治一经，损一经
鸷鸟将击，卑飞敛翼
智过禽获得禽，智过兽获得兽
针尖对麦芒
珍珠掺着绿豆卖，一样价钱也抱屈
争得猫儿丢了牛
政如冰霜，奸宄消亡；威如雷霆，寇贼不生
忠臣不怕死，怕死不忠臣
忠臣孝子人人敬，佞党奸贼留骂名
忠臣择主而侍，好鸟择木而栖
忠孝不能两全
忠言逆耳利于行，良药苦口利于病
种瓜得瓜，种豆得豆
重赏之下，必有勇夫
众人的眼睛是杆秤
主将无能，累死三军

抓奸要双，捉贼要赃
抓鱼要掐鳃，捉蛇要攥头
捉奸在床，捉赌在场
捉贼须捉赃，捉奸须捉双
最能拉车的牛，最先挨人的刀
早晨不做官，晚夕不唱喏
早晨栽下树，到晚要乘凉
早知三日事，富贵几千年
在官言官，在府言府，在库言库，在朝言朝
自家有病自家知，自古兴亡不由人
纵虎归山，后患无穷
纵子如纵虎
作恶恐遭天地责，欺心犹怕鬼神知
作福不如避罪
坐得正来立得正，哪怕和尚尼姑合板凳
坐山观虎斗
坐饮家乡水也甜
做事要在理，煮饭要有米

第十章　劳动生产谚语

A

挨饿受穷，不吃籽种
拗气损财

B

拔根汗毛都比腰粗
白酒红人面，黄金黑世心
白米饭好吃田难种，鱼汤鲜美网难抬
百货中百客，百样生意百样做
百里不贩樵，千里不贩籴
百年土地转三家
百问不烦，百挑不厌
百行百业农为首，百亩之田肥当先
百业农为本，万般土里生
百艺百穷，九十九艺空
百艺防身
百艺好学，一窍难得
帮艺不帮钱
褒贬是买主，喝彩是闲人
饱备干粮晴备伞，丰年也要防歉年
保水就是保谷仓，积水就是积米粮
保土必先保水，治土必先治山
本钱易寻，伙计难讨
本小利微，本大利宽

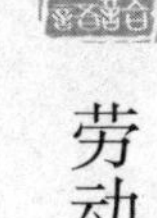

秕糠哪里榨得出油来
扁担是条龙,一生吃不穷
薄地怕穷汉,肥地怕懒汉
薄艺随身,赛如娘跟
捕生不如捕熟
不当撑船手,不会摸篙竿
不懂生意经,买卖做不成
不懂庄稼脾气,枉费一年力气
不会打仗不吃粮,不会唱歌不卖糖
不会念经,休做和尚;不会上鞋,休做皮匠
不会蚀本,就不会赚钱
不会使用钱,买卖做不圆
不将辛苦意,难得世间财
不劳动者不得食
不冷不热,五谷不结
不怕不卖钱,就怕货不全
不怕不识货,就怕货比货
不怕该债的精穷,只怕讨债的英雄
不怕奸,只怕难
不怕麻糖棍棍,就怕黄米包粽
不怕卖不了,就怕货不好
不怕年灾,就怕连灾
不怕千招会,就怕一招独
不怕歉一年,就怕连年歉
不怕人不请,就怕艺不精
不怕舌头不灵活,就怕手心无钢火
不怕凶,只怕穷
不蚀小本,求不来大利
不是撑船手,休来弄竹竿
不信神,不信鬼,全凭自己胳膊腿
不义取财,如以身为沟壑
不义之财不可发
不义之财不可贪
不忧年俭,但忧廪空

C

财不露白
财从细起
财大气粗,艺高口狂
财动人心
财多身弱
财发精神长
财可通神
财命两相当
财去身安乐
财上分明大丈夫
财是福之苗,钱是人之胆
财压奴婢,艺压当行
裁缝不落布,卖脱家主婆
裁衣不及缎子价
残物不过半价
仓廒府库,抹着便富
槽头买马看母子
草膘料力水精神
草锄不尽,终究是庄稼的害
草窝里饿不死睁眼的蛇
草鞋没样,边打边像
插柳莫叫春知
茬口不换,丰年变歉
差人见钱,猫鼠同眠
长袖善舞,多钱善贾
常赌无赢客
常将有日思无日,莫待无时想有时
车不站险地
车有车路,船有船路
称家丰俭不求余
撑死胆大的,饿死胆小的
成大事者不惜小费

成家之子，惜粪如金
成家子，粪如宝；败家子，钱如草
城吃镇，镇吃乡，乡人吃到老荒庄
吃不穷，穿不穷，打算不到死受穷
吃鸡蛋不吃鸡母
吃酒红人面，财帛动人心
吃哪行饭，说哪行话
吃三年薄粥，买一头黄牛
吃一行怨一行
赤脚的赔不起穿鞋的
赤脚人赶兔，着靴人吃肉
重茬谷，守着哭
重阳湿漉漉，穰草千钱束
重阳无雨一冬晴
抽头聚赌，犹如杀人放火
出处不如聚处
出家人安一口锅，也跟俗家差不多
出门看天气，买卖看行情
出外做客，不要露白
初三初四蛾眉月
初三见月初四亮，初五初六放豪光
初三月下有横云，初四日里雨倾盆
初一扎针十五拔，强似挨门求人家
除夜犬不吠，新年无疫疠
锄头三寸泽
处家人情，非钱不行
处暑后十八盆汤
触露不掐葵，日中不剪韭
船不离舵，客不离货
船多不碍港，车多不碍路
船家不打过河钱
船无水不行，事无钱不成
床头黄金尽，壮士无颜色
床头千贯，不如日进分文
床头有箩谷，勿怕无人哭
吹少捧老骂中年

春不刮地不开，秋不刮籽不来
春不种，秋不收
春初早韭，秋末晚菘
春打六九头，吃穿不用愁
春分分芍药，到老不开花
春耕加一寸，顶上一遍粪
春耕宜迟，秋耕宜早
春来一把籽，秋来一把镰
春灭一条虫，秋收万颗粮
春牛如战马，催膘第一桩
春天比粪堆，秋天比粮堆
春天后母面
春天三冷三暖，人生三苦三乐
春天误一晌，秋天误一场
春为花博士，酒是色媒人
慈不掌兵，义不主财
此地无朱砂，红土子为贵
葱多不去皮，萝卜多了不洗泥

D

打赤脚不怕穿鞋的
打卦打卦，只会说话
打耗子还得个油纸捻儿
大船打烂了还剩三千钉
大粪南瓜鸡粪椒，羊粪长出好棉花
大富由命，小富由勤
大官不要钱，不如早归田；小官不索钱，儿女无姻缘
大锅里有饭，小锅里好办
大海不禁漏卮
大寒一场雪，来年好吃麦
大河里有水小河里满
大河涨水小河满，锅里有了碗里就有
大人物不可一日无权，小百姓不可一日无钱
单身汉的钱多，讨了婆娘烧破锅

胆大的撑个死，胆小的饿个死
胆小发不了大财
但添一斗，不添一口
当地不当路，买地不买河
当面数清不恼人
道路难行钱作马，城池不克酒为兵
稻多打出米来，人多讲出理来
稻秀雨浇，麦秀风摇
得人钱财，与人消灾
得一望十，得十望百
得智慧胜过得金子
地肥禾似树，土薄草如毛
地靠粪养，人靠饭长
店大欺客，客大欺店
店家不打隔夜钱，船家不赊过河钱
钓大鱼离不了长竹竿
爹有弗如娘有，娘有弗如老婆有；老婆有还要开开口，弗如自有
丢了找不着，死了哭不活
丢钱是买主，说话是闲人
冬天麦盖三层被，来年枕着馒头睡
冬无雪，麦不结
冬雪胜如宝
豆腐店做一朝，不及肉店一刀
豆芽不坏桶，是个挖钱孔
赌钱场上无父子
多得不如现得
多里捞摸
多能多干多劳碌，不得浮生半日闲
多求不如省费
多算胜少算

E

儿多尽惜，财多尽要
儿时练功易，老来学艺难

F

法律无灵,钱神作祟
法能为买卖,官可做人情
饭到口,钱到手
房中有人,好管金银
纺车头上出黄金
放了三年羊,给个县长都不当
放鱼如放金
肥冬瘦年
肥田不如瘦水
分香莲,不论钱
粪大水勤,还得靠技术革新
粪田胜如买田
丰年要当歉年过,有粮常想无粮时
丰年珠玉,俭年谷粟
风吹鸭蛋壳,财去人安乐
封山不育林,等于白费神
逢春落雨到清明
父若做主事,金银自来至;车载与斗量,任凭公子使
富不露财
富不学奢而奢,贫不学俭而俭
富不与官斗
富藏于地
富从升合起,贫从不算来
富得快,跑买卖
富儿更替做
富儿离不开穷汉,肥田离不开瘦水
富贵本无根,尽从勤里得
富贵不归故乡,如衣绣夜行
富极是招灾本,财多是惹祸因
富家一席酒,穷汉半年粮
富家一盏灯,太仓一粒粟;贫家一盏灯,父子相聚哭
富人报人以财,贫人报人以命

富人家日子好过，穷人家孩子好养
富日子好过，穷家难当
富无根，贵无种
富嫌千口少，贫恨一身多
富向富，贫向贫，当官的向那有钱人
富易交，贵易妻
富则盛，贫则病
富者怨之丛

G

干亲不如钱亲
干土打不成高墙，没钱盖不成瓦房
敢开高价口，必有识货人
高楼一席酒，穷汉半年粮
隔行如隔山
耕问仆，织问婢
工多出巧艺
狗咬挎篮的，贼抢有钱的
姑娘穷了有一嫁，婆家穷了无穿戴
官不贪财，兵不怕死
官大福大势大，财粗腰粗气粗
官儿的眼睛是黑的，打官司人的银子是白的
官儿做得越大，心里越想要钱，话儿越说得好听，做出事来越难看
官凭文引，私凭要约
官无大小，要钱一般
官要响亮，钱来挡挡
龟通海底
贵了贫，还穿三年绫
贵买田地，积与子孙
贵人不用忙，自有黄金用斗量
过了冬，长一针；过了年，长一线

H

寒钱休要赌
旱种塘,涝种坡,不旱不涝种沙窝
航船不载无钱客
豪门不打倒,穷人难翻身
好处安身,苦处用钱
好赌者身贫无怨
好舵手会使八面风
好钢要使在刀刃上
好过的年,难过的春
好汉不贪色,英雄不贪财
好汉不挣有数钱
好汉无钱到处难
好伙计勤算账
好货不便宜,便宜没好货
好货不怕看,怕看没好货
好货不怕行家瞧
好借好还,再借不难
好借债,穷得快
好金出在沙子里,好肉出在骨头边
好酒不怕巷子深
好男勿鞭春,好女勿看灯
好年盛景看腊月
好亲眷,莫交财;交了财,断往来
好物不贱,贱物不好
好账不如无
行大欺客
行家伸伸手,便知有没有
喝酒喝厚了,赌钱赌薄了
喝水不忘掘井人
和气不蚀本
和气生财
和气致祥,乖气致戾

和尚见钱经也卖,瞎子见钱眼也开
河里无鱼市上取
荷锄候雨,不如决渚
黑炭洗不白,金子染不黑
横财不富命穷人
狐白之裘,非一狐之腋
湖广熟,天下足
湖区出好谷,山区有好屋
猢狲种树,弗了不住
葫芦开开才是瓢,种子下地才成苗
化缘和尚大手脚
欢喜破财,不在心上
还债容易还情难
荒年饿不死手艺人
荒山变林山,不愁吃和穿
慌不择路,饥不择食
皇帝的女儿不愁嫁
黄金遍地走,单等有志人
黄金未为贵,安乐值钱多
黄金有价人无价,万金难买美多才
黄金置身贵,文章不疗饥
黄鼠狼的崽子,一代不如一代
会家不难,难家不会
会嫁的嫁对头,不会嫁的嫁门楼
婚姻论财,夷虏之道
火到猪头烂,钱到公事办
货比三家不吃亏
货到地头死
货好还得会吆喝
货卖当时
货卖一张皮
货卖与识家
货无大小,缺者便贵
货有高低三等价,客无远近一般看

J

饥不择食,寒不择衣,慌不择路,贫不择妻
饥荒年饿不死手艺人
饥时饭,渴时浆
饥时一粒,胜似饱时一斗
饥者易为食,寒者易为衣
鸡蛋换盐,两不见钱
鸡多不下蛋,人多吃闲饭
鸡是盐罐,猪是钱罐
积财千万,不如薄技在身
积谷防饥,养子防老
积金不如积德,克众不如济人
计毒无过断粮
家里无钱莫做官
家贫不办素食,匆冗不暇草书
家贫犹自可,路贫愁煞人
家破值万贯
家土换野土,一亩顶两亩
家无千百万,莫想优拔看
家无生活计,不怕斗量金
家无滞货不发
家有敝帚,享之千金
家有常业,虽饥不饿;国有常法,虽危不亡
家有黄金,外有斗秤
家有黄金千万两,堂前无子总徒劳
家有千金,不如日进分文;良田万顷,不如薄艺随身
家有千棵柳,不用满山走
家有千口,主事一人
家有千万,小处不可不算
家有十只兔,不缺油盐醋
家有万贯,不如出个硬汉
家有万贯,吃穿领先
家有万贯,顶不住一座破窑烂店

家有万贯,还有个一时不便
家有万千,小处不可不算
家有万石粮,不如生个好儿郎
家有万石粮,挥霍不久长
家有一园茶,累得子孙似狗爬
家中打车,外面合辙
家中有金银,隔壁有戥秤
家中有粮,人心不慌;手中有钱,万事好办
家中有无宝,但看门前草
价高招远客
价钱便宜无好货
价一不择主
驾船不离码头,种田不离田头
俭是聚宝盆,勤是摇钱树
见大头不捉三分罪
见苗就有三分收
见贫休笑富休夸,谁是常贫久富家
贱里买来贱里卖,容易得来容易舍
将钱买田,不如穷汉晏眠
交够征购粮,成了自在王
交通在屠沽
交易不成仁义在
揭债要忍,还债要狠
令不饶人
节约油,油满罐;节约钱,钱成串
借债还债,窟窿常在
借债容易还债难
金盆虽破值钱宝,分两不曾短半分
金钱粪黄土,医德值万金
金钱难买命,王法不饶人
金钱能使鬼推磨
金钱是个宝,缺它好不了
金银不过手
金银不露白
金银财宝,身外之物
金银压死人

金玉有余，买镇宅书
金子终得金子换
紧细的庄稼，要要的买卖
尽听蝲蝲蛄叫，别种庄稼了
近家无瘦地，遥田不富人
进了赌博场，不认亲爹娘
荆人不贵玉，蛟人不贵珠
惊蛰闻雷米似泥
镜越磨越亮，泉越汲越清
九九八十一，家家做饭坡里吃
九里风，伏里雨
九日雨，米成脯
九月九，蚊虫叮石臼
久看成行家
聚者易散，散者难聚
绝技不传人
君子爱财，取之以道
君子救急不救富
骏马能历险，耕田不如牛

K

开店的不怕大肚汉
开店容易守店难
开过药铺打过铁，百样生意只好歇
开买卖不养张嘴货
砍柴容易下山难
砍柴上山，捉鸟上树
砍的不如旋的圆
看人看穿戴，生意看招牌
看人挑担不费力，自己挑担重千斤
看山吃山，看水吃水
糠壳不肥田，到底能松个脚
炕烧暖了，被窝儿自然热
靠山吃山要养山，造林成林要护林

靠着大河有水吃,靠着大树有柴烧
靠着蜜罐子,哪能不沾蜜
刻薄不赚钱,忠厚不折本
刻薄成家,理无久享
客不离货,财不露白
客大欺行,行大欺客
空花不结实,空话不成事
空话一场,五谷不长
空手打空拳
库里有粮心不慌,手里有钱喜洋洋

L

腊月水土贵三分
腊月有三白,猪狗也吃麦
来时容易去时快
来有来源,去有去路
懒妇思正月,馋妇思寒食
懒汉种荞麦,懒妇种绿豆
懒驴上磨屎尿多
郎多好种田
老儿不发狠,婆儿没布裙
冷在三九,热在三伏
力大压百艺
力能胜贫,谨能胜祸
力气是奴才,使了又回来
力生于速,巧生于技
立春日暖,冻杀百鸟卵
立秋十八暴
立夏不下,田家莫耙
立夏鹅毛住
利之所在,无所不趋
良田不如良佃
良田万顷,日食一升;广厦千间,夜眠七尺
良医之门病人多

两春夹一冬,无被暖烘烘
两个肩膀扛着张嘴
两手难捉两条鱼
猎狗的鼻子药农的眼
猎人进山只见禽兽,药农进山只见草药
林中不卖薪,湖上不鬻鱼
林中多疾风,富贵多谀言
临财毋苟得,临难毋苟免
六腊月,不过河
六九五十四,乘凉不入寺
六九五十四,贫儿争意气
六腊不交兵
六月不热,五谷不结
六月初三打个黄昏阵,上昼耘稻下昼困
六月初三晴,山筱尽枯零;六月初三一阵雨,夜夜风潮到立秋
六月的日头,后娘的拳头,媒人的舌头
六月的太阳三九的风,蝎子的尾巴女人的心
六月六,看谷秀
六月六,猫儿狗儿同洗浴
六月六,晒得鸡蛋熟
六月无蝇,新旧相登
六月有迷雾,要雨直到白露
六月债,还得快
鲁班虽巧,量力而行
路通百业兴
萝卜花了肉价钱
落水要命,上岸要钱
羸牛劣马寒食下

M

麻耘地,豆耘花
马达一响,黄金万两
马无夜草不肥,人无外财不富
马有四蹄行千里,人有双手创奇迹

买便宜是上当的后门
买不来有钱在，卖不出有货在
买金须问识金家
买静求安
买马也索籴料
买卖不成交情在
买卖不成仁义在
买卖成交一句话
买卖揽庄户，日子必定富
买卖看行情，早晚价不同
买卖买卖，和气生财
买卖买卖，两头情愿
买田不买粮，嫁女不嫁娘
买主买主，衣食父母
麦锄三遍面满斗
麦盖三床被，守着馒头睡
麦过芒种根自死
麦过人，不入口
麦黄梢，累断腰
麦苗不丢寸
麦怕胎里旱
麦是胎里富，底肥要上够
麦收八十三场雨
麦收地干，来秋地湿
麦收短秆，豆打长秸
麦收就怕连阴雨
麦收三月雨
麦收一条沟，稻收一条埂
麦收最怕剃头风
麦熟一晌
麦穗发了黄，秀女儿也出房
麦旺四月雨
麦芽儿发，耩(用耧播种或施肥)棉花
麦要好，茬要倒
麦宜稠，谷宜稀
麦种三年，不选要变

麦子不分股,不如土里捂
麦子怀肚肚,里面套豆豆
麦子上场,小孩儿没娘
麦子胎里富,种子六成收
卖饭的不怕大肚汉
卖饭的不怕大肚子汉,卖酒的不怕海量
卖瓜的说瓜甜,卖醋的讲醋酸
卖金须是买金人
卖金须向识金家
卖油娘子水梳头,卖肉儿郎啃骨头
慢工出细活
漫天要价,就地还钱
忙不择价
芒种端午前,处处有荒田
芒种糜子乱种谷
芒种前后,背夫逃走
芒种雨,百姓苦
芒种之日见麦茬
盲人有竹,哑巴有手
茂木丰草,有时而落
没本钱买卖,赚起赔不起
没本钱做不成买卖
没那金刚钻,不敢揽瓷器活
没钱低三辈
没钱说话如放屁,有钱说话屁也香
没有不开张的油盐店
没有打虎艺,不敢上山冈;没有擒龙手,不敢下海洋
每日省一钱,三年并一千
美产年年有,不入一人手;有土自有财,悖入财不久
昧心钱赚不得
门门有路,路路有门
门前插柳青,农夫休望晴;门前插柳焦,农夫好作娇
米粉越磨越细,手艺越做越精
面软的受穷
明正暗至
命里无财该受穷,富贵都是天铸成

摸摸春牛脚,赚钱赚得着
莫嫌利润小,只要顾客多
莫饮过量酒,莫贪意外财
谋财容易守财难
谋大事者不惜小费
木奴(泛称果树和其他具有经济价值的树木)千,无凶年

N

哪个鱼儿不识水
男的是耙耙,女的是匣匣,不怕耙耙齿少,只怕匣匣没底
男勤耕,女勤织,足衣又足食
男人挣钱,女人腰圆
男是冤家女是债
难拜年,易种田
能挣不如能省
你拨你的算盘,我打我的主意
你不借我磨刀雨,我不准你晒龙衣
拈不得轻,负不得重
年逢大荒,先禁三坊
年年有储存,荒年不慌人
年轻不攒钱,老来受艰难
鸟为食死,人为财亡
宁当有日筹无日,莫待无时思有时
宁可卖了悔,休要悔了卖
宁可人前全不会,不可人前会不全
宁可无了有,不可有了无
宁可无钱,不可无耻
宁少路边钱,莫少路边拳
宁舍千金献真佛,不拔一毛插猪身
宁养龙,不养熊
牛马年,好种田
牛食如浇,羊食如烧
牛是口粮神,少了饿死人
牛头不烂,多费柴炭

农不经商不富，马无夜草不肥
农民观天气，商人观市场

P

怕见的是怪，难躲的是债
赔钱招汉子，折本费工夫
彭祖寿八百，不可忘了植蚕植麦
匹夫无故获千金，必有非常之祸
匹夫无罪，怀璧其罪
拼得自己，赢得他人
拼死吃河豚
贫不与富斗，富不与势争
贫家百事百难做，富家差得鬼推磨
贫家富路
贫穷不为耻，懒惰真是羞
平原地区怕水淹，高山地区怕干旱
便宜无好货
破财是挡灾
破车不挡好道
破家值万贯，一搬三年穷
破人生意如杀人父母

河豚

Q

七犁金，八犁银，九月犁地饿死人
七十二行，行行出状元
七十二行，庄稼为王
七月半栽大蒜，一棵能长四两半
七月草是金，八月草是银
欺众不欺一
骑马寻马
骑秋一场雨，遍地出黄金
起了个五更，赶了个晚集

起五更,爬半夜
起新不如买旧
汽车一响,黄金万两
千金不死,百金不刑
千金难买后悔之药
千金难买穷济贫
千金难买相连地
千金难买一口气
千金之子,不死于市
千里为官只为财
千卖万卖,折本不卖
千年田,八百主
千钱赊不如八百现
千镪而家藏,不如铢两而时入
千日锛子百日斧
千文许要,一文许还
千行万千,庄稼是头一行
千招要会,一招要好
千做万做,蚀本生意不做
前门进老子,后门进儿子
前身高一掌,只听犁耙响;前身低一掌,只听鞭杆响
钱不可使尽,话不可说尽
钱财份上无父子
钱财如流水,流去还能回
钱财入手非容易,失处方知得处难
钱财是身外之物
钱财通性命
钱财易处,门路难寻
钱财招祸
钱到公事办,火到猪头烂
钱多不烧手
钱多腰杆硬,力大嗓门粗
钱赶赢家
钱会摆,银会度
钱尽情义绝
钱可使鬼

钱可通神
钱可以买到伙伴,但买不到朋友
钱买众人和
钱难挣,屎难吃
钱能长利,穷能生义
钱能成事,也能败事
钱入山门,功归施主
钱是白的,眼是红的
钱是奴才,用了还来
钱是人之胆,财是富之苗
钱是死的,人是活的
钱是贪夫饵,徘徊自上钩
钱是爷,钱是娘,一天没钱急得慌
钱为人之胆
钱无耳,可暗使
钱压奴婢,艺压当行
钱要用在刀口上
钱有眼,谷有鼻,飞来飞去无定地
钱在手头,食在口头
欠人的理短,吃人的嘴软
欠债变驴变马填还
欠债还钱,天经地义
欠债如管下,还了两平交
欠账不昧,见官无罪
欠账不欠情
强盗不入五女之门
抢人主顾,如杀父母
抢收如救火
抢着不是买卖,拉着不是亲戚
巧干来自熟练,熟练来自实践
窍门满地跑,看你找不找
亲戚不共财,共财再不来
亲戚明算账,父子钱财清
亲是亲,财是财
亲是亲,钱财分
亲兄弟,明算账

亲兄弟借钱如白捡
勤勤干，满满饭
勤人活路多，懒人瞌睡多
勤人急在腿上，懒人急在嘴上
勤为摇钱树，俭是聚宝盆
晴干冬至湿濛年
穷官儿好如富百姓
穷汉无年节
穷极买奖票，发财看广告
穷家富路
穷家值万贯
穷看碗里富看穿
穷客人富盘费
穷人的汗，富人的饭
穷人告状，白跑一趟
穷人思旧债
穷人死一口，不如死条狗
穷人有个穷菩萨
穷算命，富烧香
穷虽穷，还有三担铜
穷文富武
秋孛镰，损万斛
秋忙麦忙，绣女下床
秋前拔稗，强如放债
秋茄晚结，菊花晚发
秋十天，麦三晌
秋收稻，夏收头
秋霜夜雨肥如粪
秋天的骨朵怕霜打
秋天划破皮，等于春天犁十犁
秋天猫猫腰，足够一冬烧
趋名者于朝，趋利者于市
犬生独，家富足
劝君莫打三春鸟，子在巢中望母归

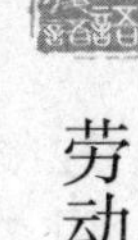

R

人爱富的，狗咬穷的

人不哄地皮，地不哄肚皮

人不划算家不富，火不烧山地不肥

人不识货钱识货

人过三十五，好比庄稼到处暑

人好不如家伙妙

人哄地皮，地哄肚皮

人叫人千声不应，货叫人点首而来

人敬有钱的，狗咬提篮的

人看对眼，货看顺眼

人靠饭养，苗靠粪长

人靠运气马靠膘

人亲有的，狗咬丑的

人勤地不懒，黄土变成金

人勤地有恩，黄土变成金

人穷长力气，人富长脾气

人穷当街卖艺，虎瘦拦路伤人

人穷客前矮半截

人穷理短，有钱气粗

人穷穷在债里，天冷冷在风里

人少好过年，人多好种田

人生祸福总由天

人生天地间，庄农最为先

人是富贵眼

人是活财，钱是死宝

人是英雄钱是胆

人熟地灵，生财有道

人为财死，鸟为食亡

人无三代穷

人无笑脸休开店

人误地一时，地误人一年

人有薄技不受欺

人有两只脚，银子有八只脚
人有七贫八富
人有一技之长，不愁家无米粮
人走运门板也挡不住
仁不统兵，义不聚财
忍耐忍耐，家财还在
任叫人忙，不叫田荒
日出而作，日入而息
日下一言为定，早晚时价不同
若说钱，便无缘
若要富，守定行在卖酒醋；若要官，杀人放火受招安
若要富，土里做；若要饶，土里刨

S

三百六十行，行行出状元
三百六十行生意，不如鬻书与毛氏
三春不赶一秋忙
三春戴荠花，桃李羞繁华
三番谢灶，胜做一坛清醮
三分匠人，七分主人
三分毛利吃饱饭，七分毛利饿死人
三伏不热，五谷不结
三个五更顶一工
三年护林人管树，五年护林树养人
三年郎中妻，抵得半个医
三年桃，四年杏
三年易考文武举，十年难考田秀才
三千索，直秘阁；五百贯，擢通判
三日卖不得一担真，一日卖了三担假
三月三，九月九，无事不向江边走
三月三，苦菜叶往上钻
三月三，蚂蚁上灶山
三月三日晴，桑上挂银瓶；三月三日雨，桑叶无人取
三月思种桑，六月思筑塘

三月茵陈四月蒿,五月六月砍柴烧
三早当一工
杀头生意有人做,亏本生意无人做
山不碍路,路自通山
山大砍来自有柴
山怕无林海怕荒,人怕老来花怕霜
山上多种树,等于修水库;雨多它能喝,雨少它能吐
山是摇钱树,海是聚宝盆
善钱难舍
商场如战场
上赶着不是买卖
上门买卖好做
上坡骡子下坡马
上无片瓦遮身,下无立锥之地
烧干柴,吃白米
烧石灰见不得卖面的
烧砖的窑里出不来细活
赊三不敌见二
赊三千弗如现八百
蛇有蛇路,鼠有鼠路
舍不得香饵,就钓不来金蟾
舍得宝调宝,舍得珍珠换玛瑙
社后种麦争回耧
社日酒治聋
神有神路,鬼有鬼路
生不带来,死不带去
生处好寻钱,熟处好过年
生意不成仁义在
生意不怕折,只怕歇
生意场上无父子
生意买卖一句话
生意上官船,不愁肚子圆
生意头上有火
省钱易饱,吃了还饥
失了财,免了灾
十耕萝卜九耕麻

十年九不收,一收胜十秋
十年辛苦不寻常
十日卖一担针卖不得,一日卖三担甲倒卖了
十月雷,人死用耙推
十月无工,只有梳头吃饭工
时间就是金钱,效率就是生命
食用量家道
食在口头,钱在手头
使的憨钱,治的庄田
使人家的钱手短,吃人家的饭口软
使人钱财,与人消灾
世上哪有不偷鱼的猫儿
世上钱财倘来物,那是长贫久富家
事忙先落账
势大仗权,腰粗仗钱
是财自个儿来
是儿不死,是财不散
手巧不如家什妙
手中有粮,心中不慌
受人之禄,忠人之事
瘦死的骆驼比马大
书呆子经商,老本儿赔光
输家不放口,赢家不能走
熟能生巧,巧能生精
树不成林怕大风
树不坚硬虫来咬
树长根,人长心
树大了空心,财多了黑心
树大生丫枝,人大生意思
树大招风
树根儿不动,树梢儿白摇
树蛮不落叶,雁飞不到处
树木不修剪,只能当柴砍
树挪死,人挪活
树怕剥皮,人怕揭短
树怕没根,人怕没理

树怕皮薄，人怕体弱
树往高处长，人往高处走
树无相同叶，人无相同脸
树要根生，儿要亲生
树要皮，人要脸
树要直，人要实
树正不怕月影斜
竖起招军旗，就有吃粮人
双手是活宝，一世用不了
霜降见霜，米烂陈仓
谁养孩子谁当娘，谁种土地谁收粮
水里得来水里去
睡不醒的冬三月
说得好听，不如练得艺精
说金子晃眼，说银子傻白，说铜钱腥气
说着钱，便无缘
死店活人开
死水怕勺舀，坐吃山也空
四体不勤，五谷不分
四月八，吃枇杷；五月五，熟透的杨梅快落土
苏湖熟，天下足
虽有凶岁，必有丰年

T

他财莫要，他马莫骑
贪便宜没好货
贪钱嫁老婿
汤里来，水里去
桃三杏四梨五年，枣子当年便还钱
讨饭是大人家的后门
讨账断主顾
天大官司，地大银子
天旱三年饿不死手艺人
天荒饿不死手艺人

天冷不冻下力人
天晴不开沟,雨落没处流
天上没有堕落龙,地上没有饿煞虫
天无三日雨,人没一世穷
天下道理千千万,没钱不能把事办
添钱不如细看
田舍翁当积三斛麦
田是主人人是客
贴人不富自家穷
铁匠没样,边打边像
同山打鸟,见者有份
同行不揭短,揭短砸人碗
同行是冤家
铜驴铁骡纸糊的马
铜钱眼里翻斤斗
铜钱银子是人身上的垢、鸭背上的水,去了又来
偷得爷钱没使处
头白可种桃
头有二毛好种桃,立不逾膝好种橘
土地不负勤劳人
土地是庄稼人的命根子

W

歪歪木头端匠人
歪嘴葫芦拐把瓢,品种不好莫怪苗
外财不扶人
外财不富命穷人
外甥有钱打舅舅
外头要个捞钱手,屋里要个聚宝盆
万般皆下品,唯有读书高
万两黄金容易有,钱财无义应难守
未吃端午粽,寒衣未可送
未霜见霜,粜米人像霸王
未蛰先雷,人吃狗食

文臣不爱钱，武臣不惜死
我有黄金千万两，不因亲者却来亲
屋要人支，人要粮撑
无本难求利
无官不贪，无商不奸
无禁无忌，黄金铺地
无酒不成市
无林无木，山区不富
无米莫养猪，无钱莫读书
无农不稳，无工不富，无商不活
无钱逼死英雄汉
无钱卜不灵
无钱拣故纸
无钱时后悔就来不及了
无钱同鬼讲，有钱鬼也灵
无事出门小破财
无私不成事
无盐不解淡
无有肥仙人、富道士
无债一身轻
五谷天下宝，救命又养身
五月及泽，父子不相借
五月旱，不算旱，六月连雨吃饱饭
武艺不能俱全
物定主财，货随客便
物见主，必定取
物离乡贵

X

稀为贵，多则贱，早入口的桃子鲜
媳妇到门前，还得个老牛钱
媳妇多了吃冷饭，头头多了事难办
瞎子见钱眼睛开
夏草是金，秋草是银

夏则资皮,冬则资絺
仙人难断叶价
先尝后买,知道好歹
先看后定,免得撮笨
先生讲书,屠夫讲猪
闲得住骡子,闲不住人
闲来置,忙来用
现钱买的手指肉
现在人养林,日后林养人;无灾人养树,有灾树养人
乡村四月闲人少
相金先惠,格外留神
向阳花木易逢春
小财不去,大财不来
小孩盼过年,大人愁腊月
小寒大寒,杀猪过年
小河有水大河满
小炉匠敢揽大瓷缸,怀里揣着金刚钻
小人债,弗隔夜
小账不可大算
心平斗满不欺人
新三年,旧三年,缝缝补补又三年
兄弟虽和勤算数
秀才无假客无真
袖里来袖里去
许的愿多,遭的难多
学得薄技在手,胜似腰缠万贯
学木匠先凿空,学铁匠先打钉
学艺不亏人
血汗钱,万万年

Y

鸭生蛋种田,鹅生蛋过年
鸭子肥不到蹼上去
牙关不开,利市不来

衙门的钱,下水的船
咽喉深似海,日月快如梭
言不二价
言多语失皆因酒,义断情疏只为钱
盐紧好卖,贼紧好偷
眼经不如手经,手经不如常舞弄
燕子含泥垒大窝
养马比君子
养猫捕鼠,蓄犬防家
养小防备老,栽树要阴凉
养驯的鸽子卖不完
养羊种姜,子利相当
养鱼如炼银
养账如养虎
养猪不赚钱,回头望望田
养猪要养荷包肚,养牛要养爬山虎
样样通,样样松
腰缠十万贯,骑鹤下扬州
腰间有货不愁穷
腰中有钱腰不软,手中无钱手难松
摇钱树,人人有,就是自己两只手
药农不知草名,渔翁不知鱼名
要吃鱼鲜,就不怕下海
要得富,险上做
要得穷,翻毛虫
要的般般有,才是买卖
要发财,去做官
要发家,种棉花
要和人家赛种田,莫与人家比过年
要钱不要命
要是不图三分利,谁爱早起爬五更
要想长远富,莫忘多栽树
要想吃饱饭,就得流大汗
要想发得快,庄稼带买卖
要想风沙住,山上多栽树
要想富,快栽樱桃树

要想富,先修路
要想富得快,最好做买卖
要想日子富,鸡叫三遍离床铺
要想赚钱,误了秋收过年
椰子椰子,一年育苗,五年结子,十年成荫
爷有不如娘有
爷有娘有,也要开口
野草难肥胎瘦马,横财不富命穷人
一不积财,二不积怨,睡也安然,走也方便
一场春风,对一场秋雨
一场官司一场火,任你好汉没处躲
一锄不能挖个井,一口不能吃个饼
一锄挖个金娃娃
一担河泥一担金,一担垃圾一担银
一法通,百法通
一肥遮百丑
一分胆量一分福,二分胆量一分财
一分耕耘,一分收获
一分广告十分利
一分价钱一分货
一分利撑死,十分利饿死
一分行情一分货
一富遮三丑
一个钱要掂掂厚薄
一家饱暖千家怨
一家富贵千家怨
一家富难顾三家穷
一粒良种,千粒好粮
一粒粮食一滴汗
一脸笑,三分财
一门不到一门黑
一年穷知县,十万雪花银
一年受灾,三年难缓
一年四季可栽柳,看你动手不动手
一年之计,莫如树谷;十年之计,莫如树木;终身之计,莫如树人
一年庄稼两年种

一钱不落虚空地
一钱为本
一锹撅了个银娃娃，还要寻他娘母儿哩
一人善射，百夫决拾
一日不识羞，三日不忍饿
一上赌场，不认爷娘
一手交钱，一手交货
一天省一把，十年买匹马
一文不值半文
一文钱逼死英雄汉
一物不成，两物现在
一心为老娘，羊肠小道也宽广；一心为钱财，就是大道也过不来
一夜只盖半夜被，米缸坐在斗笠里
一艺顶三工
一招鲜，吃遍天
衣来伸手，饭来张口
衣是人之威，钱是人之胆
移树无时，莫教树知
义不主财，慈不主兵
艺多不压身
艺高人胆大
艺高身价贵
易得不是宝，是宝不易得
寅吃卯粮，先缺后空
银钱到手非容易，用尽方知来处难
银子不打眼，又会说话又会喊
樱桃、桑葚，货卖当时
赢来三只眼，输去一团糟
用贫求富，农木如工，工不如商，刺绣文不如倚市门
用人的钱嘴软，欠人的债理短
用时不当，当时不用
由俭入奢易，由奢入俭难
有本不愁利
有本得利生
有膘是好马，有钱是好汉
有地不愁苗，有苗不愁长

有多大本钱,做多大生意
有根的多栽,有嘴的少养
有货不愁无卖处
有货穷不了客
有脸莫讨米,无钱莫告状
有了钱,万事圆
有千年产,没千年主
有钱不花,掉了白搭
有钱不买张口货
有钱不消周时办
有钱不置冤孽产
有钱不住东南房
有钱常记无钱日
有钱的人是过年,穷人是熬年
有钱弗买半年闲
有钱高三辈,无钱公变孙
有钱好办事,家宽出贤人
有钱活仙人,无钱活死人
有钱将钱用,无钱将命挨
有钱买得人心软
有钱买得手指肉
有钱没钱,光头过年
有钱男子汉,无钱汉子难
有钱难买不卖货
有钱难买回头看,头若回看后悔无
有钱难买五月旱,六月连阴吃饱饭
有钱娶伴大
有钱三尺寿,穷命活不够
有钱神也怕,无钱鬼也欺
有钱使得鬼动,无钱唤不得人来
有钱四十称年老,无钱六十逞英雄
有钱通神
有钱无子非为贵
有钱一时办,无钱空自喊皇天
有钱有酒多兄弟,急难何曾见一人
有钱诸事办

有钱走遍天下,无钱寸步难行
有勤无俭,好比有针无线
有人斯有土,有土斯有财
有天大的银子,就不怕地大的官司
有同行的货,没有同行的利
有香有纸,还怕请不动神
有心拜年,过了寒食也不迟
渔人观水势,猎人望鸟飞
与其欠钱,不如卖田
雨打墓头钱,今年好种田
雨露不滋无本草,混财不富命穷人
欲成家,置两犁;欲破家,置两妻
越渴越吃盐
云里千条路,云外路千条
运气好,莫起早

Z

栽树不管树,白受一场苦
在家不是贫,路贫贫杀人
攒钱好比针挑土,花钱好比浪淘沙
早晚时价不同
早知三日事,富贵一千年
增钱不如再看
债多不愁,虱多不痒
张口三分利,不给也够本
张三有钱不会使,李四会使却无钱
胀死胆大的,饿死胆小的
账目清,好弟兄
招钱不隔宿
折财消灾
珍珠玛瑙都出在鳖身上
真桐油不晃荡,真财主不露相
争名者于朝,争利者于市
争气不争财

争气发家,斗气受穷
争着不足,让着有余
正月斗钱,三月斗田
正月富,二月穷
挣人钱财,与人消灾
只有买错无卖错
只有勤来没有俭,好比有针没有线
只栽不管,打破金碗
只增产,不节约,等于安了个没底锅
指亲不富,看嘴不饱
种地不看天,不收别叫冤
种地不上粪,等于瞎胡混
种地的亮犁铧,打猎的亮弓箭
种地莫过主,知子莫过母
种豆防饥,养儿防老
种肥田不如告瘦状
种好一粒谷,三年收满屋
种禾得稻,敬老得宝
种田不如见少年,采桑不如嫁贵郎
种田不着一年荒,养子不好一世荒
种田钱,万万年
种田先做岸
种田有良种,好比田土多几垄
种庄稼,不用问,除了功夫全是粪
种庄稼,看行家
猪多肉贱
赚钱的不出力,出力的不赚钱
赚钱好比针挑土,用钱犹如水推沙
庄稼不丢,五谷不收
庄稼不认爹和娘,深耕细作多打粮
庄稼钱,万万年
拙匠人,巧主人
浊富莫如清贫
子孙不如我,要钱做什么;子孙胜于我,要钱做什么
子息是有钱买不到、有力使不出的
子用父钱心不痛

自古无钱卦不灵
自古雄才多磨难,纨绔子弟少伟男
自说自好烂稻草
佐饔者尝焉,佐斗者伤焉
坐吃山空,立吃地陷
坐船不打过河钱
做年碰见闰月

第十一章　时令节气谚语

A

暗室亏心，神目如电

B

八月的蟹子盖儿肥
八月里，雁门开，雁儿脚下带霜来
八月十五大过年
八月暖，九月温，十月还有个小阳春
不到春分地不开，不到秋分籽不来
不到冬至不寒，不到夏至不热
不结籽花休要种，无义之人不可交
不冷不热，五谷不结

C

重阳无雨一冬晴
初出日头暴出世
初伏浇，末伏烧
初三月下有横云，初四日里雨倾盆
初雪早，终霜早
初一初二不见面，初三初四一条线，初五初六月挂钩，初七初八月露半，十五十六月儿圆
础润知雨，月晕知风

吹啥风，落啥雨
吹一日南风，还一日北风
春不刮，地不开；秋不刮，籽不来
春打六九头，穿吃不用愁
春分分芍药，到老不开花
春风不刮，杨柳不发
春风吹破琉璃瓦
春寒多雨水
春落雨到清明
春天不生产，秋后白瞪眼
春天后母面
春天误一晌，秋天误一场
春捂秋冻
春雾花香夏雾热，秋雾凉风冬雾雪
春夏东南风，不必问天公
春蟹夏鲎秋翅冬参
春雨贵如油
春扎骨头秋扎肉
春争日，夏争时

D

打鱼人盼望个好天气，庄稼人盼望个好收成
大地开花，垄沟摸虾
大风刮不多时，大雨下不多时
大寒一场雪，来年好吃麦
大旱不过五月十三
大麦亮芒，小麦发黄
大暑小暑，灌死老鼠
地和生百草，人和万事好
东风急，披蓑笠
东鲎日头西鲎雨
东驴西磨，麦城自破
东明西暗，等不到撑伞
东闪日头西闪雨，南闪乌云北闪风

冬不冷,夏不热
冬东风,雨太公
冬冷不算冷,春冷冻杀鹦
冬凌树稼达官怕
冬前不结冰,冬后冻杀人
冬三天,年四天,清明要过十二天
冬天戴棉帽,胜过穿棉袄
冬夜的黎明觉最甜
冬至长于岁
冬至未来莫道寒
冬走十里不明,夏走十里不黑

E

恶风尽日没
二八月,乱穿衣
二月二,龙抬头

F

芳槿无终日,贞松耐岁寒
焚林而畋,明年无兽;竭泽而渔,明年无鱼
风不摇,树不动
风不扎脸就算春天
风吹弥陀面,有米弗肯贱;风吹弥陀背,有米弗肯贵
风从地起,云自山出
风从虎,云从龙
风大要伴岸走,浪急要落篷行
风儿无翅飞千里,消息无脚走万家
风后暖,雪后寒
风急雨至,人急智生
风沙一响,地价落三落,粮价涨三涨
风灾一条线,水灾一大片
富贵草头霜

G

瓜见花,二十八
鹳鸟仰鸣晴,俯鸣雨
光阴荏苒,日月不等人
光阴似箭,日月如梭
贵人出门招风雨
过了八达岭,征衣添一领
过了冬,长一针;过了年,长一线

H

寒霜偏打独根草
寒在五更头
好天也得防阴雨
河鱼跳,大雨到
黑云黄梢子,过来带刀子
虹挂东,一场空;虹挂西,雨弥弥
花开必落,月圆必缺
花开花谢自有时
花可再开,鬓不可再绿
花落花开自有时
黄昏兽入山,日落鸟归林
黄梅天,十八变
黄梅雨未过,冬青花未破;冬青花已开,黄梅雨不来
黄云雨多

J

鲫鱼主水,鳞鱼主晴
夹雨夹雪,无休无歇
节令不饶人

今年雪盖三尺被，明年枕着馒头睡
金马门外聚群贤，铜驼街上集少年
金山屋裹山，焦山山裹屋
九日雨，米成脯
九月九，蚊虫叮石臼
九月冷，十月温，秋底下还有个小阳春
久晴必有久雨
聚少成多，滴水成河

K

开门风，闭门雨
快雨快晴
狂风不竟日，暴雨不终朝

L

腊鼓鸣，春草生
腊七腊八，冻掉下巴
腊天一寸雪，蝗虫入地深一尺
腊雪培元气
腊雪是被，春雪是鬼
腊月冻，来年丰
腊月有三白，猪狗也吃麦
腊月有雾露，无水做酒醋
老鲤斑云障，晒杀老和尚
浪从风来，草从根来
雷高弗雨
雷公不打吃饭人
雷公不打笑脸人
雷公先唱歌，下雨也不多
冷在三九，热在三伏
离家三里远，别是一乡风
立春日暖，冻杀百家卵

立夏不下，田家莫耙
立夏晴，蓑笠满田临；立夏雨，蓑笠挂屋柱
立夏三朝开蚕党
连阴雨，泛泡泡
六月的日头，后娘的拳头，媒人的舌头
六月的天，小孩的脸
六月盖夹被，田里不生米
六月六，看谷秀
六月有迷雾，要雨到白露
龙行云，虎行风
露结为霜，雨结为雪
洛阳多钱郭氏室，夜月昼星富难匹

M

蚂蚁搬家，天要下雨
蚂蚁作坝必下雨
麦过芒种根必死
麦收三月雨
麦秀风摇，稻秀雨浇
瞒鬼瞒神，瞒不过雷公
满天星斗光乱摇，或风或雨欲连朝
猫喜月
梅里雷，低田拆合龟
梅里勿落时里落
梅里西南，时里潭潭
梅里一声雷，时中三日雨
猛雨连三场，龙行旧道儿
门前插柳青，农夫休望晴；门前插柳焦，农夫好作娇
牡丹不带娘家土
牡丹为花王，芍药为花相

N

南海的天，孩子的脸
南甜北咸，东辣西酸
闹热冬至冷淡年
嫩草怕霜霜怕日，恶人自有恶人磨
弄花一年，看花十日

Q

七九河开，八九雁来
七两为参，八两为宝
七月看巧云
起了雾，晒破肚
千金之锯，命悬一丝
千山万湖，只差一步
清明不带柳，红颜成皓首
秋风一起，光棍见底
秋阳如老虎
劝君莫打三春鸟，子在巢中望母归

R

人过三十天过午
人叫人死天不肯，天叫人死定不容
日没胭脂红，无雨也有风
日头钻嘴，冻死小鬼
瑞雪兆丰年

S

三朝雾露起西风

三伏不热，五谷不结

三九四九冻死狗

十七十八，月从根发

时和岁丰为上瑞

水底生青苔，卒逢大水来

水是福，雪是财

四时皆是夏，一雨便成秋

苏杭两浙，春寒秋热；对面厮啜，背地厮说

T

天干没望朵朵云

天旱莫望疙瘩云，人穷莫上亲戚门

天旱收山，雨涝收川

天将雨，鸠逐妇

天冷水寒，饥寒相连

天凭日月，人凭良心

天晴吃猪头，下雨吃羊头

天若不降严霜，松柏不如蒿草；神灵若不报应，积善不如积恶

猪头

天上无云难下雨

天上下雨地下浸，人留子孙草留根

天上有了扫帚云，不出三天大雨淋

天下太平，夜雨日晴

天下无水不朝东

天有不测风雨，人有当时祸福

天糟有雨，人糟有祸

田怕秋旱，人怕老穷

偷风不偷月，偷雨不偷雪

W

晚晌火烧云,明早晒杀人
望雨看天光,望雪看天黄
屋檐水滴三分雨
五更天鬼龇牙,寒冬腊月人冻杀
五月旱,不算旱,六月连阴吃饱饭
雾沟晴,雾山雨
雾露不收即是雨

X

西风吹得紧,东风来回敬
西风响,蟹脚痒
下雪不冷消雪冷
夏走十里不黑,冬走十里不亮
先下牛毛没大雨,后下牛毛不晴天
星多夜空亮,人多智慧广
雪花六出,预兆年丰
雪怕太阳草怕霜,人过日子怕铺张

Y

严霜出杲日,雾露是好天
燕子低飞要下雨
一场秋雨一场寒
一个星,保夜晴
一叶落而知天下秋
鱼知三日水,水知三日风
雨打五更,日晒水坑
雨打一大片,雹打一条线
月如悬弓,少雨多风;月如仰瓦,不求自下

月晕而风，础润而雨
月晕主风，日晕主雨

Z

朝西暮东风，正是旱天公
猪长三秋，鱼长三伏
早霞不出门，晚霞行千里

第十二章　股市谚语

入市篇

确定长期的投资目标和原则,为股票交易的首要问题

股民是否具备经商的经验,与投资股票能否获利并没有必然的联系

任何直接投资都是专业投资,而专业投资需要专业知识做基础

防止在高价位套牢,是学习买卖股票最重要的一课

不要轻易地去劝别人买卖股票,股价最不容易预测,以免出错招怨

能够亏损的最大范围,就是你能够投资的最大极限

从事股票投资,会获得许多无形的收入

选择投资目标要尽量符合自己的性格

任何投资都需具备智慧性的忍耐力

本业第一,股票投资为辅,做股票能帮助致富,却不可视其为事业

不要把所有的财产都投入股市,更切忌借贷资金购买股票

不急功近利,不三心二意,不沉溺玩股

不要将短期周转资金去炒股票

手中有股,心中无股

新手怕大跌,老手怕大涨

买入前要小心求证,三思而行

看不懂、看不准、没把握时坚决不进场

先学会做空,再学会做多

不经历巨亏,不会被教育

每次股市大跌,有多少个百万千万富翁消失,就会产生多少个百万千万富翁

有钱自己说了算,有股市场说了算,对市场没有把握的时候还是自己说了算

证券投资有三要素:一是时间;二是报酬;三是风险

如果你爱他,就劝他去做股票,因为那里是天堂;如果你恨他,就劝他去做股票,因为那里是地狱

判研篇

选股不如选时,善买不如善卖
低价格的股票,要比高价格的股票变动的幅度大
凡领先股市上涨的股票,必会领先大势下跌
大宗交易的出现,表示大量地换手,换手正是股价趋势反转的开始
最徒劳无功的行为莫过于试图去猜测大户与炒手的心理
股价的短期变动与经济变化及公司业绩毫无关联
任何股票操作的理论,都有其缺点,最值得信赖的是股民自己
绝大多数人看好时,股价就要下跌;绝大多数人看淡时,股价就要上升
成交量可显示股价变动的情况,当成交量开始增加时,应加以注意
股价上涨三部曲——盘底、突破、飞涨
股市中的资金总是朝最有利的方向流动
谁掌握了股市变化的"趋势",谁就是赢家
经验可以培养灵感,但灵感却不能完全依赖经验
问题股,就是问题股,明知不对,少动为佳
专买与经济专家观点相反的股票,也是一种别致的投资方式
股票市场只有相对性、原则性,而无绝对性
股价在低档盘旋愈久,上档的幅度愈大
人老生病,会先发烧;同理,由成交量可以看出股市是否生病了
掌握不同行业的特性,才有获利的契机
股价的升降并非漫无规则的
买卖股票切忌过多地转换,犹豫不决时不要轻举妄动
大跌之后成交量随股价的继续低落而增加,是买进时机
在购买股票时,要注意公司未来的获利潜力与目前股价间的关系是否合理
没有只涨不跌的行情,也没有只跌不涨的行情
股价指数连续三天更新,但成交量却依次递减,后市可能不妙
买入的时点是股票投资中最重要一环
成交量激增,价位不动,是股市近顶的信号
投资股票要切实了解公司的经营情况,不可被一些不实数字所蒙骗
洞悉力强,快人一步可能稳操胜券
判断股票的成长或衰退,要看它与时代潮流的差距而定
不因小利益而耽误了大行情,不因小变动而迷惑了大方向
股价涨幅日渐缩小,成交量又每况愈下,是股价接近顶部的明显征兆

不可用自己的财力估计行情,不应以赚赔多少而影响决心

判断行情容易,下定决心困难

守住三零线,炒股不赔钱

顶部三日,底部百天

断头铡刀,逃之夭夭

小阳,小阳,必有长阳

底部跳空向上走,天打雷劈不放手

高位跳空向上走,神仙招手却不留

君子问凶不问吉,高手看盘先看跌

如果说长线是金,短线是银,那么,波段操作就是钻石

涨时重势,跌时重质

短期均线最佳拍档:强调五日均线,依托十日均线,扎根三十日均线

股性是否活跃,是选股的重要标准之一

选时重过选股。既选股又选时,则更加完美

再差的股都有让你赚钱的机会,关键是看介入的时机是否恰当

整体行情是国家政策与市场主力共振的产物,个股行情则是庄家的独角戏

先知先觉者大口吃肉,后知后觉者还可以啃点骨头,不知不觉者则要掏钱买单了

持币时自己说了算,持股时则是市场说了算

该跌的不跌,理应看涨;该涨的不涨,坚决看跌

若个股走势脱离大势而自成一体,则完全是庄家资金介入的结果

通过股家走势去研判庄家的意向,通过盘面变化去把握庄家的动向

在股市上,凡夫的直觉有时会胜过行家的理论

预测撒下种子,交易才有收获

对股市懂得越多的人,越不轻易对市场行情发表意见

不同种类的股票,没有好坏之分;同一种类的股票才有优劣之别

选择股票,一要看发行公司信誉,二要看发行公司效益

即使大势料得准,若是选错了股票,也不见得一定赚钱

股票的投资价值是随时间的变化而变化的

股价要涨,条件是有人买;股票要有人买,条件是看涨

过去的行情走势,只能说明过去,不能保证将来

股票是一张纸,本来没有生命,一旦在市场上交易,便立刻显示其个性来

正如人的个性有沉默寡言的,有活泼好动的一样,股票的个性也有热络的热门股,有冷僻的冷门股

强势股票并非天生就是气势最强的,而是随时间、空间而变化的

股市的特征就是这样,只要行情一有苗头,游资便不请自来

股价走势的形成,需要很多因素逐渐形成,一旦形势已成,股价走势就变得难以遏

制了

世上没有用来准确无误地预测股价走势的方法，如有，发明这种方法的人必须拥有市场上所有的股票

就长期来说，股价的涨都有据可依，不是毫无章法、乱哄一气的

股市的变化就像气候的变化一样，有冷热之分

历史会重演，股市亦然

过去的股价变化形态，将来有可能会重复

高值三日，低值百日

因为跌价，所以要卖。因为大家争卖，所以就更跌

大势疲软时，也有俏丽挺扬的股票；大势趋升时，也有晦气滑降的股票

股票是会烂在手里的

股票只有两种，一种是涨势中的，再一种是跌势中的，只要能分辨就行

如果你持有的是一种此时你并不急切想买的股票，那么你就应该把它卖掉

喜欢做某种股票的人，不论怎样打转，最后还会回头选择该种股票

如果能同时拥有现金和股票，就可以做到进退自如

很多投资者在行情看好时，将资金一次投入，将力量一次用完；在行情看坏时，将持股统统卖出。这种做法，缺乏缓冲余地，以致常常坐失良机

股价处于盘旋阶段时，不管是高档盘旋还是低档盘旋，最好的做法是坐以待变

如果十个人中有九个人对行情看好，剩下的一个人除非意志力相当坚强，否则也跟着看好

每当股价动向欠明朗时，往往也是投资者意见最多、最杂、最难一致的时候

股价在一段相当的时间内，沿着一个特定的轨道，做一定方向的移动

不能指望在股市的每个阶段都做对，只要对的时候比错的时候多就是成功者

买价决定报酬率的高低，即使是长线投资也是如此

利润的复合增长与交易费用和税负的避免使投资者受益无穷

只投资未来收益确定性高的企业

通货膨胀是投资者的最大敌人

投资者财务上的成功与他对投资企业的了解程度成正比

就算财政部长偷偷告诉你未来两年的货币政策，你也不要改变你的任何一个作为

股市涨无顶，跌无底，抄底者必死

股市久盘必跌

投资者是一胜二平七赔钱

中国股市只有买错，而没有踏空

赚钱的空间是跌出来的

反弹不是底，是底不反弹

会买的是徒弟，会卖的是师傅，会休息的是师爷

百分之八十的股评家看空时,是买入股票的最佳时机。百分之八十的股评家看多时,是卖出股票的最佳时机

牛市中百分之二十的技术指标正确,百分之八十的技术指标不准确

熊市中百分之二的技术指标正确,百分之九十八的技术指标不准确

股市下跌时成交量可以不用放大,股市上涨时成交量不用放大

熊市中逆向思维多了,牛市中很难做到正向思维

技术指标是随着股价变动而变动,不是股价随着技术指标的变动而变动

股市中偶然赚到的丰厚利润,它必然退还股市并且远远高于所得

股市下跌,不需要任何理由。股市上涨,也不需要任何理由

股市为什么跌跌不止,因为大多数人还在看多

股市为什么不涨,因为市场还没有遇到一个契机

股市如果找到下跌原因之时,股市就是见底之日

股市如果找到上升原因之时,股市就是见顶之日

股市如果出现恐慌性抛盘,股市就是见底之时

股市如果出现疯狂性买盘,股市就是见顶之时

股票低价时买,高价时卖,说起来容易,做起来难

知道一种股票的价格将上升的信息固然重要,但更重要的是要知道在什么时候买进,在什么时候退出

价位本身具有调节功能

股价的升降沉浮,是一个渐变的过程。今天十元收盘的股票,明天不会以五元开盘,也不会一夜间骤升到五十元。如果某一股票能够长期站稳于某一价位之上,那这一价位即为合理价位

在股票交易中,没有“常胜将军”

关键的问题是,有了失败的经历,要善于总结经验,才有可能成为成功的投资者

三分之一回跌,二分之一回涨

股价上涨一段后,一般要回档三分之一;股价下跌一段后,一般要反弹一半

消息篇

买卖股票,要想方设法收集第一手资料才能获胜

于消息传出时买入(或卖出),于消息被证实时卖出(或买入)

做股票要自己研究,自己判断行情,不可因未证实的传言而改变决心

自称对股市预测准确的人,往往是对股票一知半解

相信道听途说的人,十之八九都是输家

券商是股民的业务代理,不是股民的投资顾问

不因突发性的好坏消息而改变初衷买进或卖出
所有股票操作的理论,既有它的优点,也都有它的缺陷
迷信内幕消息,容易吃亏上当
进货靠消息,出货靠自己
行情在绝望中产生,在犹豫中发展,在欢乐中死亡
资金流向排行榜是主力调兵遣将的显示屏
量比排行榜是个股异动的红外线监测器
技术指标不是看它本身,而是看市场对指标的反应和背离
世上最不值钱的东西是从不诚恳的人那里得到的投资建议
消息是股价波动的催化剂
股票的奇妙之处就在于它的变化性
无论什么消息,只有使供求状况发生变化,才能决定股价
好消息出现是卖的时候,坏消息出现是买的时候
靠自己的耳朵去听正确消息,靠自己的眼睛去看真实情况
不要因为一个升降单位而贻误时机

操作篇

不要与股市行情作对,不要为特定的需要去从事投机
只要比别人多冷静一分,便能在股市中脱颖而出
不要妄想在最低价买进,于最高价卖出
股票买卖不要耽误在几个“申报价位”上
放长线钩大鱼,好酒放得愈久愈香
以投资的眼光计算股票,以投机的技巧保障利益
买股票如学游泳,不在江河之中沉浮几次,什么也学不会
天天都去股市的人,不比市场外的投资者赚钱
专家不如炒家,炒家不如藏家
股市无常胜将军
赚到手就存起来,等于把利润的一半锁进保险箱
分次买,不赔钱;一次买,多赔钱
在行情跳空开盘时应立即买进或卖出
剪成数段再接起来的绳子,再接起来一定比原来的短
买卖股票,短线操作者最后肯定不如长期投资者获利得多
上升行情中遇到小跌要买,下跌行情中遇到小涨要卖
卖出时动作要快,买进时不妨多斟酌

放不过机遇,就躲不过风险
股票没有好坏之分,买股票就怕炒来炒去,见异思迁,心猿意马
什么时候买比买什么更重要,选择买的时机比选择买什么股票更重要
投资股票千万不要追价买卖
看大方向赚大钱,看小方向赚小钱
买卖股票是为了盈利,但要学会将盈亏置之度外
忙于工作的股民,不妨选择定量定时投资法
可由“买少量、买多样”来体验股票赚钱之道
市场往东,你最好不要往西,喜欢和市场作对的人没有好下场
黑马股可遇不可求,投资股票仍应以踏实为主
申购新股票要慎重选择,股民吃亏上当的事已屡见不鲜
投资人,为成功的投机;而投机人,乃失败的投资
若要在不安定中寻找安定,买进股票最好不要超过3~5种
买进一流大公司的股票,乃是正确的,但应注意其未来的发展性
股市里买进机会多,卖出机会少
对投资者而言,能利用较短的中期趋势,要比做长期趋势所得更多
不在成交量大增之后买进,不在成交量大减之后卖出
总股本少的公司股票,容易产生黑马
横有多长,竖有多高
牛市不言顶,熊市不言底
暴涨不买,暴跌不卖
炒股要炒强,赚钱靠头羊
多头不死,跌势不止
炒股如种粮,春播秋收冬藏
鸡蛋不要放在一只篮子里
吃鱼吃中段,头尾留别人
选质不如选时
布林线高位开口,观音菩萨来保佑
能量潮稳步走高,五线向上牵大牛
能量潮高走前面,日后股价节节高
三阴灭不了一阳,后市要看涨
一阳吞没了十阴,黄土变成金
多线共振是大牛,观音菩萨护着走
找此股票满仓入,三度统一牵金牛
小小杠杆轻又轻,压着股价头难伸
一旦冲破压力线,托着股价上天庭

芝麻点里藏金子,极小量中有好股

上山爬坡缓慢走,烘云托月是小牛

量能缩小不可怕,速率改变转中牛

学会做散户的叛徒,就是与庄家为伍

英雄是时代的产物,龙头是行情的需要

拳头往外打,胳膊往里弯

不要费尽心思去抄底和逃顶

文武之道,一张一弛

无招胜有招

投机像山岳一样古老

人弃我取,人取我予

只有持股才能赚大钱

企业价值决定股票长期价格

不要轻易预测市场

股市的下跌如一月份的暴风雪,是正常现象

尽量简单

不断地减少交易

远离市场,远离人群

在中国任何节假日不要持股过节

证券投资不要死守一棵树

不要买过分冷门的股票,否则一年到头不能交易,饱受难以变现之苦

市场性浓厚的股票有进出灵活的好处,多头喜欢它,空头也喜欢它

在多头初期可做投机性浓的热门股,在多头后期可做业绩好的冷门股

在社交场合里,交易广泛的热情人引人注意。在股市里,交易频繁的热门股为投资者青睐

行情怎么来,就怎么去

股价有离谱的涨法,也就有快速的跌势

股价跳空地挺升,也就跳空地下降

把握一次股价的机会,要比不断抢进抢出有利得多

在股市里逐利,盈亏的分界,说穿了就是时机两个字

只要股市存在,就会有赚钱的机会,也会有亏损的遭遇

投资和划船一样,顺势而为,则可收到事半功倍的效果;若是逆着股价趋势,就常常吃力不讨好

看准一日行情,便可受用不尽;看准三日行情,既能富甲天下

精明的投资者,总是在行情涨过了头时,卖出股票;在行情跌过了头时,进场捡便宜货

每当股价急剧挫落，很多投资者亏损时，一个新的获利机会就到来了

上升趋势的回档要买，下跌趋势的回升好卖

吃进时应小心谨慎，吐出时要当机立断

如果总是慢半拍，跟在别人后面亦步亦趋，即使能获利，也十分有限

股价涨跌自有它的道理，至于涨过头和跌过头，却是市场心理过度乐观或过度悲观所致

股价连续涨三个停板以上，出现一天的反转，应立即卖出；股价连续跌三个停板以后，出现一天的反转，应立即买进

在大家都准备买进时你先买，在大家都准备卖出时你先卖

投资新手最容易在股价快速上升或出现高成交时买进，然而此时相反地变动正要开始

如果做两次交易都不顺手，就应该歇歇了

投入股票的金额，不要超过可以承受损失的能力。尤其是对全额交割，更应特别小心

以上涨三成作为卖出目标，这是制定投资目标的基准，也是买卖股票方法之一

最大价下跌，或量大价不跌，如出现在股价大的涨幅之后，应断然出局以保战果，须知股价上涨必须有增量的配合

利用市场的愚蠢，进行有规律的投资

追踪关键玩家的活动，掌握股价波动的内涵

保留明天的交易实力，其重要性超过今天能否获利

最棒的交易往往是那些自己知道是低风险，但又害怕或者想等到更好的时机

把交易经验记录在交易日志中，随时翻阅

如果错了一次买进的良机，就把它忘记

股市不能天天泡，怎会日日有行情。年年有次底和顶，抓住一次就大赢

不识股市真面目，只缘身在股市中。跳出股市看股市，才能看清大走势

股市风水轮流转，今年不赚明年赚。捂住股票兔撞树，长线投资赚大钱

专家是人不是神，不会回回测得准。股评一分为二听，是买是卖自己定

股市变幻有风险，千万不要满仓干。半仓操作最安全，留有余地好回旋

技术指标虽然好，不可生搬和硬套。操作当中灵活用，才能抄底和逃顶

股价未动量先行，放量推动价上升。先见天量后天价，量若不增价到顶

某股底部放大量，预示此股就要涨。及时跟进建上仓，稳稳坐在轿子上

高位长阳放巨量，庄家拉高出货忙。紧跟庄家把货出，以免套在高位上

高位下跌莫慌乱，及时止损是关键。当机立断别犹豫，免得高位套牢你

股市中习惯贪图小利，他一定会丢掉大的机会

听别人的建议做股票，他永远不会做股票

任何波浪形成都是庄家做出来的，并为庄家服务

股市无庄不活

好的股票为什么不涨,因为有很多人在抢庄

跌势中为什么总有亮点,因为臭庄们在自救

如果你找到一个技术指标缺陷,你就获得一个小智慧;如果你找到每一个技术指标的缺陷,你就会获得大智慧

风险篇

放不过机遇,就躲不过风险

“安全至上”的人,请远离股市为妙

股票市场中小户被大户套牢,是司空见惯的事情

股市回跌超过三分之一,就是响起警报了

可买时买,应卖时卖,须止时止,安全第一,稳当至上,莽撞则失,贪心则贫

不可将所有的资金都投资于一种股票,应尽量分散股票的种类

没有相当丰富的经验,千万不要做买空卖空的交易

轮到问题股上台表演时,牛市即将落幕

股利弹性越大的公司,股价越不稳定

买股票若仅是在买卖股票的“数字”上下功夫,便是标准的投机而不是投资了

股民的人数与股票指数成正比,股市的风险也与股票指数成正比,只有股民的投资收益与股票指数成反比

在自己认定已经获得足够利润时,就要立即抛出,留一些“缝”给后手。要记住,在股市中赚取利润的唯一方法就是首先不遭损失

股价暴涨,宜减量经营,切忌搞透支信用交易,加码操作,更忌高价追买

喜欢在股市中“捡便宜货”的人,捡到“破烂”的概率极高

抑涨卖跌,能赚钱就行。不宜太贪,否则连老本都保不住

谁笑到最后,谁赔得最惨

避免在“鸡犬升天”的市场中久留

从事股票投资,应有一点功德,留点利润给别人

散户大举入市的时候,正是大户出货的最佳时机

千万别捞底捞到油锅里,摸顶摸到刀刃上

投资进,投机出

识马者长途,识险者长足

割肉空仓,赚钱不慌

顺大势者昌,逆大势者亡

涨势形成不得不涨,跌势形成不得不跌

通道堵塞赶紧溜,通道不堵就不走

高位十字星,不走变穷人

大牛变疯牛,天量到了头

贪婪与恐惧,投资之大忌

侥幸是加大风险的罪魁,犹豫则是错失良机的祸首

伴君如伴虎,跟庄如跟狼

降通道抢反弹,无异于刀口舔血

适可而止,见好就收,一旦有变,落袋为安

最大的利好是跌过头,最大的利空是涨过头

在股市里,利润高的地方,风险也大

一个好的预测者,如果他是一个很糟糕的交易者,照样会破产

投资好股票,小钱变大钱;投资坏股票,大钱变小钱

股市是离金钱最近也离金钱最远的地方

投资股票,赚钱是诱惑力,容易变现是安全感

过热的股票背后,往往有大户投资者在操纵,你认为稳赚大钱的时候,可能已到了惨败的时候

证券投资的风险无法消除,但能分散

心态篇

买入靠耐心,持有靠信心,卖出靠决心

对赔钱要有心理准备,害怕赔钱永远也赢不了

我们要非常稳定地赚钱,不要去猜、去赌和无奈地等

一个深刻了解股市的最好办法就是彻底了解自己

心态第一,策略第二,技术只有屈居第三了

当媒体的观点一边倒时,你应冷静地站到他们的对立面去

耐心是制胜的关键,信心是成功的保障

老手多等待,新手多无奈

频繁换股已表明信心不足

买卖要富有弹性,不要斤斤计较

投资者必须充分认识股票投资上存在的风险,只有这样才能临险不乱,遭险不悔

理智的投资原则是:知进退,不贪多,不急躁

今天受损,还有明天

买进时不妨慢,卖出时则必须快

输了就要认输

投资大众的投资心理有一种倾向，即行情好时更加乐观，行情跌时更加悲观

股市上的芸芸众生，竞相买低卖高，因而引起彷徨、迷惑、不安和焦急之情

会做股票的人，一年只做少数几次就够了；赚了钱而舍不得离开的人，终究会亏了老本

股市是贫穷变富有或富有变贫穷的神奇场所

如果晚上睡不着觉，那么就卖掉你的股票

卖出时要决心果断，卖出后要经常看看

对于一件事具有兴趣，你就成功了一半

犹豫不决时，即应停止行动，这正表示行情尚未明朗

胆量大、心思细、决心快是成功的三个条件

买卖得心应手的时候，切忌得意忘形

任何时候不满仓，有助于保持平常心态

自古圣者皆寂寞，唯有忍者能其贤

买卖都不顺手的时候应立即退出来，待调整好状态之后再寻战机

贪与贫不仅仅是"一点"之差，而只是一念之差

知错即改，切忌小错酿大错；保存实力，才有翻身的机会

常赚比大赚更重要，它不仅使你的资金雪球越滚越大，而且可以令你保持一个良好的心态

不断地吸纳股性，不断地忘却人性，只有这样，才能与市场融为一体

有子万事足，无股一身轻

先战胜自己，再战胜庄家

股市永远蕴藏着机会，只要善于寻找，善于掌握，定能获胜

如果存在疑虑，不要采取行动

行情曲线能看出人世百态

行情曲线是投资大众所创造的艺术

股价走势难以把握的原因之一，是投资心理的善变性

股性是股票对股市的适应程度，正如人品是人对社会规范的适应程度

投资股票的三段式：买进、卖出、休息

投资者的基本信条之一就是戒贪

对买感到安心时应该买，对卖感到安心时应该卖

市场心理倾向于买的时候要买，倾向于卖的时候要卖

贪婪是危险的，它是一个失去控制的火车头

一个稳健成功的投资者，要有恒心，不能半途而废

投资大众盲目时，谁清醒，谁赚钱

具有一定水平的证券投资者追求的是修养

股票交易不要性急，来日方长，不愁买不到好股票

行情板是最真实的

冲动的投资赚不到钱

唯有休息才能保障即得之利益，唯有休息才能养足精神，争取下一回合的胜利

拥有一只股票，期待它下个星期就上涨，是十分愚蠢的

第十三章　常用谚语释例

一、学习勤奋类谚语

日出唤醒大地，读书唤醒头脑

释义　太阳出来之后大地上的一切事物都被唤醒了，正如读书能让人思维敏捷，头脑清晰。

例句　自从我专心地阅读课外书以后，真长了不少见识，真所谓“日出唤醒大地，读书唤醒头脑”啊。

读书破万卷，下笔如有神

释义　破：突破，超过。指读书读得多，写文章就好像有神相助一样得心应手，很快就能写出好的文章来。

例句　所谓“读书破万卷，下笔如有神”，也便指的是学习。（茅盾《杂谈思想与技巧、学习与经验》）

读书有三到：心到、眼到、口到

释义　指读书必须全神贯注，心领神会，才能全面掌握书中知识。

例句　人常说“读书有三到：心到、眼到、口到”，哪一样不到都不行。

读万卷书，行万里路

释义　指做学问要博览群书，这样才能掌握丰富的知识；还要多多实践，这样才能将学到的知识加以运用，并获得新的知识和经验。

例句　古人说：“凡操千曲而后晓声，观千剑而后识器。”最好有“读万卷书”的书本知识和“行万里路”的生活知识。（曹靖华《采得百花酿蜜后》）

读书百遍，其义自见

释义　见：即“现”，显露。指书多读几遍，其中的深刻含义就会显露出来了。与“书读百遍，其义自见”“书读千遍，其义自见”意义相同。

例句　你多读两遍，就会明白了，正所谓“读书百遍，其义自见”。

读书之贵在怀疑，怀疑才能获教益

释义　指读书不要读死书和死读书，要善于思考，提出疑问，这样才能有所收获，方可获得真才实学。

例句 “读书之贵在怀疑,怀疑才能获教益。”下面请大家就《变色龙》这篇课文提几个问题以加深理解。

读书不解意,等于嚼树皮

释义 指读书如果不动脑筋领会内在的意思,就如同嚼树皮一样,没什么滋味。也作:读书不知意,等于啃树皮。

例句 “读书不解意,等于嚼树皮。”只有边读书边思考,才能把知识变成能力。

好书即良友,须臾不可丢

释义 须臾:很短的时间,片刻。指好书就像良师益友一样,必须时时与之相伴。

例句 我责备妹妹:“你怎么把那么多的书都丢弃了?‘好书即良友,须臾不可丢’,书会鞭策你、激励你奔向目标,以后不要这样了。”

书要常念,拳要常练

释义 指书必须反复研读才会有所体会,就好像拳术要勤学苦练才能有所成就。

例句 三天没看书,我把早已背熟的文章又忘了,真是“书要常念,拳要常练”哪!

要知天下事,须读古人书

释义 指要通晓人间的事理,就必须多读古籍,从古人那里获取智慧和知识。

例句 中国历史文化博大精深,“要知天下事,须读古人书”,古书会让你学到许多知识。

要通古今事,须看五车书

释义 指要想博古通今,必须饱览群书,这样才会有所突破和超越。

例句 我们的祖国历史源远流长,上下五千年的文化璀璨夺目,难怪大家都说“要通古今事,须看五车书”呢!

书到用时方恨少

释义 方:才。指在实际运用中才发觉书读得太少。强调应多读书、多积累。

例句 “书到用时方恨少”,这已经或将在你们的身上考验。(谢觉哉《不惑集·写给子女的几封家信》)

书山有路勤为径,学海无涯苦作舟

释义 径:道路。意思是学习没有捷径,如果要攀登知识的高峰,就必须勤奋刻苦,不惧艰辛。

例句 现在,还必须脚踏实地用勤奋来弥补这笔和文字的不足。“书山有路勤为径,学海无涯苦作舟。”(峻青《雄关赋》)

案上不可少书,心中不可少思

释义 意为人不可以不读书,不可以没有自己的思想。

例句 俗语云“案上不可少书，心中不可少思”，只有时时读书，汲取新知识，遇事才不会人云亦云，没有自己的主张。

火不吹不会旺，人不学不会懂

释义 火如果不吹就不会烧得旺，正如人要在不断地学习中懂得道理。也作：火不吹不燃，人不学不懂。

例句 “火不吹不会旺，人不学不会懂。”要想让自己懂得更多，对世界了解得更多，我们必须从小就努力学习，让自己的知识不断丰富和充实。

但知其一，不知其二

释义 对事情只知道一点，不知道全部，或指学习东西一知半解。

例句 根据你的叙述，可知你对这事的来龙去脉是“但知其一，不知其二”了。

勤学好问，不愁不会

释义 只要爱学习爱提问，就没有什么学不会的。

例句 学问学问，就是要边学边问。“勤学好问，不愁不会”，这话真是一点儿也不假。

骄傲来自浅薄，狂妄出于无知

释义 浅薄的人容易骄傲，无知的人容易狂妄。

例句 “骄傲来自浅薄，狂妄出于无知。”你看那些学通古今、融贯中西的人，哪个不是虚怀若谷？

火要空心，人要虚心

释义 生火时，火堆中心要空，火才能燃烧得旺；人要虚心，才能获得更多的知识。

例句 他用火钳在灶孔里弄几下，火就熊熊地燃了起来。他放下火钳得意地对我说：“你记住，‘火要空心，人要虚心’。”（巴金《我的几个先生》）

骄傲跌在门前，谦虚走遍天下

释义 指骄傲的人很难做成大事，谦虚的人前途远大。

例句 “骄傲跌在门前，谦虚走遍天下”，这只是一次小小的胜利，往后路还长着呢，不要高兴得太早！

满瓶不响，半瓶咣当

释义 比喻真正有学识的人是不声不响的，而那些学识浅薄的人总爱炫耀自己。

例句 中国有句话：“满瓶不响，半瓶咣当。”越是才疏学浅的人，越以为自己了不起。

不懂装懂，头脑碰肿

释义 没有知识却装出有知识的样子，必然会在实际生活中处处碰壁。

例句 他明明没学会游泳，还偏要逞强，结果一下去就呛了几口水，真是“不懂装懂，头脑碰肿”。

不怕学不会，只怕不肯钻

释义 指不论什么事只要潜心钻研，就肯定能学好。

例句 俗话不是说吗？“不怕学不会，只怕不肯钻”。功夫到了，自然熟能生巧，巧能生妙啦！（袁静、孔厥《新儿女英雄续传》）

不怕学不成，就怕心不诚

释义 指学识不多并不可怕，就怕不诚心诚意地学。

例句 做什么事情都要诚心实意，“不怕学不成，就怕心不诚”，三心二意很难学得真本事。

常读口里顺，常写手不笨

释义 指经常朗读，读起东西来才会顺口；经常书写，写起东西来才顺手。强调要养成常读、常写得好习惯。

例句 “常读口里顺，常写手不笨。”生活中绝大多数技能只要勤加练习，都能灵巧地掌握。

蚂蚁爬树不怕高，有心学习不怕老

释义 比喻立志学习者不在于年龄大小。劝诫人们要活到老、学到老。

例句 我哀叹自己才疏学浅，朋友说：“蚂蚁爬树不怕高，有心学习不怕老。”是啊，现在下决心学习也不晚，要知道有的老人还考大学呢！

不学无术目光浅，勤奋好学前程远

释义 不愿意学习，又不愿意提高能力的人，他的眼光就短浅；勤奋读书、好学上进的人，他的前程就光明、远大。

例句 同是一母所生，老大自幼看见书本就头痛，只好回家种地；老二读书如饥似渴，终于考上大学，真是“不学无术目光浅，勤奋好学前程远”哪！

补漏趁天晴，读书趁年轻

释义 屋子漏了要趁天晴时抓紧修补，读书要在年轻时用功。意在告诉我们：做事要抓紧时机，错过了黄金时段就难有成效。

例句 每逢练功，高玉昆总在旁边督促，边指点边唠叨：“补漏趁天晴，读书趁年轻；台上一分钟，台下十年功。”

刀不磨要生锈，人不学要落后

释义 指刀如果不磨就会生锈，正如人如果不学习就要落后、退步。

例句 毕业典礼上，老师对全班同学说：“你们虽然大学毕业了，但‘刀不磨要生锈，人不学要落后’，往后还须继续努力！”

平时不肯学，用时悔不迭

释义 平时不好好学习，到用的时候后悔也来不及了。

例句 他在考场上急得抓耳挠腮,真是"平时不肯学,用时悔不迭"!

一天学会一招,十天学会一套

释义 学习不是一天的工夫就能有效果的,只有平日多积累,才能学到真本领。

例句 俗话说:"一天学会一招,十天学会一套。"坚持每天写日记,对提高写作水平有很大的帮助。

吃饭要细嚼,读书要深钻

释义 饭要细嚼慢咽,读书要深入钻研。

例句 "吃饭要细嚼,读书要深钻。"同样,做事也要有探索的精神。

刀儿越使越亮,知识越积越多

释义 指刀子越用就越快;知识平日里慢慢积累,就会越来越多。

例句 俗话说:"刀儿越使越亮,知识越积越多。"我决定每天背一篇英语短文,相信自己以后也会成为一个"英语通"的。

锻炼不刻苦,纸上画老虎

释义 指只有刻苦努力才能取得较好的成绩。

例句 小明总是不专心写作业,东玩玩,西逛逛,妈妈说他:"'锻炼不刻苦,纸上画老虎',小心考试考砸哟!"

不知问有益,不会学有益

释义 提示人们,对不懂的事,只有善于询问和学习,才能有所收益。

例句 学习其实很简单,"不知问有益,不会学有益"。只要会问、会学,终有一天你会成为一个有学问的人。

不吃饭则饥,不读书则愚

释义 不吃饭会感到饿,不读书就会变得目光短浅、愚昧无知。告诫人们要努力学习。

例句 "不吃饭则饥,不读书则愚",现在我们生活水平提高了,更要注重精神生活水平的提高。

肯问人者聪明,假装懂者愚蠢

释义 遇到不懂的东西,能向他人求教的人最聪明,不懂装懂的人最愚蠢。

例句 "肯问人者聪明,假装懂者愚蠢。"那些不懂装懂的人,欺骗的不是别人,而是自己。

学习如赶路,不能慢一步

释义 指学习要像赶路一样争分夺秒,不能拖延时间。

例句 "假期里,不能盯着电视看个没完没了,'学习如赶路,不能慢一步',一定不能松懈呀!"老师叮嘱同学们说。

不要千样会，只要一样精

释义　指每样都懂一点儿是不够的，最好能专攻一样，直到精通。

例句　我们的确应该学习各种各样的知识，可更应有所专长。人们常说，“不要千样会，只要一样精”，就是希望我们能成为某一方面的专才。

木不凿不通，人不学不懂

释义　指木头不打凿不能通窍，人不学习不会懂得许多道理。

例句　“木不凿不通，人不学不懂”，这门技术只要认真去学，是很快能学会的！

鼓不打不响，事不做不成，人不学无术

释义　指鼓只有敲打才响，事情要去做才有可能成功，人要通过学习才能掌握技能。

例句　常言道：“鼓不打不响，事不做不成，人不学无术。”难道你就眼看着亲侄子小小年纪在外面鬼混吗？

玉不琢，不成器

释义　意谓玉石要经过雕琢才能成为器物。喻指人需接受教育、经受磨炼才能成才。

例句　《礼记·学记》：玉不琢，不成器；人不学，不知道。是故古之王者建国，君民教学为先。

千锤成利器，百炼成纯钢

释义　喻指人的才能须经过反复磨炼才能获得。

例句　孔厥等《新儿女英雄传》：要知道：人在世上炼，刀在石上磨，千锤成利器，百炼成纯钢啊。不要怕锻炼！

秀才不出门，能知天下事

释义　意指读书人知识渊博，无所不知。

例句　李六如《六十年的变迁》：“这才真叫‘秀才不出门，能知天下事’啦！见多识广，怎么不好？”

士别三日，刮目相看

释义　分别才几天，再见面时就要用完全新的眼光去看待他。意谓读书人变化很快。亦作“士三日不见，当刮目相待”。

例句　《续孽海花》：“士别三日，便当刮目相看。你是隔了三千年也不晓得我的眼睛还刮不刮呢？”

书中自有千钟粟

释义　钟，古量单位。意谓勤奋读书就会有荣华富贵。

例句　元·无名氏《渔樵记》：人都道“书中自有千钟粟”，怎生来偏着我风雪混樵渔。

半部《论语》治天下

释义　《论语》，记录孔子及其弟子言行的书。意谓只要掌握运用半部《论语》就可

以治理国家了。亦作“半部《论语》治天下”。

例句　《官场现形记》:况且从前古人以半部《论语》治天下,就是半部亦何妨。

学到老,不会到老

释义　意谓人一生要学习的东西很多,到老也学不完。

例句　《金瓶梅词话》:何太监道:“大人好道,常言学到老,不会到老。天下事如牛毛,孔夫子也识得一腿,恐有不知道处,大人好歹说与他。”

神仙下凡,先问土地

释义　土地,掌管一个小区域的神。比喻位高权重者来到某个地方也必须向该地的当权者请教。亦作“神仙下凡问土地”。

例句　罗旋《梅》:“哼,‘神仙下凡,先问土地’,你官架再大,也得屈尊就卑。”

要知山下路,须问过来人

释义　意谓要了解一件事,必须请教经历过这类事的人。

例句　《醒世姻缘传》:“只是要雇的着人才好,像我就是吃了大亏。这要走差了路头,再要走到正路上去就费事了……兄临上京的时节,我还到贵庄与兄送行,还有许多死手都传授给兄。正是‘要知山下路,须问过来人’。”

一门不到一门黑

释义　意谓每一行业都有各自的门道。

例句　《冷眼观》:“我那朋友来告诉我,我也就猜着他是用的吸铁石,但看不到他的机关安在何处。小雅,天下事千变万化,这就是一门不到一门黑了。”

师傅领进门,修行在个人

释义　意谓师傅只是一个领路人,要取得成就还必须靠自己的刻苦努力。

例句　康式昭等《大学春秋》:“俗话说:‘师傅领进门,修行在个人。’我不过提醒提醒就是了,功夫是他自己下的。”

千般易学,千窍难通

释义　意谓任何事要学会它并不难,但要精通其中的诀窍就很难。亦作“千般易学,一窍难通”。

例句　克非《春潮急》:“千般易学,千窍难通。李书记,恐怕你对这个道理不熟。”

两耳不闻窗外事,一心只读古人书

释义　喻指不关心世事,只顾埋头读书的人生态度。

例句　杨沫《青春之歌》:“你这个老夫子呀,‘两耳不闻窗外事,一心只读古人书’,怎么会知道这般重要的国家大事?”

冬练三九,夏练三伏

释义　三九:冬天最冷的时候。三伏:夏天最热的时候。意谓刻苦练习。

例句 群星《映天红》：早先在院子里芭蕉叶上练字，后来砌了一堵砖壁粉墙，常在上面练习草字。冬练三九，夏练三伏，几年一过，自成一体。

拳不离手，曲不离口

释义 意谓只有经常反复练习才能掌握某种技能。

例句 林雨《刀尖》：拳不离手，曲不离口，当战士的离不开刺刀手榴弹。

不到西天，不知佛大小

释义 比喻不亲身实践就不知道真实的情况。

例句 王厚选《古城青史》：俗话说："不到西天，不知佛大小。"短短几天的严酷斗争实践，使他深深体会到，作为这支队伍的一个合格的组织者和领导者，自己能力不足。

一生不出门，终究是小人

释义 意谓一个人如果一辈子没有出去见过世面，终究是眼界窄小的人。

例句 《一层楼》：古言有云："一生不出门，终究是小人。"还是不如带他去见识见识。

千里之行，始于足下

释义 意谓要想取得事业成功，必须从眼前的小事开始着手。

例句 《老子》：合抱之木，生于毫末；九层之台，起于垒土；千里之行，始于足下。

事非经过不知难

释义 意谓只有亲身经历，才知道处理事情的艰难。

例句 《民国演义》：俗语有云："事非经过不知难。"蘧伯玉年至五十，才觉知非，似锷仅逾壮年，已知从前错误，自谓颇不弱古人，哲子兄何不见谅？

熟读王叔和，不如临症多

释义 王叔和：魏晋间名医，著有多种医书。意谓多读医书还不如多多积累临床经验重要。也比喻经验是十分重要的。

例句 《儒林外史》：张俊民道："'熟读王叔和，不如临症多'。不瞒太爷说……不曾读过什么医书，却是看的症不少。"

人在世上炼，刀在石上磨

释义 意谓人必须经受磨炼才能成熟，就像刀要在石头上磨才能变锋利一样。

例句 孔厥等《新儿女英雄传》："缺点是有，那不要紧，克服了缺点，就是优点。古语说得好：'人在世上炼，刀在石上磨。'你们今天就好好检讨检讨吧！"

近朱者赤，近墨者黑

释义 朱：朱砂。一种红色的颜料。意谓接近好人可变好，接近坏人可变坏。比喻环境对人的影响很大。

例句 刘波泳《秦川儿女》：近朱者赤，近墨者黑，铃铃要是跟这样的婆婆相处，年深月久，会变成一个什么样子，会不会也变成婆婆那样？

习善则善，习恶则恶

释义 意谓学习好样就成好人，学习坏样就变为恶人。

例句 《两晋演义》：古人有言："一傅众咻。"又说是"习善则善，习恶则恶"。东宫虽有三五师傅，怎禁得这班宵小，朝夕鼓煽？

学好千日不足，学歹一日有余

释义 意谓学好不易，学坏很快。

例句 《西洋记》：前此之时，修行学好……近来有五七十年。学好，千日不足；学歹，一日有余。动了淫杀之心，每每在江面上变成渡江小舸，故意沉溺害人性命，贪食血肉。

活到老，学到老

释义 意谓学无止境。

例句 老舍《茶馆》："对！要不怎么说，人要活到老，学到老呢！我还得多学！"

三日打鱼，两日晒网

释义 比喻做事断断续续，没有恒心。亦作"三天打鱼，两天晒网"。

例句 《红楼梦》：学中广有青年子弟，偶动了"龙阳"之兴，因之也假说来上学，不过是"三日打鱼，两日晒网"，白送些束脩礼物与贾代儒，却不曾有一点儿进益。

学者如牛毛，成者如麟角

释义 麟角：麒麟的角，用以指珍贵罕见的东西。意谓学习的人多如牛毛，但成功的人却如麟角般稀少。

例句 《太平御览》卷六〇七引三国魏蒋济《万机论》：谚曰："学者如牛毛，成者如麟角。"言其少也。

一年之计在于春，一生之计在于勤

释义 意谓一年的计划在开春时就要安排好，一生计划的关键则是勤劳。

例句 明·无名氏《白兔记》：一年之计在于春，一生之计在于勤，一日之计在于寅。春若不耕，秋无所望；寅若不起，日无所办；少若不勤，老无所归。

井淘三遍吃甜水，人从三师武艺高

释义 比喻多下功夫必然有收获。

例句 郭澄清《大刀记》："俗话说：'井淘三遍吃甜水，人从三师武艺高。'往后儿，你要注意随时随地向认字的人们学习，多认些老师。"

公修公得，婆修婆得，不修不得

释义 意谓谁努力了谁就有收获。

例句 《西游记》："常闻得有云：'公修公得，婆修婆得，不修不得。'我家父、家母，各欲献芹者，正是各求得些因果，何必苦辞？"

皇天不负苦心人

释义 意谓上天不会辜负辛勤努力的人。

例句 《初刻拍案惊奇》:那奋发不过的人,终究容易得些,也是常理。故此说皇天不负苦心人,毕竟水到渠成,应得的多。

只要功夫深,铁杵磨成针

释义 铁杵:铁棒。只要下功夫,铁棒也可磨成细针。喻指有决心毅力,再困难的事也能办成。

例句 程树榛《大学时代》:"'只要功夫深,铁杵磨成针。'你是能下功夫的人,又肯动脑筋,自然都能干出个眉目来。"

绳锯木断,水滴石穿

释义 比喻只要坚持不懈,即使是微小的力量也能成就大事。

例句 宋·罗大经《鹤林玉露》:张乖厓为崇阳令,一吏自库中出,视其鬓旁,巾下有一钱,诘之,乃库中钱也。乖厓命杖之,吏勃然曰:"一钱何足道,乃杖我也?"……乖厓援笔判曰:"一日一钱,千日千钱,绳锯木断,水滴石穿。"自负剑,下阶斩其首。

心欲专,凿石穿

释义 意谓专心致志做事终可达到目的。

例句 唐·张文成《游仙窟》:五嫂笑曰:"张郎心专,赋诗大有道理。俗谚:'心欲专,凿石穿。'诚能思之,何远之有!"

笨鸟先飞

释义 比喻能力不强的人,做事应比别人先行一步。亦作"笨人先起身,笨鸟早出林"。

例句 元·关汉卿《陈母教子》:"我和你有个比喻,我似那灵禽在后,你这等笨鸟先飞。"

好记性弗如烂笔头

释义 意谓应勤于用笔记录应该记住的东西,否则容易遗忘。

例句 清·范寅《越谚》:好记性弗如烂笔头,劝人勤记账目。

临渊羡鱼,不如退而结网

释义 渊:深潭。结网:制作捕鱼的工具。比喻要实现目标,与其空想,不如踏实地去做。

例句 《汉书·董仲舒传》:古人有言曰:"临渊羡鱼,不如退而结网。"今临政而愿治七十余岁矣,不如退而更化。

二、时间生命类谚语

把一生当作一天，把一天看作一生

释义 指每一天都要过得很认真、很充实，不要浪费时间。

例句 “把一生当作一天，把一天看作一生”，这样我们才会懂得如何爱惜自己的时间。

百岁光阴如捻指，人生七十古来稀

释义 捻：用手指搓。百年的光阴如同搓手指似的，很快就消逝；人能活到七十岁就不容易，是古来少有的。

例句 时光匆匆，爷爷的头上已经满是银发，他最近常常感叹“百岁光阴如捻指，人生七十古来稀”。

赶路赶早不赶晚，时间能挤不能放

释义 比喻做事情要抓紧时间。

例句 “赶路赶早不赶晚，时间能挤不能放。”你现在不抓紧复习，考试的时候肯定会吃大亏。

日月莫闲过，青春不再来

释义 不要虚度光阴，青春流逝，一去不返。比喻光阴短暂，一定要好好珍惜、合理利用。

例句 校长和蔼可亲地对全体同学说：“‘日月莫闲过，青春不再来’，你们一定要抓紧时间学习，珍惜在校学习的每一分钟。”

花开花谢年年有，人老何曾再少年

释义 花谢了还有再开的时候，人老了就不可能再回到少年时代了。

例句 年轻时总觉得时间还长着呢，没有深刻地体会到“花开花谢年年有，人老何曾再少年”的含义，虚度了大好光阴，白发苍苍时只有空悲叹。

好花不常开，好景不常在

释义 比喻美好的事物往往不能长久地存在下去。

例句 真是“好花不常开，好景不常在”啊！前些年她家日子还过得那么富足，如今却难以解决温饱问题。

花可重开，鬓不再绿

释义 比喻青春不可能复返，应珍惜大好年华。

例句 “花可重开，鬓不再绿。”我们应该珍惜时间，珍惜年轻时候的大好时光。

枯木逢春犹再发，人无两度再青春

释义 告诫人们，尽管枯树逢春可以再生长，但人的青春却是一去不复返的。因此，要珍惜时间，不要虚度年华。也作“枯木逢春犹再发，人无两度再少年”。

例句 “枯木逢春犹再发，人无两度再青春。”我们不趁着青春年少，好好奋斗，难道要等老了之后再后悔吗？

少壮不努力，老大徒伤悲

释义 老大：上了年纪。徒：白白地。指年轻时不努力，年老时会因虚度时光而悲伤。

例句 古人有云：“少壮不努力，老大徒伤悲。”大丈夫功业当及时建立，以垂不朽。（明·冯惟敏《不伏老》一折）

时间如流水，一去不复返

释义 指时间像流水一样，永远不会倒流，失去了就永远也找不回来了。

例句 我多么想念童年的美好时光，可“时间如流水，一去不复返”，只有那些照片是永恒的留念。

时间一分，贵如千金

释义 千金：虚数，泛指很多钱。指时间非常珍贵，告诫人们要珍惜时间。

例句 我们有一句俗话：“时间一分，贵如千金！”站着做买卖，比坐着要快得多。

待到云开月自明

释义 等到一定的时机，事情自然会真相大白。

例句 很多误会无须解释，“待到云开月自明”，时间自会证明一切。

躲得了初一，躲不了十五

释义 初一：农历每月的第一天。指事情迟早要做，躲是躲不过的。也作“躲得和尚躲不得寺”“躲过初一，躲不过十五”“躲得了和尚，躲不了庙”。

例句 “躲得了初一，躲不了十五。”既然这事一定要办，宜早不宜迟，还是尽快办吧。

忙时心不乱，闲时心不散

释义 忙碌的时候不要因为事情多而一片混乱，闲散的时候不要因为没有事情做而懒散。

例句 大家要学会好好调整自己的工作心态，一定要做到“忙时心不乱，闲时心不散”，这样才能让自己更有竞争力。

明月不常圆，好花容易落

释义 月亮不经常圆，鲜花开后会谢。比喻称心如意的好时光或好事情不可能长久存在。

例句 虽然你还很年轻，可是要知道“明月不常圆，好花容易落”。如果你不珍惜现在的大好年华，还是这样整天无所事事，随着时间的流逝，到时你就只剩下后悔了。

人生一世，草木一秋

释义 人生像野草的生命那样短暂，应该珍惜宝贵的时间。也作“人生一世，草生一春”。

例句 “人生一世，草木一秋。”人的一生如花开花落，转瞬即逝，因此我们要更加珍惜时间。

水流东海不回头，误了青春枉发愁

释义 水不会倒流，青春一旦过去，再怎么发愁也毫无意义。

例句 你现在还年轻，落榜没什么大不了，应该复读。“水流东海不回头，误了青春枉发愁”，还不趁年轻再搏一次？

无情岁月增中减，莫到白首空悲切

释义 随着时光的流逝，人的年龄在增长，活在世上的日子却在减少；一定要珍惜时光，否则老的时候只能空自悲切。

例句 “无情岁月增中减，莫到白首空悲切。”我们应珍惜有限的时光，才不至于年老之后感慨一生碌碌无为。

青春易逝，岁月难留

释义 青春容易消逝，岁月无法挽留。

例句 “青春易逝，岁月难留”，我们要好好珍惜这大好时光啊！

花开花落不间断，春夏秋冬紧相连

释义 指时间不间断地在流逝，告诫人们要珍惜时间。

例句 “花开花落不间断，春夏秋冬紧相连。”年复一年，时间就这样从我们的指缝间流走。我们要学会珍惜时间，不要等到老的时候再去慨叹人生的短暂。

拣日不如撞日，撞日不如今日

释义 强调既然要办事就要抓紧时间立即去办，不要拖延、等待。

例句 “俗话说，‘拣日不如撞日，撞日不如今日’。你们今天就把婚事订下来吧！”媒婆高兴地说。

今日事今日毕，留到明天更着急

释义 当天的事情应该当天做完，拖到以后再做可能来不及了，只会让人更着急。也作“今日事情今日完，留到明天事更繁”。

例句 《明日歌》传播范围很广，它就是想告诉我们这样一个道理——今日事今日毕，留到明天更着急。

光阴似箭，日月如梭

释义 形容时间过得很快。

例句 《古今小说·沈小官一鸟害七命》:正是光阴似箭,日月如梭,不觉过了数月,官府也懈了,日远日疏,俱不题了。

一寸光阴一寸金,寸金难买寸光阴

释义 意指时间比黄金更宝贵。

例句 《西洋记通俗演义》:可叹一寸光阴一寸金,寸金难买寸光阴;寸阴使尽金还在,过去光阴哪里寻?

过去未来,不如现在

释义 意谓面对现实是最重要的。

例句 明·汪廷讷《三祝记》:常言道:"过去未来,不如现在。"范仲淹业已罢相,王相公今正当权,怕他怎的?叫手下可将范纯仁缚来!

欢愉嫌夜短,寂寞恨更长

释义 意谓人们在高兴时嫌夜里时间太短,寂寞时怨恨夜里时间漫长。意同"苦时难熬,欢时易过"。

例句 《初刻拍案惊奇》:陈秀才被马氏数落一顿,嘿嘿无言。当夜心中不快……"欢愉嫌夜短,寂寞恨更长"。陈秀才有这一件事在心上,翻来覆去,巴不到天明。

人有生死,物有毁坏

释义 意谓东西会被毁坏,就像人有生死一样自然。

例句 《小五义》:展爷亲身见店东说明。人家也不叫赔钱,言道:"人有生死,物有毁坏。"

人生百岁,总是一死

释义 意谓人即使活到一百岁,也是要死的。指甘愿一死。

例句 《隋唐演义》:人生百岁,总是一死,与其无罪无辜,俯首被戮,何如惊天动地做一场,拼得碎尸万段,也还留名后世!

泼水难收,人逝不返

释义 意谓人死不能复生,如同水泼出去收不回来一样。

例句 《西游记》:魏征在旁道:"列位且住。不可,不可!……且再按候一日,我主必还魂也。"下边闪上许敬宗道:"魏丞相言之甚谬。自古云:'泼水难收,人逝不返。'你怎么还说这等虚言,惑乱人心,是何道理!"

千金难买亡人笔

释义 意谓死者的亲笔文书是极为宝贵的。

例句 《古今小说·滕大尹鬼断家私》:这伙亲族,平昔晓得善继做人利害,又且父亲亲笔遗嘱,哪个还肯多嘴,做闲冤家?都将好看的话儿来说,那奉承善继地说道:"千金难买亡人笔。"依照分关,再没话了。

有钱难买灵前吊

释义 吊:吊唁。意谓人死后有人到灵前吊丧是很难得的。

例句 《儿女英雄传》:姑娘忙拦道:“先生素昧平生,寒门不敢当此大礼。”……邓九公把胡子一绰,说:“姑娘,这话可不是这么说了。俗语怎说的:‘有钱难买灵前吊。’这可不当儿女的推辞。”

好死不如赖活

释义 意谓十分痛苦地活着胜过安静地死去。

例句 刘兰芳等《岳飞传》:“我想死来的,我一合计,好死不如赖活,所以我才回来了。”

在生一日,胜死千年

释义 意谓活着总比死了好。

例句 《绣像落金扇传》:“我那儿呵,自古道:‘在生一日,胜死千年。’又说道,好死不如恶活。”

黄金有价人无价

释义 意指人比黄金宝贵。

例句 清·无名氏《寄生草》:沦湿了衣服事小,冻坏了情人事大。常言说:“黄金有价人无价。”

世上万般悲苦事,无过死别与分离

释义 意谓生离与死别是人间最为悲伤痛苦的事。

例句 《飞龙全传》:柴荣、郑恩无可奈何,只得逃……到那双岔路口,个个洒泪而别。正是:世上万般悲苦事,无过死别与分离。

瓦罐不离井上破,将军难免阵中亡

释义 意谓身处险境,难免不发生意外。

例句 《醒世恒言·十五贯戏言成巧祸》:“自古道‘瓦罐不离井上破,将军难免阵中亡’。你我两人,下半世也够吃用了,只管做这没天理的勾当,终须不是个好结果。”

阎王叫你三更死,谁敢留人到五更

释义 意谓人的生死是命中注定的,无法挽回。亦作“阎王注定三更死,断不留人到五更”。

例句 《红楼梦》:“亏你还是读过书的人,岂不知俗语说的:‘阎王叫你三更死,谁敢留人到五更。’”

三、困境挫折类谚语

求生不得，求死不能

释义　形容处境极为痛苦艰难。

例句　《文明小史》：此时慕政弄得没法，求生不得，求死不能。

上天无路，入地无门

释义　形容处境特别困难，无路可走。

例句　《水浒传》："不知是哪个天不盖、地不载、该剐的贼，装作我去打了城子，……闪得我如今上天无路，入地无门！"

墙倒众人推

释义　比喻人一旦处于劣势，众人就会趁机给予他打击。

例句　《红楼梦》："一个病人，也不知可怜可怜。他虽好性儿，你们也该拿出个样儿来，别太过逾了，'墙倒众人推'！"

远水不救近火

释义　比喻缓慢来的帮助解决不了眼前的困难。

例句　《韩非子·说林上》：失火而取水于海，海水虽多，火必不灭矣，远水不救近火也。

龙游浅水遭虾戏，虎落平阳被犬欺

释义　比喻强者在困境中反遭弱者的欺负。

例句　《西游记》：正是："龙游浅水遭虾戏，虎落平阳被犬欺。"纵然好事多魔障，谁像唐僧西向时？

鸟来投林，人来投主

释义　意谓人处在困境中需寻求依靠帮助。亦作"鸟困投林，人困投人"。

例句　《醒世恒言·独孤生归途闹梦》："常言'鸟来投林，人来投主'。偏是我遐叔恁般命薄！万里而来，却又投人不着。"

大树底下好乘凉

释义　比喻在长辈或有权势者的庇护下能安全悠闲地过日子。

例句　元·无名氏《刘弘嫁婢》："每日则是吃他家的，便好道，大树底下好乘凉。一日不识羞，十日不忍饿。把这羞脸揣在怀里，我还过去。"

近水楼台先得月

释义　意谓因具有近便的条件故能先获得好处。

例句 宋·俞文豹《清夜录》：范文正公镇钱唐，兵官皆被荐，独巡检苏麟不见录，乃献诗云："近水楼台先得月，向阳花木易为春。"

马上不知马下苦，饱汉不知饿汉饥

释义 喻指条件好的人不知条件差的人的苦衷，没有需求的人不理解有需求人的感受。

例句 陈登科《风雷》："有人批评我，对同志生活问题太不关心。是的，我们这些人，马上不知马下苦，饱汉不知饿汉饥。"

饥时一口，强似饱时一斗

释义 意谓困急时的些微资财，胜过平时许多资财的作用。

例句 元·高明《琵琶记》："若不得相公主张，交里正赔偿，奴家如何得这些谷回家，救济二亲之饿？正是饥时一口，强似饱时一斗。"

好汉不吃眼前亏

释义 意谓聪明人在处境不好的时候采取退让的态度。

例句 茅盾《子夜》："随他们闹罢！仲翁，好汉不吃眼前亏，你这时不能露脸。"

人在矮檐下，不得不低头

释义 比喻受制于人，只能忍受。亦作"人在屋檐下，不得不低头"。

例句 王瑞玉《翻身锄奸记》：老婆长叹一口气说："'人在矮檐下，不得不低头。'好汉不吃眼前亏，你就应承了吧，何必受这个罪。"

大屈必有大伸

释义 意谓遭受过重大屈辱的人一定有施展抱负的机会。

例句 清·李渔《凤求凰》："从前的事，我们都占过。古语说得好：'大屈必有大伸。'第一个座位，定然要让乔家姐姐，请过来受封。"

大丈夫能屈能伸

释义 意谓有所作为的人身处逆境时能忍辱负重，得志时则能施展抱负。多用于劝导人暂时退让。

例句 《文明小史》："据小弟的意见，只好大家忍耐，受些委屈，所谓是大丈夫能屈能伸。"

此处不留人，自有留人处

释义 意谓此处难以相容，自有另处可以存身。亦作"此处不留爷，自有留爷处"。

例句 《警世通言·三现身包龙图断冤》：若说实话，又惹人怪。"此处不留人，自有留人处！"叹口气，收了卦铺，搬到别处去了。

留得青山在，不怕没柴烧

释义 意谓保住了最根本的东西，就能实现希望和目标。

例句 鲍昌《庚子风云》:留得青山在,不怕没柴烧。病要治不好,说别的都是白搭。

天不生无禄之人

释义 禄:古代官吏的俸给。意谓世上的人只要肯努力,都能有吃有穿。亦作"天不生无禄之人,地不长无名之草"。

例句 清·杜文澜《古谣谚》卷三二引《练兵实纪》:今吾为将者,勿用心于货利,毋百计以求积,毋为儿孙作马牛。谚云:"儿孙自有儿孙福";又云:"天不生无禄之人。"

天无绝人之路

释义 喻指人在困境中定会找到出路。

例句 元·无名氏《货郎旦》:果然道天无绝人之路,只见那东北上摇下一只船来。

云里千条路,云外路千条

释义 比喻有很多办法或出路。

例句 《禅真逸史》:"不难。云里千条路,云外路千条。除了死法,另有活法。凭着我老身一张口,管教他复上钓鱼钩。"

没有过不去的火焰山

释义 比喻没有克服不了的困难。

例句 徐本夫《降龙湾》:再艰巨也不怕,俗话说,没有过不去的火焰山。

火烧眉毛,且顾眼下

释义 意谓情况紧急,只得暂且解救眼前的困境。亦作"火烧眉毛,且顾眼前"。

例句 清·李渔《奈何天》:俗语说得好,火烧眉毛,且顾眼下。

人急造反,狗急跳墙

释义 意指人在走投无路的情况下会不顾一切地蛮干。亦作"人急悬梁,狗急跳墙"。

例句 《红楼梦》:"他素昔眼空心大,是个头等刁钻古怪的丫头,今儿我听了他的短儿,'人急造反,狗急跳墙',不但生事,而且我还没趣。"

河窄水紧,人急计生

释义 意指人在情急时猛然会想出好的主意或好的计谋。

例句 元·柯丹邱《荆钗记》:遭折挫,受禁持,不由人不泪垂。无由洗恨,无由远耻。事临危,拼死在黄泉作怨鬼。自古道:"河窄水紧,人急计生。"

三十六计,走为上计

释义 原指在战争中因无力抵抗,只能以逃跑作为上计。现泛指在陷入困境时以一走了之为上策。

例句 元·关汉卿《窦娥冤》:常言道得好:"三十六计,走为上计。"喜得我是孤身,又无家小连累,不若收拾了细软行李,打个包儿,悄悄地躲到别处,另作营生。

山高自有客行路,水深自有渡船人

释义 比喻虽然身处困难之中,但相信一定有克服困难的办法。

例句 《西游记》:长老心中害怕,叫悟空道:“你看前面这山,十分高耸,便不知有路通行否?”行者笑道:“师父说哪里话。自古道:‘山高自有客行路,水深自有渡船人。’岂无通达之理?可放心前去。”

山不碍路,路自通山

释义 意谓山中总有出路,困难总能克服。也作“山不转路转”。

例句 《西游记》:“自古道:‘山不碍路,路自通山。’何以言有路无路?”

车到山前必有路,船到桥头自然直

释义 比喻凡事到了一定的阶段总有可以解决的办法。

例句 鲍昌《庚子风云》:杨二爷说道:“月娇,别着急。车到山前必有路,船到桥头自然直。我在卫里,熟朋友不多,生朋友不少。隔二连天的,也许能找条活路。”

虽有凶岁,必有丰年

释义 意谓有歉收的年份,也有丰收的年份。比喻人虽会遇上逆境,但也一定会有顺境的。

例句 明·无名氏《郁轮袍》:“哥哥,自古说:‘虽有凶岁,必有丰年。’天生我材必有用。难道你我误老青衿,暂且归家以图再举。”

火烧芭蕉心不死

释义 喻指不甘心失败。

例句 梁信《龙虎风云记》:当他们纷纷离开被打碎了国民党统治机器的城市,到山林蛰伏一阵子之后,真所谓火烧芭蕉心不死,这“山林”又勾起他们复辟的美梦。

不到黄河心不死

释义 比喻不达目的决不罢休。

例句 《荡寇志》:不到黄河心不死,索性再上去,寻不着也是无法。

万事起头难

释义 意谓任何事起步的时候都比较困难。

例句 《大马扁》:俗语说万事起头难,今孙文等日前谋起广州……我们尽可交通他,说道与他同谋,他在外打点,我们在内照应,行事较易。

起头容易结梢难

释义 意谓事情开头容易,但要有完美的结局就很困难。

例句 《西游记》:“老师,放心住几日儿。常言道:‘起头容易结梢难。’只等我做过了圆满，方敢送程。”

世上无难事，只怕有心人

释义　意谓只要有决心和恒心，任何困难的事都能办成。亦作“天下无难事，只怕有心人”。

例句　《西游记》：悟空道：“这个却难！却难！”祖师道：“世上无难事，只怕有心人。”

困难九十九，难不倒两只手

释义　意谓困难再多再大，只要动手去做就一定能克服。

例句　李英儒《女游击队长》：“困难九十九，难不倒两只手。多大的困难，咱穷人都能闯过去。”

山再高也高不过两只脚

释义　比喻困难再大，也能够战胜。

例句　李惠薪《澜沧江畔》：山再高也高不过两只脚，滚涛有两条腿不怕攀不上阿瀚峰！

死马当作活马医释义　比喻在已失去希望的条件下竭力挽救。

例句　巴金《春》：姑且将死马当作活马医，送到医院去试试看。

饿出来的见识，穷出来的聪明

释义　喻指困难的处境能使人长见识。

例句　《歧路灯》：这王氏若不是近日受了难过，如何能知王象荩是个好人。这也是俗话说得好，“饿出来的见识，穷出来的聪明”。

深山藏虎豹，乱世出英雄

释义　意谓动乱的年代会有杰出的人才出现。

例句　刘江《太行风云》：深山藏虎豹，乱世出英雄，古辈潮流，这草野庄田里，可也出过不少英雄好汉，光是顾绊自己个家，可不，就是成不了什么气候！

二十年的媳妇熬成婆，百年的道路熬成河

释义　比喻人经历了多年磨难，终于出头。

例句　李英儒《上一代人》：二十年的媳妇熬成婆，百年的道路熬成河。共产党八路军过来了。在党的帮助下，兄妹终于团圆长大成人了。

运去黄金失色，时来铁也生光

释义　意谓运气不好的时候什么都办不成，运气来的时候，什么问题都能顺利解决。亦作“运退黄金失色，时来顽铁生光”。

例句　《警世通言·赵春儿重旺曹家庄》：运去黄金失色，时来铁也生光。可成到京，寻个店房，安顿了家小，吏部投了文书，有银子使用，就选了出来。

趁我十年运,有病早来医

释义 意谓趁着走运的机会,赶紧把该处理的问题解决了。

例句 清·李渔《十二楼·归正楼》:"俗语道得好:'趁我十年运,有病早来医。'焉知我得意一生没有个倒运的日子?"

时来谁不来,时不来谁来

释义 意谓人在走运时就有人奉承、依附,背运时则门庭冷落。

例句 《金瓶梅词话》:平地做了千户之职,谁人不来趋附?送礼庆贺,人来人去,一日不断头。常言:时来谁不来,时不来谁来!

四、立志成才类谚语

胸有凌云志,无高不可攀

释义 比喻人只要心中有理想,就没有做不成的事。

例句 一个人应从小立下志愿,常言道:"胸有凌云志,无高不可攀。"只要朝着目标不断奋斗,就一定会取得成功。

万丈高楼平地起,有志何怕出身低

释义 不论建多高的楼房,都得从打地基开始;有远大志向的人不怕出身卑微。告诉人们,要想办大事必须扎扎实实地从基础做起。

例句 "万丈高楼平地起,有志何怕出身低。"功成名就固然诱人,但若不稳扎稳打,成功终将是海市蜃楼。

有心大海能捞针,无心小事也难成

释义 指有理想、有志气的人,无论遇到多难办的事也不会畏缩;没有志气的人连一件小事也办不成。

例句 凡事只要用心去做,肯定会成功,"有心大海能捞针,无心小事也难成"!切勿整日游荡,虚度光阴。

好马不吃回头草,好蜂不采落地花

释义 比喻有志气的人,一旦拿定主意,就会朝着既定目标前进而绝不会回头。

例句 常言道:"好马不吃回头草,好蜂不采落地花。"既然已经离开了那里就不要再回去了,开始新的工作也许能使你的生活状况变得更好。

草若无根不发芽,人若无志不奋发

释义 指草没有根难以发芽,人如果没有志向就会无所事事,难以奋发图强。

例句 为了考大学,他不知吃了多少苦,受了多少累,尝尽了世间的酸甜苦辣,真是

“草若无根不发芽,人若无志不奋发”。

得志一条龙,失志一条虫

释义 指人有了志向,就像一条大展宏图的巨龙;如果没有志向,就是一条可怜的虫子。也指小人得志时龙腾虎跃,而一旦失意就灰心丧气、萎靡不振。

例句 俗话说:“得志一条龙,失志一条虫。”自从上级下达了命令,王部长就整日雄心勃勃,干劲十足。

鸟无翅膀不能飞,人无志气无作为

释义 提示人们要想有所作为就必须树立远大的理想,就像鸟儿要飞翔就需要翅膀一样。也作“鸟无羽翼不能飞,人无理想无作为”。

例句 我们从小就要树立远大志向。“鸟无翅膀不能飞,人无志气无作为”,古今中外凡是有所成就的人无不先从树立志向开始。

钢铁怕火炼,困难怕志坚

释义 烈火可以将钢铁熔化,而坚强的意志可以克服任何困难。

例句 “钢铁怕火炼,困难怕志坚。”自古以来,无数困难都在人们坚强的意志面前低下了头。

海边岩石坚,不怕浪来颠

释义 比喻有坚定志向的人,不畏惧眼前的大风浪。

例句 “海边岩石坚,不怕浪来颠”,当时很多共产党员为了革命事业,都视死如归。

虎瘦雄心在,人穷志不衰

释义 指老虎虽瘦,但雄心仍在;人虽贫穷,但壮志不衰。

例句 你竟敢因我穷就嘲笑我没出息!常言道:“虎瘦雄心在,人穷志不衰。”我看你是看错人了。

立志而无恒,终究事无成

释义 恒:恒心,长久不变的意志。终究:毕竟,终归。指人虽然有远大的志向,但是却没有持之以恒的决心,终究不能成就大业。

例句 小吴啊,你可要知道,“立志而无恒,终究事无成”。你刚学了三个月修车,怎么又想起学烹饪了?

人凭志气虎凭威

释义 凭:凭借。比喻人要想成大事就要有远大的志向,就像老虎要想称王就要有虎威一样。

例句 周铁杉焦急地看了章易之一眼,说:“‘人凭志气虎凭威。’老辛,我呀,跟你说……咱们不能忘了裕明别墅那天早上,勃拉克临走时,直着脖子喊:离开‘美孚’,你们只是一片黑暗。这口气,憋了十年了!这口气非争不可!”(张天民《创业》)

少无志气，老无出息

释义　指年轻的时候如果没有志气，到老就难成大事。

例句　“少无志气，老无出息”，这孩子从小就好吃懒做，胸无大志，长大后怎么能有大作为呢？

无志者千难万难，有志者千方百计

释义　指没有志气的人做什么事都觉得难，有志气的人干什么事都绞尽脑汁，想方设法。

例句　王业务员为了推销产品想了许多点子，而李业务员整天抱怨工作不好干，真是“无志者千难万难，有志者千方百计”。

人有志气铁有钢

释义　指人有了志气就会如钢铁一般刚强有力。

例句　同样是落榜生，为什么人家张薇能自己打拼出一个新天地，你却一事无成？“人有志气铁有钢”，成败的关键在于自己是否能立志去拼搏。

人穷志不穷

释义　强调在物质上贫穷的人们有志气。

例句　北宋时期的范仲淹小时候家里非常穷苦，但他却“人穷志不穷”，整日发愤读书，最终成为国家的栋梁之材。

冻死不烤灯头火，饿死不吃猫剩食

释义　比喻做人要有志气，即使面临绝境，也不靠别人的同情和施舍过日子。

例句　你馋啦？告诉你，“冻死不烤灯头火，饿死不吃猫剩食”！你怎么就没有一点儿骨气呢？我看着都生气！

不怕路远，就怕志短

释义　不怕路途遥远，就怕没有走下去的决心与勇气。强调成败的关键在于人是否有志气。

例句　这次任务相当艰巨，“不怕路远，就怕志短”，我担心你们打退堂鼓。

立志容易，做事难

释义　指立下志向并不难，把志向落实到具体的行动中，并坚持下去，就不那么容易了。

例句　常言道：“立志容易，做事难。”如果没有持之以恒的决心，立再远大的志向，也难以实现。

人有志，竹有节

释义　指做人要有志向，就像竹子一样刚直、有气节。

例句 “人有志，竹有节。”我们每个人都应有志向、有抱负、有追求。

无志之人常立志，有志之人立长志

释义 长志：长远的志向。指缺乏雄心壮志的人经常立志，真正有大志向的人却为自己制定长远的目标。

例句 正像俗话说的：“无志之人常立志，有志之人立长志。”他下过多少决心，立过多少誓言，总是过不了三天就冷下去了。

人穷志不短，虎老雄心在

释义 人即使家境贫寒依然很有志气；老虎即使已经老了，也仍然很有雄心。也作“人穷志不穷”。

例句 俗话说：“人穷志不短，虎老雄心在。”我们董事长虽然出身寒门，但他自小就有雄心壮志。他靠着自己的不懈努力，一步步地创造了现在的辉煌。

苦心人，天不负；有志者，事竟成

释义 比喻只要有志气，肯下功夫，想办的事情总能办成。

例句 “苦心人，天不负；有志者，事竟成。”越王勾践之所以能成为春秋霸主，就是因为他志向远大，敢于吃苦。

穷当益坚，老当益壮

释义 人穷困时，意志应当更加坚强；年纪大了，志气应当更加豪壮。

例句 “古人讲求‘穷当益坚，老当益壮’。你怎么越穷越没志气，年龄越大胆子越小了？”他显然十分失望。

菜无心必死，人无心必亡

释义 蔬菜如果没有菜心儿，就会死；人如果没有心，就会亡。比喻人如果没有志向，事业就不会得到充分的发展。

例句 “菜无心必死，人无心必亡。”人拥有志向才能不断前进。

树怕烂根，人怕无志

释义 根烂了，树就难指望成材；人没有远大志向，也一样没有前途。

例句 “树怕烂根，人怕无志。”人如果没有远大的志向往往难成大器。

好儿不争家产，好女不争嫁衣

释义 有志气的男子不会去争抢家产，有志气的女子不会去争嫁衣的好坏。也作“好儿不争祖上产，好女不争嫁时衣”。

例句 常言道：“好儿不争家产，好女不争嫁衣。”作为子女，不能一直守着父母的财产，应该凭着自己的努力去创造财富。

人各有志，不必强求

释义 每个人都有自己的志向和兴趣，不能强求他改变什么。也作“士各有志，不可相强”。

例句 很多家长为了孩子就业着想，要求孩子填报他们自己并不喜欢的志愿，却常常忽略了“人各有志，不必强求”的道理，从而剥夺了孩子的选择权。

船的力量在帆上，人的力量在心上

释义 指船前进，靠帆的作用；人做事的劲头来源于人的决心。

例句 “船的力量在帆上，人的力量在心上。”积极的心态是成功的一半。

天下无不可为之事，只怕立志不坚

释义 世上没有办不到的事情，关键是要意志顽强。也作“天下无不可为之事，只怕意志不够坚定”“天下无不可为之事，只怕意志不坚”“天下无不可化之人，但恐诚心未至”。

例句 “天下无不可为之事，只怕立志不坚。”你现在遇到困难，挺挺就过去了，切不可轻言放弃。

蛟龙岂是池中物，未遇风云升不得

释义 比喻有才能、有宏伟志向的人，如果未遇良机就难以充分发挥自己的才能。

例句 “蛟龙岂是池中物，未遇风云升不得。”他如果没有遇到你这位慧眼识英雄的老板，又怎会有今天的成就？

宝刀藏鞘里，日久也生锈

释义 比喻人的才能如果长期得不到发挥就会退化。

例句 真是“宝刀藏鞘里，日久也生锈”。奶奶这位扭秧歌的“祖师级”人物，很久没活动，动作也没以前熟练了。

开水不响，响水不开

释义 比喻有真才实学的人不自吹自擂，经常自我吹嘘的人没有真本事。

例句 看他在那儿大放厥词，自以为了不起，殊不知“开水不响，响水不开”，真正有才干的人不是靠嘴说出来的。

快刀不磨是块铁

释义 比喻有才能的人如果远离社会，不到实践中去锻炼，不进行知识更新，他的才能会逐渐衰退，他也会变得无所作为。

例句 “快刀不磨是块铁。”即便像方仲永那样的天才，如果不继续学习，也只会成为普通人。

自古雄才多磨难

释义 指人只有经历过许多困难磨炼，才有可能成为雄才大略的英雄人物。

例句 “自古雄才多磨难”，想成就一番大业，不吃点儿苦怎么能行？

人不在大小,马不在高低

释义 指一个人有没有才能不在于年龄的大小,马是否是良驹并不在于马的高低。教育人们不要以貌取人。

例句 “人不在大小,马不在高低。”我们不能以貌取人,要通过具体的实践来评价一个人的能力。

不经长途,不知马骏

释义 意为只有经过长途跋涉,才能看出是不是宝马良驹。比喻只有长时间磨炼,才能显现出一个人的才干。

例句 小郭是个有才能的人,通过这次他策划的活动取得了圆满的成功就可以看出来,真是“不经长途,不知马骏”哪!

天生我材必有用

释义 上天既然造就了我这样一个有才能的人,我就一定有用武之地。

例句 他的高个子在同龄人里非常显眼,他曾一度因为同学们称呼他“傻大个”而苦恼。体育老师力劝他参加篮球队,没想到他成了主力。提起前后的心态变化,他嘿嘿一笑说:“现在我相信‘天生我材必有用’。”

是金子,放在哪里都发光

释义 比喻只要是人才,走到哪里都能发挥作用。

例句 “是金子,放在哪里都发光。”刚毕业的年轻人不必担心工作起点低,有才干的人在任何岗位都能取得成绩。

天外有天,人上有人

释义 天外还有更广阔的天,能人之上还有更有才能的人。告诫人们不要骄傲自满,要善于向别人学习请教。也作“天外有天,人外有人”“天外有天,山外有山”。

例句 观摩了各地戏曲院团的汇报演出后,她感叹“天外有天,人上有人”,自己的唱念做打功夫还远不如老前辈们,这激发了她苦练自己技艺的决心。

天下才一石,子建独得八斗

释义 形容曹植很有才学。

例句 曹植七步成诗,才华惊人,后人甚至誉之为“天下才一石,子建独得八斗”。

有麝自然香,高名不可掩

释义 麝:麝香的简称。麝香有特殊的香气,可制香料。比喻有才能的人自然会被人赏识。

例句 “有麝自然香,高名不可掩。”没过两天,破解了世界数学难题的他便成了学校的明星级人物。

时无英雄,使竖子成名

释义 当时没有英雄人物,使一个无名小辈成就了一番事业。

例句 “时无英雄,使竖子成名。”若不是在那样一个特殊时期,凭他的资质恐怕很难出头。

才高遭妒,人贤遭难

释义 指才能出众、品德高尚的人容易遭到嫉妒和责难。

例句 尽管“才高遭妒,人贤遭难”,我们仍应不断完善自身,努力成为更贤良的人。

积财千万,不如薄技在身

释义 人有上千万的钱财,也不如有一技之长好。比喻人有技能才能获得长远的发展。

例句 “积财千万,不如薄技在身。”由此看来,人还是要学技能,有了技能才有更美好的未来。

千招要会,一招要好

释义 人不仅要学会很多招数,而且一定要有一个自己特别擅长的招数。

例句 “千招要会,一招要好”,所以做学问既要博览群书,扩大知识面,又要深入钻研,力图在某个方面有所突破。

说得好听,不如练得艺精

释义 不论话说得多好听,都不如技艺练得精湛。

例句 常言道:“说得好听,不如练得艺精。”可见有一技之长是多么重要!

武艺不学不通,本领不练不精

释义 武艺不学就不会透彻地了解,本领不练就不会精通。

例句 “武艺不学不通,本领不练不精。”天赋可以帮我们迅速入门,勤奋才能让我们达到精通。

人不可貌相,海水不可斗量

释义 指不能凭长相来判断一个人,就像不能用斗来测量海水一样。说明人的外貌与才学、行为之间没有必然的联系。也作“人不可以貌相,海水不可以斗量”。

例句 他瘦弱的身体居然能够扛起这块巨石,真是“人不可貌相,海水不可斗量”。

天荒饿不死手艺人

释义 指有一技之长的人,即使发生灾荒也会有饭吃。

例句 母亲说过一句话让他终生难忘:“天荒饿不死手艺人。”他后来拜师学艺,成为一名优秀的文物修复人员。

大匠无弃材

释义 意谓技艺高超的工匠不会浪费材料。喻指物尽其用或人尽其才。

例句 唐·韩愈《送张道士序》:大匠无弃材,寻尺各有施。

好舵手会使八面风

释义 比喻有经验的领导者能应付各种困难的局面。

例句 李英儒《野火春风斗古城》:当个三条线起飞的风筝有什么不好,适者生存嘛。好舵手会使八面风。

龙眼识珠,凤眼识宝,牛眼识青草

释义 喻指有眼力的人才能识别出优劣。

例句 奚青《朱蕾》:"嘿嘿,龙眼识珠,凤眼识宝,牛眼识青草。我金某人在这方圆几百里的地界看了十几年的风水,像这样好的山形地势见着的还不多。"

没有金钢钻,别揽瓷器活

释义 金钢钻:即金钢石。修补瓷器时必需用的工具。比喻没有特别的本领,不要承担某件难事。亦作"没那金钢钻,也不揽那瓷器家伙"。

例句 《儿女英雄传》:"就是老妈妈论儿也道是:'没那金钢钻,也不揽那瓷器家伙。'你看我三言两语定叫他歇了这条报仇的念头。"

明人点头即知,痴人拳打不晓

释义 意谓聪明人稍给予暗示就能领会,愚笨的人打他都不能明白。

例句 明·徐元《八义记》:"夫人,这是你的见识,张维怎么敢说。明人点头即知,痴人拳打不晓。"

行家看门道,外行看热闹

释义 意谓内行的人注意的是行业的窍门,而外行人只看外表的热闹情况。

例句 刘兰芳等《岳飞传》:"哎呀,人家剑法太高了!行家看门道,外行看热闹。"

行家伸伸手,便知有没有

释义 意谓内行人一看,就能知道真实的情况。亦作"行家一伸手,便知有没有"。

例句 萧军《五月的矿山》:鲁车山述完了改变这放炮班的经过,他说:"……这叫作'行家伸伸手,便知有没有'。"

难者不会,会者不难

释义 意谓做事感到困难是因为没学会,学会了就不觉得难了。

例句 《冷眼观》:"这个就叫作难者不会,会者不难了。我如明明的来伙你去骗人,你又怎能知道是我伙人来骗你呢?"

只有不快的斧,没有劈不开的柴

释义 喻指只有能力差的人,没有解决不了的困难。亦作"斧快不怕木柴硬"。

例句 李伯屏等《黄海红哨》:难是难,可世上只有不快的斧,没有劈不开的柴。

水大漫不过鸭子去

释义 比喻力量超不过一定的限度。

例句 《济公全传》:众人道:"'水大漫不过鸭子去。'还是员外爷先写。"

马行千里,无人不能自往

释义 意谓马行路的能力再强,若无人驾驭,它自己不能前往。喻指人在推动事态发展中起着关键性的作用。

例句 《西游记》:行者大笑道:"呆子倒有买卖,师父照顾你牵马哩。"三藏道:"这猴头又胡说了! 古人云:'马行千里,无人不能自往。'"

千军易得,一将难求

释义 意谓有领导才能的人极难寻觅到。

例句 《东周列国志》:史臣论秦事,以为"千军易得,一将难求"。穆公信孟明之贤,能始终任用,所以卒成伯业。

将帅无能,累死三军

释义 意谓领导者缺乏才干,下属便受累遭殃。

例句 海涛《硝烟》:"将帅无能,累死三军。"将帅逃跑无罪,三军逃命却有罪了?

老将出马,一个顶俩

释义 意谓经验丰富的人,一个人能起到两个人的作用。

例句 袁静《淮上人家》:"'老将出马,一个顶俩',你爹给人扳了十几年的船,识水性啊,这一条就比你们强吧?"

天外有天,人外有人

释义 意谓天地广阔,能人之外还有能人。

例句 《小五义》:他也并不知老道那是一口什么宝剑,他不知道天外有天,人外有人,自己就知道各人祖传的那口宝剑,横竖天下少有。

山山出老虎,处处有强人

释义 比喻到处都有才能出众的人。

例句 《何典》:形容鬼道:"'真是山山出老虎,处处有强人。'我们打狗湾里,近日也出了一件怪物,叫什么蛐蟮哥,有时伸长倘脚,辊在路头路脑。"

行行出状元

释义 意谓每个行业都能产生杰出的人才。

例句 王少堂《武松》:跑堂的也有好佬? 哪一行没得好佬? 行行出状元。就是此也。

英雄出少年

释义 意谓杰出的人物往往从年轻人中间产生。

例句　《官场现形记》:见了贾大少爷,先问贵庚。贾大爷回称:"三十五岁。"黄大军机道:"'英雄出少年',将来老兄一定要发达的。"

八仙过海,各显神通

释义　八仙:民间传说中的铁拐李、汉钟离、吕洞宾、张果老、何仙姑、蓝采和、曹国舅、韩湘子八位神仙。他们曾各施法术,渡过海上。后用以喻指各人显示各自的本领。

例句　《歧路灯》:"我如今与舍弟分开,这弟兄们是八仙过海,各显神通。我叫舍弟看看我的过去。"

蚁可测水,马能识途

释义　比喻有经验的普通人能解决疑难复杂的问题。亦作"蚁能测水,马可识途"。

例句　明·梅鼎祚《昆仑奴》:"郎君,岂不闻'蚁可测水,马能识途。'黄帝顺风以拜童子,孔子辩日乃屈小儿,你要甚的来,……必能为郎君致之。"

黄狸黑狸,得鼠者雄

释义　狸:山猫。比喻不管是什么人,能办成事情的就是能人。

例句　清·蒲松龄《聊斋志异·秀才驱怪》:自是怪绝。后主人宴集园中,辄笑向客曰:"我终不忘徐生功也。"异史氏曰:"黄狸黑狸,得鼠者雄。"此非空言也。

山上无老虎,猴子称大王

释义　比喻没有杰出的人物出来领头,只能让平庸之辈来充当。

例句　《冷眼观》:靠着老子做过上海道,在城里面"山中无老虎,猴子称大王"弄惯了的脾气。

高者不说,说者不高

释义　意谓本领高强的人不炫耀,炫耀自己的人本领不高强。

例句　元·无名氏《丸经·崇古章》:有等人说捶丸时,只是高强,打处便赢,未尝有输。及到场上,口中说得精细,手拙不能应口,一筹不展,全场输了。俚语云"高者不说,说者不高"是也。

整瓶不摇半瓶摇

释义　比喻满腹学问的人不吹嘘,但才学不多的人到处哗众取宠。

例句　《镜花缘》:"刚才俺同那些生童讲话,倒不见他有甚通文,谁知酒保倒通起文来,真是'整瓶不摇半瓶摇'。"

少所见,多所怪

释义　形容人因见识少,遇事总是大惊小怪的。

例句　《初刻拍案惊奇》:语有之:少所见,多所怪。今之人,但知耳目之外,牛鬼蛇神之为奇,而不知耳目之内,日用起居,其为谲诡幻怪非可以常理测者固多也。

见橐驼谓马肿背

释义 橐驼:骆驼。比喻主观武断,对未见过的东西妄加猜说。亦作"见着骆驼说马肿背。"

例句 清·蒲松龄《聊斋志异·唐序》:谚有之云:"见橐驼谓马肿背。"此言虽小,可以喻大矣。夫人以目所见者为有,所不见者为无。

夏虫不可语冰

释义 跟夏天的虫子不可能谈论有关冰的事。喻指人见识浅陋。

例句 《二刻拍案惊奇》:美人抚掌大笑道:"郎如此眼光浅,真是夏虫不可语冰。我教你看看。"说罢,异宝满室。

给个棒槌认作针

释义 比喻没有见识。亦作"给个棒槌当针认"。

例句 《红楼梦》:"我那里管得这些事来,见识又浅,口角又笨,心肠又直率,人家给个棒槌我认作针。"

秀才造反,三年不成

释义 意指读书人实际能力差,办不成大事。

例句 《冷眼观》:"从来干大事的人,像你这样前怕狼后怕虎的,那还能做吗?怪不得人说是秀才造反,三年不成呢!"

艺不压身

释义 意谓技艺可以用来谋生,对自身有利。亦作"艺多不压身"。

例句 《歧路灯》:这孙海仙说了些江湖本领,不耕而食,不织而衣,遨游海内,艺不压身。

艺高人胆大

释义 意谓技艺高强,胆量就大。

例句 姚雪垠《李自成》:俗话说"艺高人胆大"。你要是平日箭法练得纯熟,百发百中,你才能临事从容,只把敌人当作你的活靶子。

学成文武艺,货与帝王家

释义 文武艺:文才武艺。意谓掌握了文才武艺就可以报效帝王。

例句 元·无名氏《马陵道》:"哥哥,今日师父呼唤俺二人,你说为什么来?自古道:'学成文武艺,货与帝王家。'必然见俺二人学业成就,着俺下山,进取功名。"

没有修成佛,受不了一炉香

释义 喻指自己尚未达到相当的水平,故承受不了别人的礼遇和给予的责任。

例句 罗旋《南国烽烟》:"这次你支持我东山再起,我把自己好有一比——'没有修成佛,受不了一炉香。'"

宝剑必付烈士,奇方必须良医

释义 烈士:有志于建立功业的人。意谓宝剑必须给予有志之士使用,特别的方子必须由良医采用。

例句 明·焦勖《则克录》:太阿利器而付婴孩之手,未有不反以资敌而自取死耳。谚云:"宝剑必付烈士,奇方必须良医",则庶几运用有法,斯可得器之济,得方之效矣。

龙归沧海,虎入深山

释义 喻指各自回到可以发挥自己才能的地方去。亦作"龙归大海,虎进深山"。

例句 《后水浒传》:龙归沧海,虎入深山。各有所利耳。不可在此久停,可上白云山聚义。

好汉不提当年勇

释义 意谓有作为有志气的人不炫耀过去的功绩。

例句 刘兰芳等《岳飞传》:"好汉不提当年勇,人老不以筋骨为能。我岳大哥这一死呀,我有些精神恍惚,不行啦!"

好马不吃回头草

释义 比喻有志气的人不走回头路。

例句 《石点头》:常言好马不吃回头草,料想延寿寺自然不肯相留,绝无再入之理。

好男不吃分家饭,好女不穿嫁时衣

释义 意谓有志气的人不依靠父母的钱财生活。亦作"好男不吃婚时饭,好女不穿嫁时衣"。

例句 《儒林外史》:小姐道:"'好男不吃分家饭,好女不穿嫁时衣。'依孩儿的意思,总是自挣的功名好,靠着祖、父,只算作不成器!"

男儿膝下有黄金

释义 意谓男人不该轻易下跪。

例句 《初刻拍案惊奇》:林善甫入茶坊,脱了衫帽,张客方才向前,看着林上舍,唱个喏便拜。林上舍道:"男儿膝下有黄金,如何拜人?"

宁为玉碎,不为瓦全

释义 意谓宁可为保全清白或坚持正义而死,也不苟且偷生。

例句 杨沫《青春之歌》:"'宁为玉碎,不为瓦全'!我不愿我的一生就这么平庸地、毫无意味地白白过去。"

人受一口气,佛受一炉香

释义 意谓人都不愿忍辱受气。亦作"人争一口气,佛争一炉香""人争气,火争焰"。

例句　《金瓶梅词话》:“人受一口气,佛受一炉香,你去与他赔过不是儿,天大事却了。”

人有人门,狗有狗窦

释义　窦:洞。意谓为人处世应保持人格尊严。

例句　《古今小说·晏平仲二桃杀三士》:晏子大笑曰:“汝等岂知之耶?吾闻人有人门,狗有狗窦。使于人,即当进人门;使于狗,即当进狗窦。有何疑焉?”

士可杀而不可辱

释义　意谓有气节的人宁可被杀也不愿受侮辱。

例句　《醒世恒言·卢太学诗酒傲王侯》:士可杀而不可辱,我卢冉堂堂汉子,何惜一死!却要用刑……不消责罚。

人必自侮,而后人侮

释义　意谓一个人自己轻慢自己,别人才会侮慢他。

例句　《冷眼观》:物必自腐而后虫生,人必自侮,而后人侮之。

一人做事一人当

释义　当:承担。意谓自己做的事情,自己承担后果,不连累别人。亦作“一人做罪一人当”。

例句　《封神演义》:“此宝皆系师父所赐,料敖火怎敌我。我如今往乾元山上,问我师尊,定有主意。常言道:‘一人做事一人当。’岂敢连累父母?”

国家兴亡,匹夫有责

释义　匹夫:古代指平民男子。意谓国家的兴旺或衰败、灭亡,每个人都有责任。亦作“天下兴亡,匹夫有责”。

例句　刘兰芳等《岳飞传》:“国家兴亡,匹夫有责。何况我岳飞蒙恩师错爱,寄予厚望,怎能不忠心报国?”

人无刚骨,安身不牢

释义　意谓人若无刚强的骨气,就难以安身立命。

例句　《水浒传》:“‘人无刚骨,安身不牢’,奴家平生快性,看不得这般三答不回头,四答回身转的人。”

海阔从鱼跃,天高任鸟飞

释义　比喻广阔天地,听凭作为。

例句　《西游记》:古人云:“海阔从鱼跃,天高任鸟飞。”怎么西进便没路了?

人往高处走,水往低处流

释义　意谓人都有向上求发展的愿望,这种本性,与水总往低处流淌是一样的。亦作“人往高处走，鸟往高枝飞”“人往高来水往低”。

例句 老舍《女店员》：“人往高处走，水往低处流。你怎么会想去卖针头针脑，三个钱的姜，两个钱的醋呢？”

男子汉志在四方

释义 意谓男子汉应该立志天下，以建立功业。

例句 《世无匹》：干浚郊道：“路虽遥远，见父即归，自不敢淹留于外，使母亲悬望。孩儿虽未出门，男子汉志在四方，何愁迢递。”

不为良相，当为良医

释义 不能做好宰相，就应当做一个好医生。意谓以解除天下的困苦为自己的志向。

例句 清·阮葵生《茶馀客话》：范文正公微时尝云：读书学道，要为宰辅，得以行道，可以活天下之命。不然，时不我与，则当读黄帝书，深究医学奥旨，是亦可以活人也。……俗云：“不为良相，当为良医。”殆有所本也。

三军可夺帅，匹夫不可夺志

释义 形容意志坚强、不可动摇。

例句 《儿女英雄传》：“姑娘，不可如此！‘三军可夺帅也，匹夫不可夺志也’！我安骥宁可负了姑娘做个无义人，绝不敢背了父母做个不孝子。”

一人立志，万夫莫夺

释义 意谓一人立志坚定，就无人能改变。形容决心很大。

例句 《醒世恒言·大树坡义虎送亲》：林公与梁氏见女儿立志甚决，怕他做出短见之事，只得繇他。正是：一人立志，万夫莫夺。

有志不在年高

释义 意谓人有志气不在于年龄大小。亦作“有志不在年高，无志空活百岁”。

例句 《官场现形记》：“姑奶奶说哪里话来！常言说得好：‘有志不在年高。’我那一桩赶得上姑奶奶？”

有志者事竟成

释义 意谓有志气的人，做事总能成功。

例句 巴金《家》：“我们会替你设法，你只管放心做去，我平生相信有志者事竟成的话。”

宰相肚里好撑船

释义 比喻有作为有理想的人，心胸开阔气量大。亦作“将军额上跑下马，宰相肚里行舟船”。

例句 《官场现形记》：“我见了不好的人，我心上就要生气。我不如你有担待。你做

中堂的是'宰相肚里好撑船'。我生来就是这个脾气不好。"

成人不自在,自在不成人

释义 意谓要成为有用的人就不能不受各种约束,自由放任的人成不了有用之材。

例句 宋·罗大经《鹤林玉露》卷九引宋·朱熹《小简》:谚云,成人不自在,自在不成人。此言虽浅,然实切至之论,千万勉之。

将相本无种,男儿当自强

释义 意谓才干本领不是靠遗传得到的,男子汉应奋发图强。

例句 《小五义》:艾虎道:"师傅你教我的,不是常说'将相本无种,男儿当自强'吗?"智爷暗喜:"此子日后必成大器。"

五、家教育儿类谚语

纵子如纵虎

释义 指如果对子女放纵娇惯,将后患无穷。

例句 俗话说:"纵子如纵虎。"你这么娇惯你的儿子,恐怕早晚要出事。

娇子如杀子

释义 娇子:娇惯、溺爱儿女。指娇惯子女等于亲手杀害他们,对子女以后的健康成长没有丝毫的好处。

例句 小明把同学的文具盒偷回自己家,妈妈知道了却没有批评他。爸爸气极了,对妈妈说:"你难道不知道'娇子如杀子'吗?怎么能睁一只眼闭一只眼呢?"

娇养不如历艰

释义 娇生惯养远比不上让孩子多经历一些艰难困苦。

例句 人们常说"娇养不如历艰",可见让孩子吃点儿苦、受点儿罪,才是父母最该给予孩子的大爱。

宠是害,严是爱

释义 指对子女娇生惯养,使之养成不良习惯,实质上是害了他们;从小对子女严格要求,实质上是爱护他们。

例句 刘军对孩子总是非常严厉,从不溺爱孩子,因为他知道:"宠是害,严是爱。"

不严不成器,过严防不虞

释义 虞:猜测,预料。指教育子女既要严格,又要保持一定的"度"。

例句 近年来,社会上发生了一些中学生伤母的事件,这再次提醒我们要明白"不严不成器,过严防不虞"的古训。

爱之深,责之严

释义 指爱得越深,要求就越严。

例句 班长今天犯错误了,被班主任狠狠地批评了一顿,我看这是"爱之深,责之严",因为班主任很器重他。

教子不严父母过

释义 对子女教育不严格是父母的过错。

例句 "教子不严父母过",为人父母,要严格教育孩子,才能给予孩子正确的人生指导。

娘勤女不懒,爹懒儿好闲

释义 比喻父母的行为对子女的影响很大。也作"娘勤女不懒,爹懒子好闲"。

例句 我们都奇怪她为什么那么勤快,家里总是收拾得一尘不染,直到见到她妈妈,我们才知道果然是"娘勤女不懒,爹懒儿好闲"。母亲对她的影响是最重要的原因。

杂草铲除要趁早,孩子教育要从小

释义 指对杂草的铲除要趁早,对孩子的教育要从小抓起。

例句 俗话说:"杂草铲除要趁早,孩子教育要从小。"孩子都七八岁了,该送到学校识字了。

牛要耕田马要骑,孩子不管要顽皮

释义 指对少年儿童要严加管教,才能够使之健康成长。

例句 淘气的东东不论干了什么事,他爸爸都说:"孩子还小,长大就懂事了。""牛要耕田马要骑,孩子不管要顽皮",孩子的启蒙教育很重要,对孩子一定要从小严加管教,以免日久养成不良习惯。

树不修不成材,儿不育不成人

释义 树木不修整不能成材,子女不受良好的教育就难以成为有用之材。

例句 俗话说:"树不修不成材,儿不育不成人。"咱们只要把孩子往革命的路上引,他们就能长成为有用的人。(海涛《硝烟》第五章)

树小扶直易,树大扳直难

释义 强调早期教育的重要性,比喻孩子有了缺点应及时纠正,等长大了就很难纠正了。

例句 少年时期是一个人良好品德形成的重要阶段,"树小扶直易,树大扳直难",家长和老师一定要重视孩子的早期教育。

幼木长成材,成为栋梁柱

释义 比喻孩子现在看来虽小,但通过精心教育,他长大后便能成为栋梁之材。

例句 别看我们现在小,常言道:“幼木长成材,成为栋梁柱。”多年后,再看我们的作为吧!

小树要砍,小孩要管

释义 树要修枝、打杈,这样能让小树长得直、长得壮;孩子要管教,这样能让他们向好的方向发展。

例句 “小树要砍,小孩要管”,你把儿子惯得跟小皇帝似的,将来只会害了他!

孩子像根杨柳条,怎么栽培怎么长

释义 指孩子在尚未长成之时,很容易受外界的影响而改变自己的观念,受什么样的教育便成为什么样的人。这里强调早期教育对孩子的重要性。

例句 “孩子像根杨柳条,怎么栽培怎么长。”每个孩子都有可塑性,成才与否关键在于他接受了什么样的教育。

幼苗不扶植,长大变弯木

释义 幼苗不经护理会长成弯木。比喻孩子从小应接受良好的教育,长大之后才能成为有用之材。

例句 这孩子小小年纪就染上了这么多陋习,“幼苗不扶植,长大变弯木”。你作为孩子的母亲,我希望你能重视这个问题。

树不打杈要歪,人不教育要栽

释义 树木不修剪树杈,就会长歪;人要不受教育,迟早会栽跟头。

例句 “树不打杈要歪,人不教育要栽”,所以人一定要受教育,否则很难在社会上立足,更别说成就一番事业了。

浇花要浇根,育人要育心

释义 想把花养育好就要浇灌根,想要教育好孩子就要关注孩子的心理。

例句 “浇花要浇根,育人要育心”,这句话久久地回荡在每个老师的耳畔,激荡着大家的心灵。

百年大计,教育为本

释义 强调要想实现长期的发展计划,教育起决定性作用。

例句 常言道:“百年大计,教育为本。”可见人才培养是多么重要。

名师出高徒

释义 高素质、高水平的老师一般能够培养出一流的学生。

例句 俗话说:“名师出高徒。”要是老师写的字歪歪扭扭的,教出来的学生又怎能成为书法家呢?

火从小时救,人从小时教

释义 指火苗要从小时扑救,对人的教育要从小时抓起。也作“火从小时救,树从小时修”。

例句　“火从小时救，人从小时教。”火只有在小的时候及时扑灭，才能避免火灾的发生；孩子只有在小时候抓紧进行教育，才能健康地成长。

会有状元徒弟，没有状元师傅

释义　告诉人们，学习一样东西，老师的教导只是起辅助作用，要真正学有所成，主要还是靠自己的努力。

例句　常言道，“会有状元徒弟，没有状元师傅”。老师的传授固然重要，但是最重要的还是自己的努力。

近朱者赤，近墨者黑

释义　指处于什么样的环境就容易受什么样的影响。比喻环境对人的影响很大。

例句　“近朱者赤，近墨者黑。”因为环境对人的影响是潜移默化的，所以我们不能不谨慎地选择居住、学习的环境。

天地为大，亲师为尊

释义　指世间最大的是天地，最应该尊敬的是父母亲和师长。

例句　“天地为大，亲师为尊。”在我的心目中，老师和父母是一样可亲、可爱、可敬的。

响鼓不用重锤

释义　比喻聪敏睿智的人不需要太多教导，只要稍加指引，便能很快领悟。

例句　“响鼓不用重锤。”你是个聪慧的人，想想吧，我不会成心害你的。

师傅领进门，修行在个人

释义　修行：佛门用语，按照佛法要求修身养性。比喻要通过自己的努力和实践才能获得真本领，而凡事都想依靠别人是无法取得成就的。

例句　俗话说：“师傅领进门，修行在个人。”我不过提醒提醒就是了，功夫是他自己学下的。（康式昭等《大学春秋》）

哪个人也不全，哪个车轮也不圆

释义　世上没有完美无缺的人，就像没有绝对圆的车轮一样。

例句　俗话说，“哪个人也不全，哪个车轮也不圆”，你就不要再挑三拣四了。

人不教不懂，钟不敲不鸣

释义　一个人如果不接受教育很难获得知识，就好像钟不敲永远都不会响一样。

例句　你对他再吼叫，也无济于事。“人不教不懂，钟不敲不鸣”，要想让他学会这道证明题，除非你耐心地给他讲解。

浪子回头金不换

释义　指不干正事、走过邪路的年轻人，如果能回头，改邪归正，这是比金子还要宝贵的。也作“浪子收心是个宝”。

例句 他与狐朋狗友断交后，找到了一份稳定的工作，踏踏实实地干着，家人都感叹他是“浪子回头金不换”。

玉不琢，不成器

释义 美玉只有经过琢磨才能更有价值，比喻人只有通过不断的学习、磨炼，才能成为人才。

琢玉

例句 先生所言不差，阿金确非凡品，但“玉不琢，不成器”，无名师难出高徒。（凌力《少年天子》）

生活靠太阳，人才靠培养

释义 指美好的生活离不开阳光，人才的出现离不开培养教育。

例句 “生活靠太阳，人才靠培养”，教书育人是一份多么神圣的工作！

徒弟学问靠老师，灯的明亮靠灯油

释义 指青少年学习知识主要靠老师引导，这样才能学多、学精。

例句 父亲紧握王老师的手，说：“老师，常言道‘徒弟学问靠老师，灯的明亮靠灯油’，俺家孩子就交给您了，您多费心了。”

巧匠能使弯树成材，良师能使逆子归正

释义 意为灵巧的工匠能使弯曲的树成材，优秀的老师能使叛逆的学生改邪归正。

例句 “常言道：‘巧匠能使弯树成材，良师能使逆子归正。’我们就把孩子交给您了，请您多费心，好好管教一下他。”那个中年妇人无奈地说。

十年树木,百年树人

释义 树:种植;培养。意谓培养人才是长久之计,是艰难的事。

例句 《续孽海花》:所以古人说:“十年树木,百年树人。”不晓得世上也有预备那树人计划的人吗?

爱在心里,狠在面皮

释义 意谓喜爱子女应放在心里,表面上则要严厉。

例句 《醉醒石》:俗语道:“爱在心里,狠在面皮。”除了虎狼,那得无父子之情?

打是疼,骂是爱

释义 意谓态度严厉而实质是出于怜爱。亦作“打是亲,骂是爱”。

例句 《醒世姻缘传》:珍哥红着脸说道:“‘打是疼,骂是爱’,极该笑!”

棒头出孝子,箸头出忤逆

释义 忤逆:不孝顺父母。箸头:筷子。意谓家教严格,子女会孝顺父母。亦作“棒头出孝子”。

例句 《初刻拍案惊奇》:棒头出孝子,箸头出忤逆!为是严家夫妻养骄了这孩儿,到得大来,就便目中无人,天王也似的大了。

父兄失教,子弟不堪

释义 意谓父亲兄长家教不严,家中小辈就不会有出息。

例句 《儿女英雄传》:“父兄失教,子弟不堪”……但是养到这种儿子,此中自然该有个天道存焉了。

老子偷瓜盗果,儿子杀人放火

释义 意谓父亲作恶,儿子会做更大的坏事。

例句 清·林伯桐《古谚笺》:老子偷瓜盗果,儿子杀人放火。

家富小儿骄

释义 意谓家庭富裕,孩子性格就骄横。

例句 元·武汉臣《老生儿》:你从小里也该把这孩儿教,怎生由他恁撒拗,道不的“家富小儿骄”。

宁养顽子,不养呆子

释义 意谓顽皮的孩子比痴呆的孩子好得多。

例句 《西湖二集》:“从来道:宁养顽子,不养呆子。”那顽子翻天搅地……日后定有升腾的日子;呆子终日不言不语,一些人事不知,到底是个无用之物,却不是晦他的臭气吗?

与君一席话,胜读十年书

释义 意谓跟有才能的人交流一次,所获得的教益超过读十年书所得的。亦作“与君一席话，胜过十年书”。

例句 《老残游记》：“与君一夕话，胜读十年书。”真是闻所未闻！

一日为师，终身为父

释义 意谓徒弟对于师傅应如对待父亲一般，要尊敬和侍奉一辈子。

例句 《西游记》：“‘一日为师，终身为父’，我等与你做徒弟，就是儿子一般。”

名师出高徒

释义 意谓有名望的师傅培养出的徒弟也是高水平的。

例句 《孔明初用兵》：孔明一生收两个徒弟：前张飞，后姜维，名师出高徒。

六、勤劳勇敢类谚语

不怕慢，只怕闲

释义 指不停地劳动和工作，即使动作慢收获也很大，而闲着不做，自然会一无所获。

例句 俗话说：“不怕慢，只怕闲。”骄傲的兔子终于被有韧性的乌龟打败了。

镜子不擦起灰尘，人不勤劳成废人

释义 指镜子若不擦就会有灰尘，人若不劳动就不会成为有用的人。

例句 “镜子不擦起灰尘，人不勤劳成废人。”墩子最近好吃懒做，看上去越来越颓废了。

不动扫帚地不光，不动锅铲饭不香

释义 比喻不付出劳动就不会有所收获。

例句 咱们可不能再坐享其成了，“不动扫帚地不光，不动锅铲饭不香”，人总得亲自去拼搏争取，方可有所收获。

懒汉一伸腰，勤汉走三遭

释义 形容懒人做事从不抓紧时间，因此效率很低；勤劳的人抓紧时间，做事效率高。

例句 海丽学习很勤奋，每天早自习，她都是早到半小时，而我则是踩着上课铃到教室；早自习结束时，我单词还没读熟，她已经会背了。真是“懒汉一伸腰，勤汉走三遭”。

勤劳和智慧是双胞胎，懒惰和愚笨是亲兄弟

释义 勤劳和智慧是分不开的，懒惰和愚笨是分不开的。

例句 俗话说：“勤劳和智慧是双胞胎，懒惰和愚笨是亲兄弟。”天才大都不是天生的，而是后天的努力学习造就的。

勤人登山易，懒人伸指难

释义　对于勤劳的人，再难办的事都觉得容易办；对于懒惰的人，再容易办的事都觉得难办。也作"勤人过山易，懒人动指难"。

例句　俗话说："勤人登山易，懒人伸指难。"许多事情，我们之所以觉得做起来困难，往往是因为自己不够勤快，不够努力。

宁可笨不可懒，宁苦干不苦熬

释义　宁愿做事笨拙一些，也不要懒惰；宁愿辛苦劳作，也不要在困境中受煎熬。

例句　小明总为自己比别的小孩反应慢而自卑，妈妈鼓励他说："'宁可笨不可懒，宁苦干不苦熬。'只要你勤奋努力了，你就是最棒的！"

人勤穷不久，人懒富不长

释义　人若勤快，很快就会过上富裕的生活；人若懒散，不管多么富有，也会很快走向贫穷。

例句　常言道："人勤穷不久，人懒富不长。"只要你不怕苦，不怕累，跟着大伙好好干，我保证，不出三年你的日子便会好起来。

勤是摇钱树，俭是聚宝盆

释义　比喻勤劳和节俭是发家致富的两大法宝。

例句　"勤是摇钱树，俭是聚宝盆。"这句话一直广泛流传，勤俭也成了中华民族的优良传统之一。

不将辛苦意，难近世间财

释义　指要想有所收获，就要不辞劳苦，肯下功夫。

例句　"不将辛苦意，难近世间财。"学习也得下苦功夫，才能见成绩。

富贵本无根，尽从勤里得

释义　人生中的荣华富贵不是生下来就有的，是依靠后天的勤奋得到的。

例句　人活在这个世界上必须努力奋斗，勤奋努力。正所谓"富贵本无根，尽从勤里得"，只有勤劳才能创造财富，获得美满的人生。

知识在于积累，天才在于勤奋

释义　指知识是一点一点积累起来的，天才是不断努力学习的结果。

例句　"还是用功学习吧，'知识在于积累，天才在于勤奋'，没有人会随随便便成功。"班长自言自语道。

饿得死懒汉，饿不死穷汉

释义　说明懒人不干活，生活就无着落；穷人肯劳动，生活就有保障。

例句　"饿得死懒汉，饿不死穷汉。"只要你辛勤劳作，不怕辛苦，日子一定会好起来的。

一年之计在于春,一生之计在于勤

释义 在春天安排好一年的计划,这一年一定会有很大的收获。人的一生要想有所成就,靠的就是勤奋。

例句 “一年之计在于春,一生之计在于勤”,你这么勤快,现在虽穷,但以后的日子一定会逐渐变好的。

只要功夫深,铁杵磨成针

释义 杵:舂米或捶衣的木棒。只要下足功夫,不怕苦,不怕累,铁杵也能磨成针。

例句 “只要功夫深,铁杵磨成针。”你是个能下功夫的人,又肯动脑筋,自然都能干出眉目来。(程树榛《大学时代》)

不怕迟种,单怕迟锄

释义 锄:一种松土锄草的农具。意为做事不怕晚,就怕过程中不努力。

例句 农民讲究“不怕迟种,单怕迟锄”。对于我们的学习来说,同样如此,不怕开始时成绩差,只要坚持不懈地努力学习,勤于思考,还是会赶上来的。但如果三天打鱼,两天晒网,就会更加落后于人。

不怕山高路远,就怕中途偷懒

释义 意为做事情就怕没有恒心、毅力,半途而废。

例句 “‘不怕山高路远,就怕中途偷懒。’你刚练了半小时的琴就想休息,将来怎么上舞台表演呢?”老师有点儿不高兴地说。

懒汉下地事儿多,懒驴上磨屎尿多

释义 讽喻人借故偷懒,不愿多出力。

例句 他故意说肚子疼不愿出门跑步,妈妈说他是“懒汉下地事儿多,懒驴上磨屎尿多”。

不费心血花不开,不下苦功甜不来

释义 比喻只有努力付出,才能有收获。

例句 “‘不费心血花不开,不下苦功甜不来。’你还是别想歪门邪道了,老老实实地复习吧!”同桌一本正经地对我说。

做人要堂正,做事要勤恳

释义 指做人要正直,做事情要勤勤恳恳。也作“做人要真诚,做事要勤恳”“做人要真诚,做事要勤劳”。

例句 “做人要堂正,做事要勤恳。”始终牢记这两点,你会受益一生。

只怪人不勤,莫怪地不肥

释义 庄稼不收成是因为人不够勤快,不是因为地肥力不够。

例句 就像“只怪人不勤,莫怪地不肥”一样,如果你平时上课认真听讲,期末考试不会不及格。

不识农时难丰收,不勤奋就难进步

释义 不准确地掌握农时就很难丰收,不勤奋努力就很难进步。

例句 俗话说:“不识农时难丰收,不勤奋就难进步。”农民要懂得农时,学生要知道勤奋,这样才能有好收成、大进步。

上天不负苦心人

释义 上天不会辜负刻苦用心的人。

例句 “上天不负苦心人。”也许付出的努力不能立见成效,但时间会为我们见证最终的成果。

年幼贪玩,老来要饭

释义 从小不努力学习,长大以后也不会有所成就。

例句 老人们常说:“年幼贪玩,老来要饭。”王家那个二儿子,从小就不求上进,果不其然,长大成家后穷得叮当响。

台上一招鲜,台下练三年

释义 指舞台上的每一个新招都出自演员在台下多年的苦练。

例句 在采访中她回忆起自己当初如何坚持不懈苦练舞技,才得以开发出这一新舞种,从而一举成名的经历,让我们深深体会到“台上一招鲜,台下练三年”的道理。

深水莫畏渡,事难莫停步

释义 指水无论多深也不要畏惧不渡,事情无论多难也不要轻言放弃。

例句 炸掉这座钢筋混凝土桥是个艰巨的任务,不过中国有句古话:“深水莫畏渡,事难莫停步。”无论如何,我们只许成功,不许失败。

经不起风吹浪打,算不得英雄好汉

释义 指不经困难和挫折的考验,难以成为英雄豪杰。

例句 “经不起风吹浪打,算不得英雄好汉。”只有上过充满硝烟的战场,我们才能拥有钢铁般的意志。

不担三分险,难练一身胆

释义 只有经历了磨难,才能练出一身胆。

例句 感谢组织把这么重要的任务交给我完成,“不担三分险,难练一身胆”,这是一次自我锻炼的好机会。

豁出一身剐,敢把皇帝拉下马

释义 形容只要有足够的胆量,再危险的事情也敢做。

例句 常言道:“豁出一身剐,敢把皇帝拉下马。”胆量大的人,什么事都做得出来。

怕虎不上山,怕龙不下滩

释义 比喻惧怕困难、不敢拼搏的人办不成大事。

例句 “怕虎不上山,怕龙不下滩。”既然做出了选择,希望大家能够咬牙坚持下去。

怕得老虎,喂不得猪

释义 因为怕老虎可能吃掉喂养的猪而不去喂猪。比喻若顾虑太多,过分谨慎,就什么事也做不成。

例句 “怕得老虎,喂不得猪。”像你这样瞻前顾后的,什么也做不成。

天不怕,地不怕,老虎屁股也要摸一下

释义 比喻人非常勇敢。

例句 我向来“天不怕,地不怕,老虎屁股也要摸一下”。区区几个蟊贼,胆敢太岁头上动土,看我怎么收拾他们!

初生牛犊不怕虎

释义 牛犊:小牛。刚出生的小牛不知道老虎的威猛,因而不害怕老虎。比喻刚进入社会、阅历不深的年轻人想法简单,敢想敢做。也作“初生牛犊不畏虎”。

例句 “初生牛犊不怕虎”,万先廷就像一只这样的牛犊。他似乎永远不会感到自己会有无法逾越的困难。

怕刺的人,摘不到红玫瑰

释义 比喻胆小怕事的人,难以实现理想。

例句 “怕刺的人,摘不到红玫瑰”,面对困境我们一定要迎难而上。

撒网要撒迎头网,开船要开顶风船

释义 形容英勇非常,敢于向任何困难挑战。

例句 男子汉大丈夫理应“撒网要撒迎头网,开船要开顶风船”,瞧你胆小如鼠的样子,真丢人!

越怕事,越有事

释义 越是提心吊胆,越有事情发生。意即要勇于迎接挑战。

例句 大家不要怕,“越怕事,越有事”,把悬着的心放下来,天塌下来有地接着。

怕走崎岖路,莫想攀高峰

释义 比喻要取得成功,就不要畏惧眼前的任何困难。

例句 指导员说:“‘怕走崎岖路,莫想攀高峰’,革命事业任重道远,大家一定要有思想准备。”

怕小河过不了大江

释义 指在小困难面前低头、畏惧,就无法挑战更大的困难,取得更大的胜利。

例句 “怕小河过不了大江”，你们连这点儿小困难都克服不了，将来遇到大的困难怎么办？

勇敢是困难的克星

释义 指勇敢是战胜困难的法宝。

例句 遇到困难千万不要吓作一团，“勇敢是困难的克星”，我们一定要挺身而出，迎接挑战。

大胆天下去得，小心寸步难行

释义 有胆量的人可以走遍天下，胆小的人走一步都觉得困难。

例句 人常说：“大胆天下去得，小心寸步难行。”面对未知的世界，我们每个人都应怀有一颗勇敢的心。

没有比害怕本身更可害怕的

释义 害怕、恐惧、不敢面对才是最可怕的。

例句 你一遇到困难就恐惧、不敢去面对，怎么行呢？要知道这世界上“没有比害怕本身更可害怕的”了。你只有战胜自己的恐惧心理，勇敢地去面对困难，才有可能战胜它。

敌大勿畏，敌小勿轻

释义 不要因为敌人的势力强大就望而生畏，也不要因敌人力量弱小就掉以轻心。

例句 “敌大勿畏，敌小勿轻”的战略思想已深入军心，如今我军势如破竹，战果累累。

怕鬼鬼作怪，打鬼鬼不来

释义 比喻不要害怕困难，勇敢面对就能克服困难。

例句 “怕鬼鬼作怪，打鬼鬼不来。”胆怯会让成功离我们越来越远，要勇敢地面对困难。

狭路相逢勇者胜，胆怯之人受欺凌

释义 胆怯：胆量小，缺少勇气。欺凌：欺压，凌辱。敌对双方在很窄的路上相遇，勇敢者才能取得胜利；胆怯的人只会受到别人的欺负。

例句 团长对士兵们说：“面对数倍于我们的敌人，我们要记住‘狭路相逢勇者胜，胆怯之人受欺凌’。”

别因河深不渡河，别因困难不进取

释义 告诫人们不要被表象所迷惑，不要轻易向困难低头，要勇敢地去探索和实践，不怕失败。

例句 克服困难、寻求上进是每个人都应该努力去做的，“别因河深不渡河，别因困难不进取”。

七、修身处世类谚语

人生百行,孝悌为先

释义 悌:尊敬兄长。人活在世界上,孝顺父母和尊重兄长是最重要的。

例句 老师教导我们,尊老爱幼是中华民族的传统美德,正所谓“人生百行,孝悌为先”。

万恶淫为首,百行孝当先

释义 指在诸多罪恶当中淫乱是罪魁祸首,在诸多行为当中孝顺是第一位的。也作“万恶淫为首,百行孝为先”。

例句 “万恶淫为首,百行孝当先。”我们一定要孝顺父母。

喝水不忘掘井人

释义 掘:刨,挖。指享受幸福时,不能忘记那些付出辛勤劳动、为人们造福的人。也作“吃饭不忘种谷人,饮水不忘掘井人”。

例句 当初的孤儿现在成了董事长,但他却一直不曾忘记帮助过他的好心人,每年春节都会去探望他们。真是“喝水不忘掘井人”啊!

吃饭不忘田,吃鱼不忘河

释义 不要忘了吃的粮食来源于庄稼地,吃的鱼肉是从河里得来的。告诫人们,不要忘本,要饮水思源。也作“吃饭不忘种谷人,饮水不忘掘井人”。

例句 “吃饭不忘田,吃鱼不忘河。”做人要饮水思源,常怀感恩之心。

仙丹难治没良心

释义 人的品行若坏了,即使是可以起死回生的仙丹也没法治。

例句 正所谓“仙丹难治没良心”,对于社会上那些不孝顺老人的人,我们感到痛心又无奈。

但得一片橘皮吃,便莫忘了洞庭湖

释义 受到人家的一点儿恩惠,不能轻易忘记。

例句 “但得一片橘皮吃,便莫忘了洞庭湖。”受人恩惠应当心怀感恩之心。

你帮别人应忘掉,别人帮你要记牢

释义 如果做了帮助别人的事,应当忘掉,不要希望得到回报;如果得到了别人的帮助,要牢牢记在心里,俟机报答。

例句 “你帮别人应忘掉,别人帮你要记牢”,所以我们要怀着一颗感恩的心。

礼到暖人心,礼缺讨人嫌

释义 如果时时对人有礼貌,别人心里会很感激的;如果礼数不周到,别人会不高兴

的。也作“礼到人心暖,无礼讨人嫌”“礼到人心温,无礼讨人嫌”。

例句 奶奶经常告诫我们:“‘礼到暖人心,礼缺讨人嫌。’一定要做一个懂礼貌的好孩子。”

病愈莫忘良医,过山莫忘坐骑

释义 告诫人们要铭记别人对自己的帮助。

例句 人无论到什么时候都不能忘本,“病愈莫忘良医,过山莫忘坐骑”。受了别人的恩惠,就要想办法报答。

让礼一寸,得礼一尺

释义 指对人讲礼貌,别人就会对你加倍尊重。

例句 他向来认为“让礼一寸,得礼一尺”有道理,因此行事谦和谨慎。

以钱赠人,不如以礼待人

释义 赠送别人钱币,不如礼貌地对待别人。

例句 世界上许多事都不是金钱能够解决的,“以钱赠人,不如以礼待人”。

恭可释怒,让可息争

释义 恭敬的态度可以消解对方的愤怒,谦让可以平息相互间的争执。也作“恭可息人怒,让可息人争”“恭可平人怨,让可息人争”。

例句 “常言道:‘恭可释怒,让可息争。’孔融四岁就懂得让梨,你们这么大了还要为一个座位争个不休吗?”老师严厉地说。

饭要让着吃,活要抢着干

释义 吃饭的时候应互相谦让,但是做起工作来要争先恐后。

例句 你谨记“饭要让着吃,活要抢着干”,这样才能更快更好地融入新环境。

仁为万善本,贪是诸恶源

释义 仁是善良的根本,贪是罪恶的源头。

例句 常言道:“仁为万善本,贪是诸恶源。”他在法庭上表示,自己因一时心生贪念,才最终走上犯罪的道路,请求法庭给他改过自新的机会。

将军额上跑下马,宰相肚里好撑船

释义 比喻人宽宏大量,能够容人。也作“宰相肚里能撑船”“将军额上堪跑马,宰相肚里能撑船”“将军额上跑下马,宰相肚里撑得船”。

例句 常言说:“将军额上跑下马,宰相肚里好撑船。”你气量这样狭窄,如何统率百万大军?

老不与少争

释义 意为年老者应有宽容的胸怀,不应与年少者争论。

例句 虽然李奶奶的观点是正确的,但小强仍公开批驳了李奶奶的说法,不过“老不与少争”,李奶奶听到后并没有责备他,这让小强感到很羞愧。

饶人不是痴,痴汉不饶人

释义 在与人交往的时候要学会宽恕别人的错误,这样才是一个聪明人的做法。也作“饶人不是痴呆汉,痴呆汉子不饶人”。

例句 她迟迟不肯接受朋友道歉,妈妈劝她说:“‘饶人不是痴,痴汉不饶人。’对朋友,要学会宽容和原谅。”

泰山不让土,故能成其大

释义 雄伟的泰山不拒绝微小的尘土,日积月累,终成巍峨的高山。喻指谦虚宽容的品格才是成功的保证。

例句 公司要发展就要广纳贤才,广开言路。正所谓“泰山不让土,故能成其大”,包容开放,能够助力企业发展。

茄子也让三分老

释义 对老人应该尊敬、谦让。

例句 “常言道:‘茄子也让三分老。’他毕竟是单位的元老,你总要给他些面子。”主任苦口婆心地对他说。

退一步风平浪静,让一分海阔天空

释义 喻指遇到纠纷主动采取谦让的态度,纷争就会平息,双方的合作才会有更大的空间。

例句 年轻人不要争强斗气,“退一步风平浪静,让一分海阔天空”。大家各让一步,事情就能顺利解决。

一日省一口,三年凑成几百斗

释义 斗:容量单位,10 升等于 1 斗。指每天节约一点儿粮食,时间久了,数量也很可观。

例句 爷爷瞅着饭桌上剩下的白花花的米饭,意味深长地说:“俗话说‘一日省一口,三年凑成几百斗’,长此以往,将有多少粮食被浪费,你们想过吗?”

一日节省一根线,三月就能把牛拴

释义 指每日节约得虽少,但日积月累,就能积少成多。

例句 哥哥、姐姐上学花费越来越多,父母常说:“‘一日节省一根线,三月就能把牛拴’,只要我们大家省吃俭用一阵子,一定能供他们上完大学。”

冬不节约春要愁,夏不劳动秋无收

释义 强调平日要注重勤俭节约,只有付出艰辛的劳动才可以品味丰收的喜悦。

例句 别玩游戏了,再过一个月就中考了,“冬不节约春要愁,夏不劳动秋无收”,当心落榜啊!

厚积不如薄取,滥求不如减用

释义 告诫人们,要节约,不可浪费。

例句 在自然资源逐渐匮乏的今天,我们一定要牢记"厚积不如薄取,滥求不如减用",只有这样,才能为我们的子孙后代留下生存的资源。

要学细水长流,莫学暴洪满山

释义 暴洪:暴发的山洪,来势很大,去得也很快。比喻在勤俭节约方面不要忽冷忽热,要坚持不懈。

例句 "要学细水长流,莫学暴洪满山",在勤俭节约方面大家一定要有持之以恒的决心,不能光凭三分钟热度。

节约就是大收成

释义 收成:指庄稼、蔬菜、果品等收获的成绩。指平时节俭数量虽小,但日积月累,数量也会很大,就好比是大收成。

例句 随手关灯省下的电虽少,但"节约就是大收成",时间一长能省下不少电哩!

大吃大喝一时香,细水长流日子长

释义 指居家过日子不要只顾眼前,肆意浪费,而要懂得勤俭节约。

例句 邻居家里一有钱就大鱼大肉地浪费,没钱的时候便吃糠咽菜,看来,他们不知"大吃大喝一时香,细水长流日子长"的道理。

新三年,旧三年,缝缝补补又三年

释义 一件衣服要穿很多年,形容穿着极度俭朴。

例句 穷人过日子,要会打算。哪个庄稼人穿衣裳不是"新三年,旧三年,缝缝补补又三年?"

当用花万金不惜,不当用一文不费

释义 指该花钱时花多少钱也不吝惜,不该花的时候一分钱也不能浪费。

例句 二婶平时省吃俭用,从不乱花钱,有人因此说她很小气,但实际上她是"当用花万金不惜,不当用一文不费",汶川地震时,她向灾区捐赠了 10 万元。

囊中未空先节约

释义 囊:口袋。指生活宽裕时也要重视节俭。

例句 我们过日子一定要懂得"囊中未空先节约",否则万一遇到困难,一点儿积蓄也没有,怎么办呢?

年年有储存,荒年不愁人

释义 指平时注意节俭,积攒钱粮,遇到灾荒的年头就不愁吃穿。也作"年年有储存,荒年不慌人""年年有储蓄,荒年不慌人"。

例句 奶奶看不惯爸爸乱花钱的行为,总是教育他"年年有储存,荒年不愁人",让他平时省着点儿。

得人滴水之恩,须当涌泉之报

释义 意谓得了他人的一点好处,应该加重地回报。亦作“滴水之恩,涌泉相报”。

例句 鲍昌《庚子风云》:“我听老人们说:‘得人滴水之恩,须当涌泉之报。’何况您是我的救命恩人!”

饮水思源,缘木思本

释义 比喻知恩图报。意同“吃水不忘挖井人”。

例句 《儿女英雄传》:“谁也该‘饮水思源,缘木思本’的。门生受恩最深,就该做个倡首。”

君子记恩不记仇

释义 意谓品行高尚的人只记得别人的恩情不记住怨恨。意同“君子不念旧恶”。

例句 刘兰芳等《岳飞传》:“二弟,君子记恩不记仇。当时张俊有权势,谁不听他的?此时他遇难,我们救了他,会感化他的。冤仇宜解不宜结。”

知恩不报非君子

释义 意谓不知道报恩的人算不上是品格高尚的人。

例句 《西游记》:“幸观音菩萨与我受了戒行,幸师父救脱吾身;若不与你同上西天,显得我知恩不报非君子,万古千秋作骂名。”

你敬我一尺,我敬你一丈

释义 意谓以超过对方十倍的方法来回报对方所采用的态度。

例句 欧阳山《高干大》:“我郝四也不是好惹的!你欠下的小米难道说就白白地算了吗?……反正我也是烂命一条!你敬我一尺,我敬你一丈。”

恩不放债

释义 意谓给人恩惠,不同于放债,不应要求偿还。

例句 元·郑廷玉《忍字记》:[正末唱]他可是肯心肯意的还咱?[刘均佑云]都肯还。若不肯还呵,连他家锅也拿将来![正末云]正是,“恩不放债”!

君子不吃无名之食

释义 意谓有品德的人不随便吃他人的东西。

例句 《金瓶梅词话》:“你不说明,我也不吃。常言说得好:君子不吃无名之食。”

君子不羞当面

释义 意谓光明磊落的人有话当面直说。

例句 元·张国宾《合汗衫》:“哥哥,君子不羞当面。每日您兄弟索钱回来,哥哥见我欢喜;今日见我烦恼,则怕您兄弟钱财上不明白。不如回去了罢。”

君子言先不言后

释义 意谓品德高尚的人会把话说在事前,不等到事后才说。

例句 扬州评话《武松》:“你刚才有句话,事成之后,你说是有重谢给我。君子言先不言后,果然事成,你究竟谢我多少哪?”

先小人,后君子

释义 意谓先把条件、利益说清楚,以后在办事时方可大度通融地处理问题。

例句 《西游记》:如今先小人,后君子,先把房钱讲定后,好算账。

未量他人,先量自己

释义 量:估量,评判。意谓应先反省自己,不可一味地指责他人。

例句 明·苏复之《金印记》:“嘴喳喳常诳口,儿,自古道:‘未量他人,先量自己。’”

凡事留人情,后来好相见

释义 意谓做事应留些情面,以便于以后的交往。也作“人情留一线,日后好相见”。

例句 明·沈憬《双鱼记》:物离乡则贵,人离乡则贱。凡事留人情,后来好相见。

人恶礼不恶

释义 意谓他人虽品格不好,但我仍以礼相待。

例句 《金瓶梅词话》:“自古人恶礼不恶。他男子汉领着咱,惹多的本钱,你如何这等待人?”

得饶人处且饶人

释义 意谓需要宽容饶恕人的时候姑且宽恕人。亦作“得放手时须放手,得饶人处且饶人”。

例句 元·关汉卿《窦娥冤》:“既然有了药,且饶你吧。正是得放手时须放手,得饶人处且饶人。”

举手不打无娘子,开口不骂赔礼人

释义 意谓不能打没有母亲的孩子,不能骂已经认错的人。

例句 李英儒《还我河山》:举手不打无娘子,开口不骂赔礼人。赔礼人偷眼看她说话的效果。发现家喜嫂虽然没有用语言回答,但乔兰弟从她烈性的面孔上看到圆满的答案。

严婆不打笑面

释义 意谓即使是严厉冷峻的人,对于笑脸奉承自己的人也不会严厉责备。亦作“伸手不打笑脸人”。

例句 《醒世姻缘传》:狄希陈乘着这个机会在寄姐面前献殷勤,攀说话,穿衣插戴,极其奉承。“严婆不打笑面”,寄姐到此地位,有了几分准了和息的光景。

打狗也看主人面

释义 意谓惩治人时应照顾到与之相关的人的情面。

例句 《金瓶梅词话》:落后又教爹娘费心,送了盒子并那一两银子来,安抚了他才了。不知原来家中小大姐这等躁暴性子,就是打狗也看主人面。

天子尚且避醉汉

释义 意谓不应跟喝醉酒的人计较。亦作"天子门下避醉人""君子避酒客"。

例句 《水浒传》:长老道:"自古天子尚且避醉汉,何况老僧乎?"

吃得亏,做一堆

释义 意谓肯吃亏的人,才能与周围的人和睦相处。

例句 明·顾起元《客座赘语》:南部闾巷中常谚……曰:吃得亏,做一堆。

送佛送到西天

释义 西天:佛教徒指极乐世界。比喻帮助人要帮到最后。

例句 《儿女英雄传》:姐姐原是为救安公子而来,如今自然送佛送到西天。

为人须为彻

释义 意谓帮助人就要帮到底。亦作"为人为到底"。

例句 元·白朴《墙头马上》:为人须为彻。休道老相公不来,便来呵老汉凭四方口,调三寸舌,也说将回去。

一争两丑,一让两有

释义 意谓两人争夺,大家出丑;互相谦让,双方得益。

例句 明·徐得胜《小儿语》:一争两丑,一让两有。虞芮之闲田,亡父之白金。

与人方便,自己方便

释义 意谓给别人提供方便,实际上是给自己方便。

例句 《西游记》:"古人云:'与人方便,自己方便。'我若不方便了他,他怎肯教把我松放松放。"

处家人情,非钱不行

释义 意谓居家过日子总有人情往来需要花钱。

例句 清·沈复《浮生六记·坎坷记愁》:余夫妇居家,偶有需用,不免典质,始则移东补西;继则左支右绌。谚云:处家人情,非钱不行。

有借有还,再借不难

释义 意谓借了东西能如期归还,再借时就容易借到。常用以告诫人应及时归还借物。亦作"好借好还,再借不难"。

例句 李劼人《大波》:"又道是有借有还,再借不难。这次借钱,不比往还,我兄弟即是有言在先,刻下回了省,怎好不说还钱的话呢?”

求人须求大丈夫,济人须济急时无

释义 意谓人应向乐于助人的人请求帮助,应给急需帮助的人提供援助。

例句 元·高明《琵琶记》:求人须求大丈夫,济人须济急时无。好好,借得两杠三石七斗四升八合零二百一十五粒在这里。

一斗米养个恩人,一石米养个仇人

释义 斗、石:旧时的容量单位,十斗为一石。意谓一斗米不多,但接济得当,对方将视你为恩人;一石米虽多,可对方贪心不足,结果变成了仇人。

例句 《儒林外史》:“自古‘一斗米养个恩人,一石米养个仇人’,这是我们养他的不是了!”

吃药不瞒郎中

释义 意谓求医不能隐瞒用药的情况。比喻求人办事应说实情。

例句 《荡寇志》:乌何有坐在王三上首,便将两臂扑在茶几上对王三耳朵悄悄地从头至尾说个明白,又道:“吃药不瞒郎中,这些都是实情,总要先生做主。”

见风使舵,就水弯船

释义 比喻随机应变。

例句 周立波《山乡巨变》:下村的人没一个理他……他感到孤单无力,虽然他一向爱走直路,不会拐弯,这回也不得不见风使舵,就水弯船了。

顺风吹火,下水行船

释义 比喻因势乘便行事,较为容易。

例句 清·李渔《风筝误》:这等说来,是顺风吹火,下水行船,极省力的事了。媒婆就去讲来。

水至清则无鱼,人至察则无徒

释义 意谓水过于清澈就没有鱼,人审查别人过分就没有同类的人。常用指事物过于纯粹,就会走向反面。

例句 《汉书·东方朔传》:水至清则无鱼,人至察则无徒。冕而前旒,所以蔽明;黈纩充耳,所以塞聪。

佛口蛇心

释义 喻指人口蜜腹剑,嘴甜心狠。

例句 《醒世姻缘传》:有一班佛口蛇心,假慈悲,杀人不迷眼的男子……上武当,登峨嵋,游遍天下。

明是一盆火,暗是一把刀

释义 比喻表面热情,内心狠毒。

例句 《红楼梦》:"一辈子不见他才好呢!'嘴甜心苦,两面三刀''上头笑着,脚底下就使绊子''明是一盆火,暗是一把刀':他都占全了。"

过河拆桥

释义 比喻达到目的以后就把帮助过自己的人一脚踢开。亦作"过河拆桥,卸磨杀驴"。

例句 《官场现形记》:"现在的人都是过河拆桥的,到了那时候,你去朝他张口,他理都不理你呢。"

鸡蛋里挑骨头

释义 比喻故意挑剔。亦作"鸡蛋里寻出骨头"。

例句 《西湖二集·李凤娘酷妒遭天谴》:那李凤娘本是一片忤逆不孝之心,已是要鸡蛋里寻出骨头之人,听了此话,一发怒从心上起,恶向胆边生。

见了和尚骂贼秃

释义 意谓指桑骂槐。

例句 《缀白裘·彩楼记》:"吕官人,弗要见了和尚骂贼秃呢,原是我伲师兄弗好。"

轻人还自轻

释义 意谓对别人态度傲慢,只能说明自己轻狂无礼。

例句 元·关汉卿《调风月》:这厮短命没前程,故得个轻人还自轻。

来说是非者,就是是非人

释义 意谓议论某件事情的人,本身就是与此事有关的人。

例句 《西游记》:这和尚"道高龙虎伏,德重鬼神钦",必有降妖之术。自古道:"来说是非者,就是是非人。"可就请长老降妖邪,救公主,庶为万全之策。

怨亲不怨疏

释义 意谓遇事可抱怨亲人但不能抱怨外人。

例句 元·张国宾《合汗衫》:"陈虎孩儿,我恰才说了你几句,你可休怪老夫。我若不说你几句,看那人怎生出的咱家这门?陈虎孩儿,你记的那怨亲不怨疏吗?"

疏不间亲

释义 间:隔断。意谓外人不能离间亲人之间的关系。

例句 《东周列国志》:"臣闻'疏不间亲,远不间近'。臣岂敢以羁旅之身,居吴国谋臣之上乎?"

是非只为多开口,烦恼皆因强出头

释义 意谓多说话会惹出是非来,硬要逞强就会有烦恼。亦作"是非只为多开口,祸乱多因硬出头"。

例句 元·无名氏《鸳鸯被》:"是非只为多开口,烦恼皆因强出头。我道姑若不依员

外,恐防日后记怨记仇。"

是非终日有,不听自然无

释义 意谓不听那些惹是生非的话,自然就没有烦恼。亦作"是非朝朝有,不听自然无"。

例句 《金瓶梅词话》:是非终日有,不听自然无。怪不得说舌的奴才到明日得了好,大娘眼见不信他。

受人之托,终人之事

释义 意谓接受了别人的委托,就必须办完别人所托之事。亦作"受人之托,忠人之事"。

例句 元·无名氏《陈州粜米》:"受人之托,必当终人之事。大人的吩咐,着我先进城去,寻那杨金吾、刘衙内,直到仓里寻他,寻不着一个。如今大人也不知在那里。"

得人钱财,替人消灾

释义 意谓收了别人的钱物,就应替人家好好地把事情做完。亦作"得人钱财,与人消灾"。

例句 元·李行道《灰阑记》:"常言道:'得人钱财,替人消灾。'如今马员外的大娘子告下来了,唤我们做见证哩。"

一客不烦二主

释义 意谓始终请一人帮忙,不另麻烦他人。亦作"一客不犯二主""一事不劳二驾"。

例句 《西游记》:"你这里若有披挂,索性送我一件……'一客不犯二主'。"

疑人莫用,用人莫疑

释义 意谓怀疑他人就不要任用他人,用了就不应怀疑。

例句 《儿女英雄传》:"自古道:'疑人莫用,用人莫疑。'他两个既有这番志向,又说得这等明白,你我如今竟把这桩事责成他两个办起来。"

人要忠心,火要空心

释义 意谓为人必须忠诚,就像火因为空心才燃烧得旺盛。

例句 王少堂《武松》:哎,人要忠心,火要空心,烛台顿进去,短窗高头的格花火就着啦!

八、交际应酬类谚语

主雅客来勤

释义 意谓主人的情趣高雅,客人自然就勤于拜访。

例句 《红楼梦》:湘云笑道:"'主雅客来勤',自然你有些惊动他的好处,他才要会你。"

门内有君子,门外君子至

释义 意谓只有君子才能招致君子到来。

例句 《警世通言·俞伯牙摔琴谢知音》:"'门内有君子,门外君子至。'大人若欺负山野中没有听琴之人,这夜静更深,荒崖下也不该有抚琴之客了。"

主不欺宾

释义 意谓主人不能欺侮客人。

例句 《儿女英雄传》:"此地却是我的舍下,自古'主不欺宾',你我两家说明,都不许人帮,就在这当场见个强弱。"

对客不得嗔狗

释义 嗔:呵斥。意谓对着客人不可以呵斥狗。

例句 元·无名氏《村乐堂》:"可不道对客不得嗔狗。我本待去了来,恰才王都管吃了几下打,我试安抚他着。"

当着矮人,别说矮话

释义 比喻不当面提及别人的短处或缺点。

例句 《红楼梦》:"俗语说得好:'当着矮人,别说矮话。'姑娘骂我,我不敢还言;这二位姑娘并没惹着你,'小老婆'长,'小老婆'短,人家脸上怎么过得去?"

宝剑赠与烈士,红粉送与佳人

释义 意谓根据不同的对象赠送不同的东西。

例句 清·李渔《十二楼·三与楼》:他见儿子生得不肖,将来这分大产业少不得要白送与人,不如送在自家手里,还合着古语二句,叫作:宝剑赠与烈士,红粉送与佳人。

舍命陪君子

释义 意谓不顾牺牲自己的一切奉陪别人。

例句 黎汝清《叶秋红》:"我是'舍命陪君子',你走到哪里,我追到哪里。"

主不先宾

释义 意谓凡事主人应让客人在先。

例句 《明史演义》:主不先宾,自然由京军先射呢。

热心人招揽是非多

释义 意谓热心待人会为自己招来许多麻烦。

例句 清·王有光《吴下谚联》:热心人招揽是非多。此为求全之毁,作孤愤语也。

一遭情,两遭例

释义 意谓送人礼物,第一次会被认为是情谊,第二次就被认为是惯例了。

例句 清·平步青《释谚》:“一遭情,二遭例”,越有此谚。按《管子》:“故一为赏,再为常,三为固然。”注“谓一时行其赐,则人欣赖以为赏;频再为之,则人以为常,谓此时必当有赏;频三为之,则以理固当然,无怀愧之心。”即谚所本。

办酒容易请客难,请客容易款客难

释义 意谓请客比办酒席难,而款待客人比请客更困难。亦作“备席容易请客难”。

例句 明·顾起元《客座赘语》:闾巷中常谚,往往有粗俚而可味者,如曰:办酒容易请客难,请客容易款客难。此言虽俚,然于人情世事,有至理存焉。

呼蛇容易遣蛇难

释义 比喻收容容易,打发困难。

例句 《警世通言·小夫人金钱赠年少》:你将为常言俗语道“呼蛇容易遣蛇难”,怕日久岁深,盘费重大。

地无三尺土,人无十日恩

释义 意谓不可能长久地接受别人的恩惠。

例句 宋·庄季裕《鸡肋篇》:又谚云:“地无三尺土,人无十日恩。”此语通二浙皆云。

亲戚远来香,隔房高打墙

释义 意谓难得见面的亲戚特别受欢迎,邻居间不打交道可避免摩擦。亦作“亲亲故故远来香”“亲家朋友远来香”。

例句 清·李光庭《乡言解颐》:乡言云:亲戚远来香,隔房高打墙。与墙以蔽恶耳,属于垣之义相证佐。

情越疏,礼越多

释义 意谓双方情感越是疏远,交往中的礼数就越多。

例句 《民国演义》:又道:“情越疏,礼越多。”从前曹、吴情好有逾父子,谁也用不着客气。如今感情既亏,互州猜疑,猜疑之甚,自然要互相客气起来。

礼多人不怪

释义 意谓讲究礼貌,别人不会责备或抱怨。

例句 老舍《老张的哲学》:中国是天字第一号的礼教之邦,就是那不甚识字的文明中国人也会说一句“礼多人不怪”。

千里送鹅毛,礼轻人意重

释义 比喻礼物虽然轻微但情意深厚。

例句 《镜花缘》:他这礼物虽觉微末,俗语说的:“千里送鹅毛,礼轻人意重。”只好各个领谢帖儿,权且收了。

礼无不答

释义 意谓别人行礼必须答拜。

例句 《后汉书·樊英传》:尝有疾,妻遣婢拜问,英下床答拜。定怪而问之。英曰:“妻也,齐也,共奉祭祀,礼无不答。”

老不拘礼,病不拘礼

释义 意谓老人和病人都不必拘泥于礼节。

例句 《儒林外史》:“古人云:‘老不拘礼,病不拘礼。’我方才看见肴馔也还用些,或者酒略饮两杯,不致沈醉,也还不妨。”

至亲无文

释义 意谓关系最亲近的人之间不用虚礼。

例句 蔡东藩《民国演义》:本来客气是真情的反面,所以古人说:“至亲无文。”

怨废亲,怒废礼

释义 意谓人在怨恨恼怒时常常顾不上亲情礼义。

例句 《警世通言·庄子休鼓盆成大道》:自古道:“怨废亲,怒废礼。”那田氏怒中之言,不顾体面。

事急无君子

释义 意谓紧急情况下顾不上礼节。

例句 《隋唐演义》:蔡太守一路辛苦,乘暖轿进城门。叔宝跟进城门,事急无君子,当街跪下禀道:“小的是山东济南府解户,伺候老爷领回批。”

行客拜坐客

释义 意谓外地来的人应该先拜访居住在本地的人。

例句 《儿女英雄传》:讲行客拜坐客,也是等他二位来。

好客主人多

释义 意谓有钱有地位的人,愿意接待他的人自然就多。

例句 《廿载繁华梦》:俗语说:“好客主人多。”周庸裕是广东数一数二的富户,自然招呼周到。

出门观天色,进门看脸色

释义 意谓应注意观察他人的脸色行事。

例句 严亚楚《龙感湖》:俗话说:“出门观天色,进门看脸色。”牛茂盛看着曹老三一家人的举动,琢磨到有不测的风云。

客听主便

释义 意谓客人听从主人的安排。亦作“客随主便”。

例句 宋乔《侍卫官杂记》:“杨先生,客听主便,你说上哪一家就上哪一家好了。”

恭敬不如从命

释义 意谓表示恭敬礼貌,以听从主人的意思最为妥当。

例句 《儿女英雄传》:“姑奶奶,既老爷这等吩咐,恭敬不如从命,毕竟侍候坐下好说话。”

贵人多忘事

释义 意谓地位高的人常记不住事情。多用以恭维或讽刺人。

例句 元宫天挺《范张鸡黍》:“哥哥,这些话我也省的,这一向我早忘了一半,也只是贵人多忘事。”

日远日疏,日亲日近

释义 意谓来往少就越来越疏远;来往密切,关系就越来越亲近。

例句 《水浒传》:自此高俅遭际在王都尉府中出入,如同家人一般。自古道:“日远日疏,日亲日近。”

三年不出门,当亲也不亲

释义 意谓长时间不交往的话,至亲也会变得疏远。

例句 《西游记》:“常言道:‘三年不出门,当亲也不亲’哩。你与他相别五六百年,又不曾往回杯酒,又没有个节礼相邀,他那里与你认什么亲耶?”

久住令人贱

释义 意谓在别人家久住,会让人瞧不起,亦作“久住令人厌或久住人心淡”。

例句 《敦煌变文汇录·捉季布变文》:仆且常闻俗谚云:古来久住令人厌。

投亲不如落店

释义 意谓投靠亲友不如投宿旅店为好。

例句 《隋唐演义》:“常言说:‘投亲不如落店。’我们且上饭店打个中伙,然后投书未迟。”

同行无疏伴

释义 形容一同出行人的彼此关系密切。

例句 《隋唐演义》:“常言道:‘同行无疏伴。’一齐出门,难道不知秦大哥路上为何耽搁,端的几时就该回来,如今为何还不到家?”

人心是肉做的

释义 意谓人都是有感情、有同情心的。

例句 《官场现形记》:媛媛的娘道:“大少,人心是肉做的!你春天来做我们媛媛的时候,还是个小先生;如今……”王慕善不等他说完,便道:“……我讨了媛媛,接你丈母娘一块同住。”

人心换人心

释义 意谓只有用自己的真情才能换得别人的真心。

例句 《再生缘》:“我要一步一步来,把我的肺腑衷肠,尽情倾吐,好让他回心转意,流露真情,人心换人心。”

人抬人高

释义 意谓相互敬重。

例句 王少堂《武松》:“你请教一声武二爷。我呐,要还敬你一声王大爷,彼此人抬人高。”

相见好,同住难

释义 意谓短时间的见面令双方愉快,而长时间地住在一起就会因诸多不便而产生矛盾。

例句 梁启超《论私德》:一到实际交涉,则意见必不能尽同……谚亦有云:“相见好,同住难。”在家庭父子兄弟夫妇之间尚且有,然而朋友又其尤甚者也。

一人向隅,满座不乐

释义 隅:角落。意谓众人作乐时,有一人在旁情绪低落,致使在座者都感扫兴。亦作“一人向隅,举座不欢”。

例句 《醒世恒言·独孤生归途闹梦》:只见一个长须的,举杯向白氏道:“古语云,一人向隅,满座不乐。我辈与小娘子虽然乍会,也是天缘。如此良辰美景,亦非易得。何苦恁般愁郁?”

知人知面不知心

释义 意谓人的真实想法很难知道。

例句 元·尚仲贤《单鞭夺槊》:“知人知面不知心。你道无二心呵,他怎生背了刘武周投降了俺来?”

海枯终见底,人死不知心

释义 意谓人的心思难以揣测。

例句 《封神演义》:自古人心难测,面从背违,知外而不知内,知内而不知心,正所谓“海枯终见底,人死不知心”。

各人自扫门前雪,莫管他家瓦上霜

释义 比喻各人只管自己,不顾他人。亦作“各人自扫门前雪,不管他人瓦上霜”。

例句 元·高明《琵琶记》:“相公,夫妻何事苦相防,莫把闲愁积寸肠;难道各人自扫门前雪,莫管他家瓦上霜。”

井水不犯河水

释义 井里的水与河水不相通。比喻双方互不干涉。

例句 周立波《暴风骤雨》:“炕这么大,你躺炕头,咱躺炕梢,咱们井水不犯河水,天一放亮就走了,不碍你事。”

低头不见抬头见

释义 意指人与人总有机会见面,不应结怨。亦作"抬头不见低头见"。

例句 浩然《艳阳天》:"我说振丛,算了吧,一庄的爷们,低头不见抬头见,有什么过不去的。"

三杯和万事,一醉解千愁

释义 意谓喝酒能和解纠纷,消除烦恼。

例句 元·武汉臣《生金阁》:"张千,可不道三杯和万事,一醉解千愁。孩儿,我且不吃,一发等你吃了这钟,凑个三杯,可不好那。"

送君千里,终有一别

释义 意谓告别时送得再远,最终彼此仍要分手。亦作"送君千里,终须一别"。

例句 元·无名氏《马陵道》:"送君千里,终有一别。哥哥,你回去。"

人生何处不相逢

释义 意指亲友别离之后定有再次见面的机会。

例句 《西洋记》:事物兴废俱有数,人生何处不相逢。昔年多谢殷勤,今日果然宦游也。

人情人情,在人情愿

释义 意谓给人送礼应出于自愿。

例句 《水浒传》:那节级便骂道:"你这黑矮杀才,倚仗谁的势,要不送常例钱来与我?"宋江道:"人情人情,在人情愿。你如何逼取人财?好小哉相?"

千钱难买一个愿

释义 意谓能争取到人表示愿意是极为不易的。

例句 胡考《上海滩》:"老话,千钱难买一个愿,有了姑娘一个愿字,你就什么都不要怕。"

交友在贤德,岂在富与贫

释义 交朋友主要看他是否贤德,而不是看他的贫富。

例句 他这人一向势利眼,只愿意和有钱、有权的人交往。这些人一旦明白了他的为人便不会真心与他相交,毕竟"交友在贤德,岂在富与贫"。

千金易得,知己难求

释义 千两黄金易得,知音难以寻找。也作"千金易得,知音难求"。

例句 "千金易得,知己难求。"能遇到知音,当真是人生一大幸事。

知人难,知己更难

释义 了解别人很难,了解自己比了解别人更难。

例句 “知人难,知己更难。”有时候我们的敌人是自己而不是别人,真正了解自己,并战胜自己的弱点,才更有可能获得成功。

知人知面不知心,知山知水不知深

释义 比喻人心难测。也作“知人知面不知心”。

例句 我一直把你当作好兄弟,你却一直从我身上窃取我们公司的商业机密,真是“知人知面不知心,知山知水不知深”啊!

知人者智,自知者明

释义 能正确认识别人的人是智者,能正确认识自己的人是聪明人。

例句 “知人者智,自知者明。”聪明人的可贵之处是能够正确认识自己。

当面留人情,日后好相逢

释义 与人相处,要注意给对方留情面,以便以后好相见。也作“当面留一线,过后好相见”。

例句 “当面留人情,日后好相逢。”与人为善,以后自己遇到困难也会得到别人的帮助。

当面一盆火,背后一把刀

释义 比喻当面待人热情,背后却欲置人于死地。讥讽阴险毒辣的伪君子。

例句 有些人很阴险,“当面一盆火,背后一把刀”,表面上热情得很,其实最喜欢在背后陷害别人。

酒肉朋友,没钱分手

释义 指靠金钱换来的友谊不会维持太久。也作“酒肉朋友,难得长久”。

例句 俗话说:“酒肉朋友,没钱分手。”你落魄的时候,不要奢望得到他们的帮助。

多个朋友多条路,多个冤家多道墙

释义 意为要广交朋友,少结冤家。也作“多个朋友多条路,少个对头少堵墙”“多一个朋友多一条道”“多一个朋友多一条路,多一个冤家多一条河”“多个朋友多条路,多个冤家多把刀”“多个朋友多条路,多个冤家多堵墙”。

例句 “多个朋友多条路,多个冤家多道墙。”我们平时应该广结善缘,少结冤仇。

酒肉朋友有千个,落难之中无一人

释义 平时酒场上的朋友很多,遭难时一个也不见踪影。告诫人们酒肉朋友靠不住。

例句 俗话说,“酒肉朋友有千个,落难之中无一人”。处于困境中的他对这话深有体会。

君子之交淡如水

释义 君子之间的交往像水一般纯正、淡泊。指品德高尚的人之间的交往看重的不是表面化的修饰,而是实际行动。

例句 几十年未曾谋面,今天一见我们还是感到分外亲切。"君子之交淡如水",我知道这份友情是经得起任何考验的!

莫问客人走不走,要问客人何时来

释义 指接待客人时要懂得礼貌。不要问客人什么时候走,要问客人什么时候再来。

例句 俗话说:"莫问客人走不走,要问客人何时来。"你怎么连点儿基本的礼貌都不懂呢?客人在时问人家什么时候走,这不是赶人家吗?

宁愿挨一刀,不和秦桧交

释义 指宁死不与阴险的小人打交道。

例句 同事小荀心术不正,经常挑拨离间,"宁愿挨一刀,不和秦桧交",我一直都不把她当朋友。

人不可得罪净,话不要全说绝

释义 告诫人们,在说话、办事情的时候要给别人留下回旋的余地,不能做得太绝情。

例句 我当初就劝他,"人不可得罪净,话不要全说绝",他却偏偏不给别人留情面,事到如今才知求助无门。

弹琴知音,谈话知心

释义 指通过弹琴,可以知道琴音准不准;通过聊天,可以知道别人的心事。

例句 阿姨说:"你最近好像很不开心,常言道'弹琴知音,谈话知心',有什么事说出来,我可以帮你。"

相逢知己话偏长

释义 指知心朋友相见,就觉得有说不完的话。

例句 我与小霞谈了一宿,仍意犹未尽,真是"相逢知己话偏长"啊!

人心换人心,八两换半斤

释义 八两:旧制八两等于半斤。强调与人相处要以诚相待。

例句 与人相处,你对他好,他就对你好,"人心换人心,八两换半斤"嘛!

浇花浇根,交友交心

释义 指结交朋友要以诚相待,推心置腹。

例句 你以为请朋友吃顿饭,为朋友花些钱就能交到真正的朋友吗?要记住:"浇花浇根,交友交心。"

河水有清有浑,朋友有假有真

释义 强调交朋友要慎重,不可轻易相信别人。

例句 “河水有清有浑，朋友有假有真”，这么多人当中，我认定小燕始终是我的知己。

结交要像长流水，莫学杨柳一时青

释义 指要交到真正的朋友，不是一朝一夕就能做到的，需要长时间的了解和接触。

例句 真正的友谊一定要经得起时间的考验、岁月的洗礼，所以“结交要像长流水，莫学杨柳一时青”。

非亲有义须当敬，是友无情不可交

释义 不是亲戚，只要有情有义就值得敬重；再好的朋友，只要无情无义就不要交往。

例句 去年，她的婚礼我都参加了，可她对我从来都那么冷淡。常言道：“非亲有义须当敬，是友无情不可交。”唉！这样的朋友，忘了也罢。

交友交义不交财，择友择智不择貌

释义 指结交朋友，要重义轻财，重视智慧，不可以貌取人。也作“交义不交财，交财两不来”。

例句 不要因为她长得丑就疏远人家，“交友交义不交财，择友择智不择貌”，她的成绩可是全班第一呀！

路遥知马力，日久见人心

释义 欲知马力，需经长途跋涉；要知他人品质，需长时间相处。

例句 真是“路遥知马力，日久见人心”！过去算我瞎了眼，没看出你是这种人！（雪克《战斗的青春》）

人心齐，泰山移

释义 只要大家齐心协力，连泰山也能移走。

例句 “人心齐，泰山移。”一场突击抢修水利工程的行动，体现了云山农民兄弟团结合作、共同战斗的革命精神。

人多力量大，柴多火焰高

释义 大家团结起来才能产生巨大的力量，就像柴多燃烧起来火焰就高一样。

例句 祝永康说：“只有组织起来，我们才有力量抗拒一切灾害，改造自然环境，创造新的世界。”何老九在旁称赞道：“老祝正好说到俺心里来了。不是有句古话吗？‘人多力量大，柴多火焰高。’”

一个篱笆三个桩，一个好汉三个帮

释义 一个篱笆有三个桩子才能立起来，一个好汉要有三个人帮助才能做成事情。比喻本事大的人也需要别人的帮助。

例句 “一个篱笆三个桩，一个好汉三个帮”，只要大家齐心协力，天塌下来咱们也不怕。

人帮人成王，土帮土成墙

释义 只要互相帮助，团结一心，就能克服困难，取得成功。

例句 “人帮人成王，土帮土成墙。”这次的团体野外拉练竞赛，我们小组团结一心相互帮忙，获得了第一名。

雪前送炭好，雨后送伞迟

释义 指别人需要帮助时，应及时伸出援助之手。

例句 “雪前送炭好，雨后送伞迟。”他家遭灾了，我们这时不帮，更待何时？

人要长交，账要短结

释义 指朋友之间的交往，时间越长，友谊越深；账目要及时清算，时间越短，问题越少。

例句 常言道：“人要长交，账要短结。”我与同学们好久没联系了，感觉疏远了很多。

树直用处多，人直朋友多

释义 树木笔直，用途广泛；为人正直，能交到很多朋友。

例句 鹏鹏心直口快，心地善良，我们都乐意与他交朋友，真是“树直用处多，人直朋友多”呀！

三人一条心，黄土变成金

释义 三：概数，形容多。只要众人一条心，黄土也能变成黄金。指万众一心就能产生无穷的力量，创造奇迹。

例句 队长说：“‘三人一条心，黄土变成金’，大家齐心协力，一定能攻克一切难关。”

万事和为贵

释义 无论交往什么人、做什么事都要以“和”为重。

例句 坚持“万事和为贵”，才能与人为善，促进家庭和社会的和谐、进步。

他敬我一尺，我敬他一丈

释义 指别人若尊重我，我更加尊敬别人。

例句 胡坤一直抱着“他敬我一尺，我敬他一丈”的态度，所以结交了许多朋友。

先小人，后君子

释义 指双方做事之前先把条件、要求讲清楚，然后再礼让。

例句 “九叔，你要把一切问题和他们讲清楚，俗话说：‘先小人，后君子。’免得以后人家埋怨咱。”

过河拆桥，卸磨杀驴

释义 形容人忘恩负义，达到目的后，就把帮助过自己的人一脚踢开。

例句 你竟然做出这种“过河拆桥，卸磨杀驴”的事，真是太卑鄙了！

气量要宏大，待人要真诚

释义 指为人处世要有宽大的胸襟和真诚的态度，不要斤斤计较，虚伪做作。

例句 你还在那儿怄气吗？老师一直教导我们“气量要宏大，待人要真诚”，先想想这件事中，有没有你的过错。

千金难买雪里炭，一文不值锦上花

释义 金钱买不到危急时的救助，锦上添花却一文不值。

例句 俗话说：“千金难买雪里炭，一文不值锦上花。”别人危难时给予的帮助是非常难能可贵的。

明枪易躲，暗箭难防

释义 比喻正面的攻击较容易对付，暗中伤人的行为或诡计则难以防范。

例句 你虽然按制度办事，拒绝了这帮坏人的无理要求，问心无愧，可你因此得罪了他们。要知道“明枪易躲，暗箭难防”，没准儿他们会报复，你还是多加小心为好。

明者见于无形，智者虑于未萌

释义 聪明人在事情尚未形成的时候就能看出端倪，有智慧的人在事情尚未萌芽的时候就已经有所考虑。

例句 刘大哥在前阵子股市行情最好的时候，就告诫我必须马上抛掉手上的股票，因为他看出股价马上就要跌了。我听了他的话，不但没像你们一样损失钱财，当时还挣了一笔钱。这真是“明者见于无形，智者虑于未萌”啊！

九、成功失败类谚语

不入虎穴，焉得虎子

释义 比喻不经历艰险就不能获得成功。

例句 杨沫《东方欲晓》：“老师，我明白你的心意。可是常言说：‘不入虎穴，焉得虎子。’我倒不怕这些卖国贼。”

大胆天下去得，小心寸步难行

释义 意谓有胆识的人一往无前，胆小谨慎的人则一事无成。

例句 《警世通言·赵太祖千里送京娘》：公子笑道：“‘大胆天下去得，小心寸步难行。’俺赵某一生见义必为，万夫不惧。”

天下无难事，只要老面皮

释义 意谓人只要肯老着面皮，就没有办不成的事。

例句 《品花宝鉴》:“说是说不过他们的,管他,天下无难事,只要老面皮,占便宜的,总是好的。”

吃得苦中苦,方为人上人

释义 意谓只有经得住艰苦磨难,才能得到高出一般人的地位。

例句 《官场现形记》:“这才合了俗语说的一句话,叫作‘吃得苦中苦,方为人上人’。别的不讲,单是方才这几句话,不是你老人家一番阅历,也不能说得如此亲切有味。”

忍辱至三公

释义 意谓能忍辱负重才可能升至高官。

例句 《晋书·杜有妻严氏传》:植从兄预为秦州刺史,被诬,征还。宪与预书戒之曰:“谚云忍辱至三公。卿今可谓辱矣,能忍之,公是卿坐。”预后果为仪同三司。

有心不在迟

释义 意谓有心去办某事,不在乎时间迟早,总能办成。

例句 《荡寇志》:“不久是六月十五,你太师的生日到了,我有些礼物付你带去,与太师庆祝。云天彪、杨腾蛟的首级总望太师留意,有心不在迟。贵人、县君在此,叫他放心。”

瓜熟自落蒂,水到自成川

释义 喻指条件成熟,事情自然而然就成功了。亦作“瓜熟蒂落,水到渠成”。

例句 清·袁于令《西楼记·假诺》:“爷成了事呵,赛登科中举。也亏爷好心性,得有今日。……瓜熟自落蒂,水到自成川。”

功到自然成

释义 意谓功夫到家了,事情就自然会成功。

例句 《西游记》:“师父不必挂念,少要心焦,且自放心前进,还你个‘功到自然成’也。”

成家之子,惜粪如金

释义 要创立家业的人,爱惜粪便如同爱惜金子一样。意谓只有节俭才能创立家业。

例句 明·沈采《还带记》:“岂不闻‘成家之子,惜粪如金;败家之子,挥金如粪。’我姐夫裴秀,拾得宝带三条,价值百金,等闲还了他人,岂不是败家之子!”

创业容易守业难

释义 意谓保存发展事业比创建事业更难。

例句 程乃珊《蓝屋》:“华昌厂在东南也有点小名气,俗话说,创业容易守业难,爸把你养这么大,花了那么多钱,不求你发展华昌,只要守住蓝屋保住华昌。”

巧妇难为无米之炊

释义 意谓不具备一定的条件,能力再强的人也难以办成事。

例句 王占君《大漠恩仇》:山下说:"你们中国人有句话,巧妇难为无米之炊,人巧不如家什妙。我是医生不假,但若没有医疗器械和药,面对伤员也是束手无策呀!"

久赌无胜家

释义 意谓赌博不可能常赢。比喻常做冒风险的事,免不了失败。

例句 李英儒《野火春风斗古城》:他说内线工作犹赌博,厮混久了,正如俗话说的"久赌无胜家",没有不出娄子的。

天时人事两相扶

释义 意谓机遇和努力互相扶持,事情才能办成功。

例句 《冷眼观》:天时人事两相扶,……不然,遇着事动不动就委诸天命,一点人谋都用不着,那还成个世界吗?

成也萧何,败也萧何

释义 萧何:汉高祖刘邦的丞相。大将军韩信的成功和失败都因萧何造成。后比喻事情的成败皆出于一个人的原因。

例句 蔡东藩等《民国演义》:[评]无袁氏,则民国或未必成立,无袁氏,则民国成立后,或不致扰攘至今,成也萧何,败也萧何,吾当以此言转赠袁公。

成事不足,败事有余

释义 意谓将事情办成功的能力不够,把事情弄糟的本事却不小。

例句 《续孽海花》:不过也不可不敷衍一下。这种人成事不足,败事有余。

成则为王,败则为寇

释义 旧时起义者成功后便可称王,失败后则被人称为盗寇。

例句 蔡东藩《元史通俗演义》:"成则为王,败则为寇。"无论古今中外,统是这般见解,这般称呼,这也是成败衡人的通例。

败将不提当年勇

释义 意谓失败者不炫耀当年的成功。

例句 王少堂《武松》:"败将不提当年勇。我嘛,不提少年间了。就在那个早上十几年,像店堂门口这个五百斤的石鼎,我可以单手一甩就举上去了。"

败子若收心,犹如鬼变人

释义 意谓败家子回心转意、重新做人是极为不易的。

例句 《初刻拍案惊奇》:"败子若收心,犹如鬼变人。"这时节手头不足,只好缩了头,坐在家里怨恨;有了一百二百银子,又好去风流散漫起来。

败子回头便作家

释义 意谓败家子转变了就能振兴家业。

例句 《醒世恒言·张孝基陈留认舅》：淑女道："自古道：败子回头便作家。哥哥方才少年，那见得一世如此！不争今日一时之怒，一下打死，后来思想，悔之何及！"

不以成败论英雄

释义 意谓成功或失败不是判断英雄的标准。

例句 顾汶光等《天国恨》：做了国君帝王，癞皮狗也会变成金毛狮子，自古没有不以成败论英雄的。

豹死留皮，人死留名

释义 比喻人去世后应留下好的名声，就像豹死后留下美丽的豹皮那样。

例句 《新五代史·王彦章传》：彦章武人不知书，常为俚语谓人曰："豹死留皮，人死留名。"其于忠义，盖天性也。

人过留名，雁过留声

释义 意指人离开或去世后，留下好的名声。

例句 《儿女英雄传》："将来我撒手一走之后，叫我们姑爷，在我坟头里给立起一个小小的石头碣子来，把老弟的这篇文章镌在前面儿，那背面上可就镌上众朋友好看我的'名震江湖'那四个大字。我也闹了一辈子，人过留名，雁过留声。"

十年窗下无人问，一举成名天下知

释义 意指读书人长期埋头攻书默默无闻，一旦取得功名便名扬天下。

例句 元·关汉卿《蝴蝶梦》："父亲母亲，你孩儿十年窗下无人问，一举成名天下知。"

钟在寺里，声在外边

释义 喻指事情或人的名声，总免不了要传播出去。亦作"钟在寺院音在外"。

例句 《石点头》：常言"钟在寺里，声在外边"，又道路上行人口是碑，好歹少不得有人传说，如何禁得人口嘴呢？

有麝自然香

释义 麝：麝香。比喻有才能的人自然会被人所了解。亦作"有麝自然香，何必当风立"。

例句 元·无名氏《连环记》："则愿你顺人和，有麝自然香，休得要逆天心无祸谁能勾。"

功不成，名不就

释义 意谓功名一无所成。

例句 《缀白裘·渔家乐·纳姻》："我简人同只为守着这几本破书，几年上，弄得功不成，名不就；上无片瓦，下无立锥。”

人怕丢脸，树怕剥皮

释义 意谓人怕丢失面子，就像树怕被剥皮一样。

例句 肖诗斌《娘子湖的春天》：“他无缘无故就这么打我，人怕丢脸，树怕剥皮，我今天就死在他手里算了。”

守身如执玉

释义 意谓像捧着白玉似的爱惜自己的声名荣誉。

例句 《歧路灯》：试看古圣先贤，守身如执玉，到临死时候，还是一个“如临深渊，如履薄冰”光景。

又吃鱼儿又嫌腥

释义 比喻人既要得到好处又怕名声不好。

例句 明·无名氏《桃园结义》：“哥，你但开口，就惹人那恼。你又吃鱼儿又嫌腥。你屠户的字儿还没放下哩，就说是下贱的营生。”

家丑不可外扬

释义 意谓家里的丑事不可让外面的人知晓。

例句 元·无名氏《争报恩》：“你的大夫人是你儿女夫妻，岂有此理？便好道‘家丑不可外扬’，相公自己断了罢。”

炎炎者灭，隆隆者绝

释义 意谓声名、地位或权势显赫的人通常容易招致祸患。

例句 《汉书·扬雄传》：“且吾闻之：炎炎者灭，隆隆者绝；观雷观火，为盈为实，天收其声，地藏其热。高明之家，鬼瞰其室。”

失之东隅，收之桑榆

释义 东隅：日出的地方，借指清晨。桑榆：日落的地方，落日的余晖照在桑榆树梢，借指黄昏。早上失去了，傍晚又补回来。比喻这个时候失败了，另一个时候得到了补偿。

例句 看着失而复得的重要材料，他长嘘了一口气：“‘失之东隅，收之桑榆’，我心里的石头总算落地了！”

不吃苦中苦，难为人上人

释义 意为没有经过艰难与坎坷，就不能成为出众的人。也作“不吃苦中苦，难得人上人”“不吃苦中苦，难做人上人”。

例句 “不吃苦中苦，难为人上人。”古往今来那些成功的人都经历了无数的风雨，都尝遍了生活的艰辛。

成事不足，败事有余

释义 指有的人不但办不成事情，反而把事情办砸了。

例句 他这个人办事毫无章法,简直是“成事不足,败事有余”。

车快了要翻,马快了要颠

释义 做事不要一味追求快,快容易失误,稳妥行事才会达到满意的效果。

例句 “车快了要翻,马快了要颠。”一味地急功近利反而难以成功。

成事皆因多远虑,败事都由少思考

释义 深谋远虑,做事就容易成功;缺少思考,事情就容易失败。也作“成事全靠多计谋,败事都因太盲目”“成事唯有多谋虑,败事都因少思考”。

例句 “成事皆因多远虑,败事都由少思考。”乐于思考对于成功有着积极的作用。

成事在天,谋事在人

释义 事情能否成功在于上天,但谋划经营的过程要靠人。多指做事要尽心尽力,不要过于在乎结果。

例句 “成事在天,谋事在人。”只要尽心竭力,就可以坦然面对任何结果。

吃一堑,长一智

释义 指受一次挫折,便增长一分才智。

例句 我们不但要学会汲取成功的经验,还要学会“吃一堑,长一智”。

出言顺人心,做事循天理

释义 循:依照,沿袭,遵守。说话应该顺应别人的心意,这样才能获得别人的好感;做事情应该顺应天理,这样做事情也容易成功。

例句 “出言顺人心,做事循天理。”这句话告诉我们,为人处世要知情达理,这样才更容易赢得别人的好感,获得成功。

光说不干,事事落空;又说又干,马到成功

释义 告诫人们,只说不练是不可能成功的。

例句 俗话说:“光说不干,事事落空;又说又干,马到成功。”可惜,很多人都很难做到出口即行,所以成功者才会寥寥无几。

良好的开端是成功的一半

释义 做事情时如果能把开端开好,就成功一半了。

例句 “良好的开端是成功的一半。”你一定要坚持下去,相信自己,成功就在不远的前方等你。

水中捞月一场空

释义 比喻做事情应符合实际,否则会导致失败,白白浪费精力,一无所获。

例句 他报告:“鬼子是‘水中捞月一场空’,什么线索也没找到,乡亲们早从地道安全转移了。”

捡了芝麻,丢了西瓜

释义 只注重小事情却忽略了大事情。比喻因小失大,得不偿失。

西瓜

例句 作为在校学生,千万不要因为网络游戏耽误了正常的学业,以免"捡了芝麻,丢了西瓜"。

没有过不去的火焰山

释义 指无论遇到多大的困难,都能战胜。也指做事有坚定的信心,便可取得胜利。

例句 "俗话说:'没有过不去的火焰山。'一切都会过去的,你不要太难过。"朋友安慰我。

放长线钓大鱼

释义 比喻做事要早做打算,从长计议,才会有更大的收益。

例句 邓秀梅低声地、机密地说道:"我们不妨看看他们如何活动,放长线钓大鱼,说不定深水里还有大家伙。"(周立波《山乡巨变》)

一失足成千古恨,再回头是百年身

释义 百年身:死的委婉说法。一旦酿成大错就会遗恨终生,到死都无法弥补。

例句 "一失足成千古恨,再回头是百年身。"行事前一定要三思,别给自己留下终生遗憾。

不以成败论英雄

释义 不把成功失败作为评价一个人的唯一标准。

例句 我从来都"不以成败论英雄",你虽然没有得冠军,但是你比赛时的镇静与豪气,让我佩服不已。

机不可失,失不再来

释义 机会一旦来了,就要好好珍惜,万一失去就再也回不来了。

例句 俗话说"机不可失,失不再来",我们要抓住现在的有利时机,大干一场。

路是人开的，树是人栽的

释义 比喻事情的成败是由人本身决定的。也比喻成事在人。

例句 眼前是困难，咱们要克服，搞好生产。政府会支援我们的。“路是人开的，树是人栽的。”只要咱们不被大水吓倒，还是可以搞好生产，增加收入的。（李尔重《战洪水》）

临事而惧，好谋而成

释义 遇到事情要谨慎小心，善于谋划，这样办事才容易成功。

例句 “临事而惧，好谋而成。”凡事要谨慎小心才可能取得成功。

临渊羡鱼，不如退而结网

释义 要想达到某种目的，与其空想，不如实际去做。

例句 “临渊羡鱼，不如退而结网。”当我们看到别人骄人的成绩时，我们要做的是加倍努力去追上别人，而不是去诋毁或背后中伤他人。

只因一着错，满盘都是空

释义 走错关键的一步，会导致全局失败。也作“只因一着错，输了满盘棋”。

例句 “只因一着错，满盘都是空！”他后悔不已，痛恨自己当初没能认真一点儿。

百年成之不足，一朝坏事有余

释义 指成就一件事十分艰难，有一点儿疏忽就可能会导致整个事情的失败。也作“百年成之不足，一旦坏之有余”。

例句 别以为你只是犯了个小错误，有道是“百年成之不足，一朝坏事有余”，这么多天的努力都白费了。

牛角长了总会弯，人心贪了准失败

释义 告诫人们，不要贪心，贪心的人一定会失败。

例句 要学会知足常乐，不知满足可能会带来不好的结果，因为“牛角长了总会弯，人心贪了准失败”。

怕摔跤爬不上山，怕失败干不成事

释义 告诫人们，要想把事情做成，就要不怕困难和失败。

例句 “怕摔跤爬不上山，怕失败干不成事。”即便是困难重重，我们也要勇敢面对。

胜而不骄，败而不怨

释义 取得了胜利不要骄傲，失败了也不要怨恨。

例句 对待人生中的挑战，我们都要学会“胜而不骄，败而不怨”，从成功中提炼经验，从失败中吸取教训，不断完善自己。

失败是成功之母，骄傲为失败之因

释义 告诫人们，骄傲会导致失败，从失败中吸取教训，才能获得成功。也作“失败是成功之母”“失败为成功之母”。

例句 “失败是成功之母,骄傲为失败之因。”能从失败中吸取教训就能为下一次的成功做好铺垫;若在成功面前盲目自满,只会导致更惨痛的失败。

十网九空,一网成功

释义 比喻虽然经历了一次又一次的失败,但只要坚持不懈就会一举成功。也作“十网九网空,一网就成功”。

例句 “十网九空,一网成功。”面对一而再,再而三的失败,我们更需坚定信心,最痛苦的时刻往往也是最接近成功的时候。

在胜利之后,也要拉紧盔甲的带子

释义 指居安思危,不要因眼前的胜利而掉以轻心。

例句 司令员说:“俗话说,‘在胜利之后,也要拉紧盔甲的带子’,我们切不可轻敌啊!”

人无远虑,必有近忧

释义 做人要有远见,如果没有长远周到的考虑,忧患很快就会到来。指人要考虑得长远一些。

例句 “人无远虑,必有近忧。”这句古老的谚语充满了先人的智慧,它告诫我们要未雨绸缪,不要只看眼前的事物,而忘却了人之所以积极奋斗的远景期待。

闲时做来急时用,渴了挖井不现成

释义 空闲时就要准备好要用的东西,以备将来急需时使用,等到口渴时才想到去挖井已经太晚了。比喻做事应深谋远虑。

例句 家乡的妇女冬天也都不闲着,有的修补家里的农具,有的缝补衣服,因为她们都明白“闲时做来急时用,渴了挖井不现成”的道理。

竭泽而渔,日后没鱼

释义 指一次把鱼捕尽,日后再也捕不到鱼了。强调做事应做长远打算。

例句 常言道:“竭泽而渔,日后没鱼。”凡事不要做绝了,要留有一定的余地,与人方便,才能与己方便。

山水未来先筑堤,未到河边先脱靴

释义 事先把堤岸筑好以防洪水侵袭;快到河边时就要把靴子脱掉以防被水打湿。比喻做事之前要做好一切防范措施。

例句 俗话说:“山水未来先筑堤,未到河边先脱靴。”我们这儿安装了防洪报警器,在山洪暴发之前,百姓们早已安全转移了。

智者千虑,必有一失;愚者千虑,必有一得

释义 聪明人处理问题多了,也会有考虑不周而失误的时候;愚笨人如果经多次考虑，也会有想到好对策而获得成功的时候。也作“智者千虑，必有一失”。

例句 古人说：“智者千虑，必有一失；愚者千虑，必有一得。”这套方案是我仔细考虑过的，应该有点儿用吧。